中老年时报

创刊30周年系列丛书

赵 兵 主编

岁月漫记

◎《中老年时报》编辑部

南開大學出版社
天津社会科学院出版社

图书在版编目（CIP）数据

岁月漫记 /《中老年时报》编辑部编. -- 天津：南开大学出版社：天津社会科学院出版社, 2023.1
（《中老年时报》创刊30周年系列丛书 / 赵兵主编）
ISBN 978-7-310-06351-2

Ⅰ. ①岁… Ⅱ. ①中… Ⅲ. ①散文集－中国－当代 Ⅳ. ①I267

中国版本图书馆CIP数据核字(2022)第221104号

岁月漫记
SUIYUE MANJI

南开大学出版社
天津社会科学院出版社　出版发行

出版人：陈　敬
地址：天津市南开区卫津路94号　邮政编码：300071
营销部电话：(022) 23508339　营销部传真：(022) 23508542
https://nkup.nankai.edu.cn

天津鑫浩林云印科技有限公司　全国各地新华书店经销
2023年1月第1版　2023年1月第1次印刷
885毫米 × 1230毫米　32开本　11印张　241千字
定价：68.00元

如遇图书印装质量问题，请与本社营销部联系调换，电话（022）23508339

《中老年时报》创刊30周年系列丛书

编委会

我们的节日
——致读者

亲爱的读者，2022年7月1日是《中老年时报》三十岁生日。我们在此与您同贺——因为今天，既是时报的生日，也是读者的节日。

三十年，对一个人来说，是步入而立之年的踌躇满志；三十年，对一份报纸而言，是重整旗鼓再出发的接力起点；三十载时光白驹过隙，总有一些感动长留心间。现在，让我们一起慢下脚步回首过往，将一路走来的每个脚印都铭记在心。

这三十年，我们"以儿女情怀，办精品报纸"，坚持"三贴近"，用脚底板跑新闻，作品"接地气"才会"冒热气"。我们扎根养老机构，关注社区老年食堂，倡导"花甲帮耄耋，低龄帮高龄""早看窗帘晚看灯"；我们手把手教老人使用智能手机，帮其跨越数字鸿沟；我们最早关注老旧小区加装电梯，推动天津市相当数量的老楼加装电梯……

这三十年，我们在全国组织首个"夕阳红旅游专列"游遍神州，首倡中老年读书节、文化节，举办首个老年春晚、老年奥运会，创办首个中老年艺术团，组织首个“老年相亲大会”，并衍生出“父母为大龄子女相亲会”……

这三十年，我们春节邀请书法家为读者写福字、送春联，元宵节带读者“遛百病”，重阳节陪读者“登高”；我们开门办报问计读者，每一次改版、创新改大字号，都开展大规模问卷调查。

2018年，面对媒体传播格局转型的新趋势、新变化、新要求，天津媒体强强携手、走上融合发展的快车道。作为市委直属的海河传媒中心旗下媒体，《中老年时报》也焕发新的生机。我们“创刊30周年灯光秀”将于明晚在天津广播电视塔为您点亮祝福！

三十年，国家由富到强，迎来新时代；三十年，编读相得益彰，师亦友；三十年，时报风华正茂，恰少年！感谢有您伴我们长大！请让我们陪您到老，直到永远！

中老年时报社

2022年7月1日

目　录

豪华的野趣

蒋子龙

横琴,珠海的“曼哈顿”。其金融中心区,楼群摩天,灯光璀璨,是金玉满堂的地方。向北一步之遥,沿包围着横琴岛的水道岸边,有一条十多公里长的“花海长廊”。海峡的岸上有“花海”,已是奇观,更奇的是“花海”中的花,大多竟来自南美洲。

这是7500余株“异木棉”,混杂于花海的凤凰木之中。时至深冬,竟花繁叶稀,千朵万朵缀满枝头,浪红杂狂紫,初粉映嫩白,五彩绚丽,冷香浮动。或灼灼似火,或浓郁生烟,或迎风含笑,或婆娑欲舞……霞艳艳,姿媚媚,连天扑地,摇曳荡神,极尽妖艳,且带着一种野性的浓郁,令人不能不联想到拉丁舞中的桑巴,热烈、奔放、性感。一阵海风吹过,花雨缤纷,落地生香,为林中小径铺上花瓣的地毯,令游人不忍抬脚动步。

异木棉的树干更是别具异域风情,粗者一抱,细则一掐,棵棵状如弥勒佛肚,中间浑圆粗壮,上下两端渐细。矮者几米,高者十几米,如铜浇铁铸。顶端插满奇花异朵,独特而招摇,令人忍俊不禁。这种原生于南美大陆、喜欢湿热的奇树，在横琴岛上竟自生长得如此昂扬、茂盛，足见已适应了这里的环境。不知它们是第一代“移民”，还是第二、第三代？能适应珠海的气候不奇怪，适应了横琴的土壤，就是它们的大福气了！

横琴四面环海，地下深处，自然也浸泡在著名的“珠海咸淡水”中。花海中的有些异木棉，显然还没有完全适应这种咸淡水，根须不往深处扎，粗粗细细拱出地面，在树下如盘龙卧蛇般形成庞大的网系。而更多的高大异木棉，树底下反而干干净净，或有苔有草，或落满花瓣，其根须显然已经深入地下，能饱吸珠海咸淡水的营养，木性条达，随遇而安。

培根说，“首先服从自然，然后征服自然”。它指的是人对自然。倒过来，自然对人，又何尝不是如此。可以说是南美的异木棉被人为地移栽到珠海，适应了这里的水土，也可以说是珠海的咸淡水征服了南美的异木棉。其实，这种征服无处不在。就在横琴花海长廊的外侧，沿海峡岸边，长着一蓬蓬茁壮的江苇，根根都有成人的手指般粗，齐刷刷仅露出海面的部分就有一丈多高，像一段段高墙，护卫着花海长廊。海上风波摇动，江苇却摆腰不低头，灰白的飒飒芦花是它的旗帜，迎风昂扬，筋骨崚嶒。

江苇——顾名思义，是生长在江河湖泊中的芦苇，又称芦竹。而花海边的野生江苇，却生长在海道的边上，平时以咸为主，雨季咸淡水混杂。而横琴岛的“琴”音就是水声，“晴天十步一瀑布，雨时处处有瀑布”，可想而知其淡水像海水一样丰沛。隆冬季节，北方生长在淡水中的江苇早已干枯，横琴海边的江苇除去芦花渐白，苇秆、苇叶还一片翠绿，可见生命力之强盛。当然，跟咸淡水的营养丰富也不无关系。江苇的野趣，衬着花海的烂漫和海面上如练的波光，可以想象，珠海人，特别是在寸土寸金、气象雄豪的横琴打拼的人，何其幸运！出大厦走几步路，便进入花海，该是怎样的清爽、怎样的愉悦，心变得柔软、妥帖，甚或身心迷醉、神采飞扬。

花海长廊，为原本就是“百步万棵树，块块奇石皆是景”的横琴乃至珠海，锦上添花。这一切得益于珠海多“门”：斗门、鸡啼门、磨刀门、十字门等。珠海地处珠江下梢，水系发达，每一个门都是一个出海口，涨潮时海水漫溢，退潮时江水汹涌，雨季淡水占上风，冬天咸淡平和。因此，连从咸淡水中打捞出来的珠海水产品，都格外鲜美，味道奇佳。

但珠海咸淡水的优势，并不仅仅体现在异木棉、江苇和水产品的生长上。世界上第一个单细胞生物，诞生于海洋。而人类文明，却发端于“两河流域”……这是巧合，还是自然大道？地球上的所有生命，无不依赖咸淡水的转化，海水蒸发变成雨雪，雨积雪化注入河，流进大海。

水是生命之源，是财富之源，也是能量之源。“五湖四海”，就是咸淡水的总称。江河入海，是咸淡水的融合。

珠海，一手牵着珠江，一手牵着大海，是珠江的明珠，也是大海的宝珠。其闪闪珠光，为珠江增辉，也照亮大海。

陕北道情

蒋子龙

世人尽知有陕北，可知陕北也分“南北”？以延安为界，以南称“南路”，延安之北谓“上头”。“上头”即陕北的最北端，是哪里？榆林。孤悬塞外，士马健斗，固若金汤，有“千古忠烈之城”的美誉，是中国历史上为数极少从未因战败而丢失过的城池，战乱不断的古代异族攻不破，用现代热兵器武装的日本鬼子打不进，向称“九边重镇”。近代人所熟知的“三边”：定边、安边、靖边，皆属其管辖。

但凡一个非同一般的城市或地区，都有自己独特的具象和蕴含，即表与里、内与外。幸运的城市，具象和蕴含是协调统一的。且看榆林的具象：中国历史文化中两大重要符号，长城与黄河，在此相会；是西北的峁塬沟壑与毛乌素沙漠的交界点；黄土高原由榆林向蒙古高原过渡；数千年农耕文明与游牧文明在榆林这片黄土、草原和沙漠上冲突与融合，“延袤千里，多马宜稼”，既是塞外重镇，又是“塞上江南”。古《榆林志》载，西汉时这里“水草丰茂,羊群塞道”。

榆林还有一个天然的大水网,只横亘于境内的千里横山,就有大小115条河流,最大的无定河,河谷最宽处达2200米,桃花汛期其雷龙湾至响水花虎滩一段,河面浩浩荡荡,千折百回,最终以西北黄土高原上最大的支流“身份”注入黄河。无定河流域面积为11480公顷,其北面为低缓的黄土梁峁及冲积、洪积滩地,地表形态以各种沙丘、滩地、盆滩为主,沙丘之间自然就会有洼地出现,洼地长期积水形成大大小小的湖泊,俗称“海子”。在榆林北部沙漠草滩区,这样的“海子”不计其数,有名字的达200多个,最大的红碱淖湖,其面积67平方公里,站在湖边,眼前绝对是一片汪洋。这些“海子”宛若嵌镶在沙地间的一颗颗琥珀,在阳光,尤其是在月光下,晶莹透亮,闪烁夺目,尽显榆林的无限魅力。世界上叫“沙漠”的地方很多,但也是千差万别,并不都是滴水皆无,寸草不生。榆林的沙漠草滩上,就有长芒草草原、冰草草原、百里香草原……还有芨芨草、沙芦草、赖草、三刺草、羊草等和根本叫不出名字的数百种野草,以及苍耳、茵陈、甘草、枸杞等三百余种药草,和一蓬蓬像沙地护卫一样的沙柳、柠条、油蒿、臭柏等灌木丛,真称得上是“山花杂古今”“风梳野草香”。此外,在草滩区外围竟还有一片郁郁葱葱的“国家沙漠森林公园”,里面还有不少珍奇古木。请见多识广的人想象一下,将沙漠和森林、公园联系起来,是怎样的一种景观?

“流量不定、流向不定”的无定河,形成大片的湿地,尤其是黄土高原上这一片难能可贵的湿地,每年都有数十万只野生禽类在此栖息,其中不乏极珍贵的一级保护动物。湿地南缘就连接着著名的鱼米之乡鱼河镇，被誉为“塞上江南”。这里有水库19座，宜渔的滩涂地14平方千米，宜渔的稻田27平方千米……清末榆林响水堡人曹子正，于乙酉科(1885)拔贡为官，曾作诗描绘自己的家乡：“迢迢路远岸垂柳，樵唱晚舟鱼钓台。”无定河两岸垂柳，渔樵两利，富庶而幽静，“塞上江南”——岂不是实至名归。

“陕北道情”，可以唱，也可以说。道情、道情……须先道陕北之“大情”。情之大者，乃天地造化的成全、大自然日积月累的馈赠。榆林地势高亢、峁塬宽广、土层深厚，土厚才好藏宝。再加沟壑纵横，峁梁交错，历来被视为大漠边塞，除去被兵家看重其战略地位之外，长期被商品社会忽视。正因为被忽视，才好积蓄，才能深藏。野气蒙眬，却蕴藉无穷。当国人的资源意识觉醒，正为资源的浪费痛心疾首，为资源会有枯竭的一天忧虑日益深重，并开始认真计算经济发展的资源成本……榆林竟石破天惊地成为中国经济发展的“接续地”，被世界称为“中国的科威特”。

顾名思义，“接续地”就是为国家的继续发展提供动力，注入活力，使发展有强大的后劲，得以继续。榆林是中国的福地，有榆林是中华民族的福气。这是怎样的一种福气呢？类似一个急等用钱的人，意外地发现自家的地窖里竟埋藏着无数金银珠宝：榆林拥有“世界七大煤田之一”的“神府煤田”，以现在最先进的开采量，可供开采200年。而榆林地下的岩盐储量，是煤储量的22倍。岩盐既可提炼最纯净的食用盐，又是化学工业的重要原料。榆林，平均每平方公里地下都井然蕴藏着丰富的矿产：

世界少有的侏罗纪系的优质动力和化工用煤622万吨;石油1.4万吨;天然气1亿立方米;岩盐1.4亿吨。其资源组合配备之好,国内外罕见。中国房地产大热已经有许多年了,买房子要以平方米计算,榆林却每平方米土地下面有煤6.22吨、石油14公斤、天然气140立方米、岩盐100吨……真可谓寸土寸金的宝地!

横山苍苍,地脉奇绝,千峰藏宝,万壑聚福。这么多能源、矿产富集一地,老天真是待我们这个民族不薄!历朝历代糟蹋了那么多资源,老的资源基地将要枯竭,新的更大的资源宝地又被发现了。由于长期深藏不露,至今得以横空出世,这叫后来居上。如今人们的资源观念跟从前大不一样了,社会的文明程度在提高,有后劲才是最大的优势。近年来,国家有个耳熟能详的巨大规划——"西气东输、西煤东运、西电东送"。"西"的"重要组成部分"就是榆林正在建设的国家能源化工基地;而"东",就是"广东、上海、江苏、浙江、京津冀地区",这不就是整个东部沿海发达地区吗?

但愿同气连根的"东"与"西",不会因发展的差异而产生差距。陕北道情,道陕北之情。无论是历史,还是现代社会,都不会忘记此情。

也谈吴若增(上)

鲍光满

我认识吴若增,恰巧是在他正要成为大作家之前的节点。1982年春,我到天津人民美术出版社上班,分配到《儿童画报》编辑部,吴若增早我几年到的连环画编辑部。那时候他刚发表了第一篇引起王蒙等人重视的短篇小说《盲点》,正在构思他影响全国文坛也是改变自己命运的重要小说《翡翠烟嘴》。这事绝就绝在,该小说杀青那天,我无意中成了见证者,他是在我们出版社门房办公桌上完成的,因为那时候老吴没地方住,只能对付着住在编辑部。细节至今历历在目:五百字大稿纸,简易蘸水钢笔,漂亮的草书体,杀青了最后一个自然段。我当时没太在意眼前这位身穿浅色睡衣、满脸胡子的中年人,他却完成了很多作家钦佩的一篇短篇小说。他当时叫我读了一遍。刚从大学中文系毕业的我,知道一些鲁迅的国民性的词汇,就评价说,这是一篇国民性的小说。没想到此小说开创了中国文坛国民性先河,震动了"伤痕文学"的那些文人,那些作家纳闷,原来有人在自己还为命运鸣不平的时候,考虑更深刻的文学了。这么重要的一篇文章,刊登在《小说选刊》头条,却没有拿到当年全国优秀小说奖。但是,这并不影响吴若增在中国文坛的地位。

1985年,我调到《天津文学》杂志,领导对我寄予厚望,希望约到更多名家的稿件。吴若增二话不说,带我去了北京,直接奔鲁迅文学院,找了当时号称文坛黄埔军校的作家班,那一班几乎囊括了前几年全国优秀中短篇小说得主,而老吴的到来让这些青年才俊喜出望外。印象最深的就是大家连续请老吴喝酒,可见大家对他从骨子里敬重,我作为陪衬也自然而然地被款待。老吴每次喝酒,都会对大家说,“别忘了给我这位小兄弟写稿”,于是《天津文学》的好小说多了起来,那时候各家文学杂志讲究的是能不能拿到名家稿件。之后编辑部几乎是不顾一切地“怂恿”我,到全国各地去组稿,只要能拿回好稿子就行。好几次出差前,老吴都会给我写介绍信,即使他未曾谋面的作家,也叫我带着他写的推荐信去,内容是“请大力支持我的小弟鲍光满,尽可能地给他写小说,好完成任务”之类的话。于是,《天津文学》发表的好小说更多起来,我记得某一期前六条小说都是我责编,幸亏每篇后面标着责编名字,要不真有吹嘘之嫌。编辑部高兴,更加不计出差成本地让我到处组稿,于是我乐不得外出组稿,去过多少地方,得仔细算,还不见得算得过来。现在回想起来,应该是很得罪同事的——凭什么小鲍能到处去组稿。几乎每个星期一,编辑部几个负责人都要在我办公桌前等我,因为一定会有几份稿件到来,上面落款写着名家名字。最为骄傲的是我去上海、江苏、浙江一带组稿。那时王安忆早已成为大作家,她的稿件各大顶级文学杂志竞抢，原本她看不上我们的杂志，令人意外的是，我人还在南京跟苏童、周梅森等人聚会，王安忆的稿子已经到了《天津文学》。这里，也有老吴的功劳，因为他跟上海作家程乃珊很熟，写信给程，程又跟王安忆、王小鹰、陈村等人“铁瓷”，这些人先后都给了我稿件。试想，如果老吴没有一定的“江湖地位”，不会有这么多人卖他面子。

老吴叱咤风云的事情很多，暂且放下不表，说一说有关他的人缘吧。老吴别看墙外开花，在天津人民美术出版社却是“各色”的存在。本不想傲慢的他，由于跟别人缺乏共同语言，被大家论为“另类”，而且不是褒义的那种。太多的人见我跟他不错，劝我，“你挺阳光的一青年，跟他来往干什么”。我当然小算盘扒拉得噼啪响，给个耳朵听听完了。每当出版社开会时，大多数是在老吴所在的硕大的连环画编辑室，我都会挤在他办公桌旁边，领导在上面上传下达，我俩窃窃私语，于是我学会了很多写小说的技巧。我之所以后来能写出一些还算拿得出手的长、中、短篇小说，还有电视剧，吴若增是影响我最深的。再有冯骥才经常叫我去他家玩，不可避免地聊一些文学方面的事情，自然受益匪浅，他俩可以说是扶我上马，再引领一段路途的人。别看全社上下说老吴好的人不多，他却毫不在意，该跟后勤小伙子们在院子里踢球，就踢个痛痛快快。有一次他踢不进球门，急了，一手把球拍进球门，然后哈哈大笑，弄得对手气急败坏。熟悉老吴的人都知道，他的大笑是很有特点的，不是哈哈，也不是呵呵，是介乎这两种之间的那种发音方法，感染力很强。那时候他真的很帅，四十岁，络腮胡子，脸上棱角分明，活脱一个小号格利高里·派克,上海的程乃珊是派克的“超级粉丝”,还专门来天津看他。

再一个特点,老吴好喝酒,往往一醉方休。印象中,他醉酒后从来没失态过。他这酒一喝,便经过了很多的时代,不变的是酒后慷慨,变的是与时俱进的对时代的看法。所以他能成为天津市政协委员,而且不止一任,因为领导都知道,他的言论是出于公心。

老吴喜欢玩,但一般不能称为玩家,而且兴之所至,说玩就玩,总是突然把我叫来,“小鲍,我今天就想跳舞,你必须给我找来舞伴”。于是我勉为其难地约上女士,他那舞技往往让人家茫茫然,这是我提前能想到的。似乎他对文艺除了文学,其他的领悟不深,跳得总是心有余而力不足。这样的作家,我认识的有一些,有的从外地来津,专门让我带去干部俱乐部跳舞,可惜都是一些像老吴这样的二把刀,最后只能眼看着我在舞厅大放异彩。老吴和那些作家甚至对我说过这类话:“我真想拿一些小说换你的舞技。”

也谈吴若增(下)

鲍光满

老吴的优点,其中大部分成分是爽快,几乎从不玩心眼儿。文人相轻,是至理名言,他身上也有,但比别人少很多。比如我某一个中篇小说,被选在《小说选刊》头版头条,吴若增看了,认真地说,“你这小说,语言太好了,不仅我写不出来,很多人写不出来”。他说的很多人,都是一一指名道姓的,这里不便赘述。总之,作为文学大家,能说出某些能力不如对方的话,难能可贵。众所周知,老吴后来很少写小说,都是写一些杂文,针砭时弊,往往让人津津乐道。老吴直言不讳,别小看这些杂文,每月能增加将近五千元收入,为他高兴的同时,我想这也是他特有的与时俱进吧。

有些晚辈作家,提起老吴,往往是说他过气了,写不出东西了,甚至我也有同样的认同,结果却让所有人大跌眼镜。应该是在六七年前吧,北京高层知识界,都在街谈巷议吴若增的两篇理论文章。大家都问这吴若增是谁?哪里人?家母知道我认识老吴,便告诉北京那些知识分子,这个吴若增是天津一作家。一个作家,能写出理论文章,很是让北京的专家们哗然了一阵子。我为此专门回到天津,告诉老吴“你的文章引起了震动”。老吴听完,大声断喝,“我凭什么写不出理论文章,我是南开大学政治经济系毕业的”。由于有了实实在在的两篇硬文,我是实在不能揶揄他的大话,我甚至相信他的话。这是吴若增人生第二个高峰,我可以负责地说,看了他那两篇文章之后,我坚定地认定,别说咱天津,就是全国能写出这样文章的人,也是凤毛麟角,谁要说吴若增没两把刷子,那可真是吃不到葡萄说葡萄酸了。

老吴身上小毛病不是很多,比较突出的是财迷,谁要想让他请客,近乎痴人说梦。一次我从北京回津,老吴知道了,唤我去他家,先到成都道芷江路口等我,还对我说,自己从不出门接人。我俩先是聊,还给了我几盒好烟,然后请我去吃饭,路上他强调,先说好了,我就喜欢吃小饭馆的涮羊肉。于是我只好在小饭馆听他纵论天下,以前觉得他酒后吹嘘,自从他写了六七年前的那两篇文章,我再也不认为他是只管吹牛的人。当然,老吴出门迎接,请我吃饭,对我的情意,我是心中有数的。

老吴人缘好,20 世纪 90 年代开始请他吃饭的人很多。我在北京生活,但只要我突然从北京“空降”到他家,他立刻电话取消预约,说“北京来了小友,咱们的请客推迟”。他之所以对我好,我明白那是因为家父是他的良师益友,他又是我的良师益友,多重复杂的关系,区别于其他人。背后我和李治邦、牛伯成等人也拿老吴的不拘小节开玩笑,他知道后专门把他俩叫去愤怒地数落一番。他俩怯生生说:“小鲍也说你呢,怎么不见你数落他。”老吴声音更大:“我和他单论!”我当然跟他单论,我是他唯一可以不假思索地打电话:“小鲍,我要钓鱼。”我马上能从北京开车过来到位。

唉……对于老吴的身体健康方面,我庆幸自己是最后见过他面的哥们儿。那是他去世前半年,我去他新家看望,不禁大吃一惊。人,已经是不折不扣的皮包骨了,我仔细用手拢了一下他的大腿,比我的胳膊粗不了多少。他能流畅地交流,但声音很小了,间或也能有标志性的笑,可是音色、频率、调门都要大打折扣。刻骨铭心的是他抽烟,得的是哮喘类致命的病,他竟然抽了一半的烟先掐灭,过一会对着打火机点燃后半截。唉,都这时候了,还在意半截烟的节俭,可以联想到他这辈子不会轻易浪费任何东西。当我看到他为了抽半口烟,自己摘掉氧气罩,然后慢吞吞点烟,我只能机械地劝阻,都这时候了,就别抽了。他像大多数嗜烟者一样回答,“就最后这点爱好了,你让我坚持到底吧”。我还能说什么,什么也没法说,只想为他再做点什么。知道他一辈子喜欢吃肉,出门到饭店,把跑堂的伙计叫到他家,掀开漂亮的菜单让他点,他点了六个菜,人家按照我的要求六点准时送到。饭菜摆到客厅桌上,嫂子架着他从卧室到餐桌,足足走了五六分钟。吃的时候,他像一只纵横多年的老狼,在自己垂暮之年“吞噬”着肉,香是香,但眼下求的是,能吃下去就不错。我出了他家就跟一起去的朋友说,老吴呀,半年的阳寿。果然,他在我预计时间前后两三天离开了我们。

我时不时会想起他特有的笑声,由于他那种笑绝不是坏笑,也不是奸笑,是典型爽朗的开怀大笑,所以老吴不是坏人,这也是为什么写他的人很多,更是我必须写他的原因,只是遗憾于版面字数限制,不能把很多关于他的有趣的事情写得面面俱到罢了。

琐忆恩师语言学家俞敏（上）

陈启智

如今，在语言学界，提起俞敏先生的大名，不说如雷贯耳，亦是尽人皆知了。他在古汉语音韵、汉藏语比较、汉语语法等诸多方面，研究精深、著作宏富、成就斐然，在国内外学术界享有很高的声誉。他注重边缘学科，在无人涉足的汉梵音领域，从佛经音译推测后汉之汉语语言的探索，乃是开创性的，是他建立起汉藏语言历史演变的学说。仅此一点，俞敏先生即可称为国宝级的人物。

俞敏先生的形貌不大像知识分子，有点粗壮。面庞方正，头部较常人略大，五官皆显厚实。唇际常现不屑之意，重眉下的一双大眼睛极富穿透力，仿佛一眼即能定人虚实优劣。在北师大，俞敏先生是我们中二（3）班的教师，我对俞先生多有关注，原因有二：

一是我父亲与俞敏先生为“旧时相识”，是以围棋结缘的。我父亲酷爱围棋，新中国成立之初，就与著名棋手顾水如、过惕生、金亚贤、崔云趾等交情不错。1952年成立“北京棋艺研究社”时，为选社长意见不能统一，最后干脆定非专业棋手俞敏先生。因为俞先生棋艺虽然比不了上述几位棋手，却是大学教授、高级知识分子，其身份和影响，对开展围棋运动和培养人才更有好处。自那时起，我父亲与俞先生见面次数就多了。从我父亲口中，我知道俞先生是非常值得尊重的有学问的人。他不仅在围棋方面做出过贡献，还是我国最早的国际象棋著作翻译人之一。北京人艺在演出有下国际象棋的场景时，还请俞先生现场指导如何摆棋，如何执子行棋，免得被内行观众用望远镜看出破绽。

二是我高中同学何铁生的父亲何梅岑先生与俞先生曾是同事。何铁生是我中学时代的同学兼挚友，他的父亲何梅岑先生与俞先生在20世纪40年代有一段时间同在中南海“怀仁堂”的“中国大辞典编纂处”工作。何先生提起俞先生，总是赞不绝口，说他是语言天才，机敏过人，语言犀利，还通晓几门外语，敬佩之情溢于言表。后来，我悄悄将与何先生相熟之事告之俞先生，俞先生还让我代致问候。

俞先生是纯做学问之人，固然目高于顶，但却不是目中无人。他的狂，是有针对性的。

他对自己老师不狂，反而充满感激和尊敬之情。俞先生曾深情回忆自己的老师——“北京大学一代名师沈兼士、唐兰、罗常培、魏建功、余嘉锡，在他们的雨露下，我的身心与学业得以健康成长。”他在追念燕京大学的老师陆志韦时说：“他把我的目光引向蓝天，引向大地，引向远古，引向活泼的生动的人的语言。”对同在中文系执教的亦师亦友的陆宗达老师，俞先生亦是非常尊重，两人几次合作出版专著。

他对同辈人不狂。在北师大中文系，无论教什么课程的老师，都未见俞先生对他们有何贬损和不敬之词。我同学的父亲、俞先生曾经的同事何梅岑先生学识广博，在“语言所”被称为“活字典”，旧体诗做得也好。我曾几次在无人时，拿何先生的诗给俞先生看。俞先生总是仔细阅读并真心称赞：“写得好！写得好！”

他对学生不狂。最突出的是对他的女弟子、教我们古汉语的邹晓丽老师，不仅倾囊相授，而且热心扶持。邹先生也一直执弟子礼。就在俞先生最“倒霉”的时候，仍恭敬如故。后来，邹先生也成了名教授、知名学者，她写了多篇赞扬俞先生人品及学术成就的文章。

俞先生对我们班同学更没有狂的表现，与我们关系日渐融洽，不少同学向他请教各方面的知识，他都一一作答。还有一次学习之余，他突发奇想，说编个谜语让我们猜猜：谜语是“和衣而卧”，打一外国领导人之名。我们想了一会儿，都没猜出来，就问他这人是谁？俞先生才不无得意地道出谜底——布托（时任巴基斯坦总统）。即此一端，亦可见俞先生之机敏及构思之巧妙。

俞先生对比自己地位低的人也没有狂的表现。我的理解是，他不屑于与这类人争辩。有一次俞先生到协和医院看病，一个年轻的女护士拿着他的病历本叫他，他没听见，叫第二遍时，他赶快答应，但还是挨了小护士几句数落：“你认字吗？”俞先生回答：“认得几个。”“名字怎么写成这样了？”俞先生像小学生那样恭敬地说:“是! 下回好好写,好好写。”这是多么可敬可爱的长者啊,面对小护士的责难,他不生气、不争辩、不说明,更没有反讽,这才是中国顶级语言学家的样子。

琐忆恩师语言学家俞敏(下)

陈启智

俞先生之狂究竟狂在什么地方呢?依我之见,是对权威狂、对名人狂。比如苏联红极一时的语言新学说建立者马尔,他荒谬地提出“语言从来都是阶级的”,还将自己的家乡高加索地区的雅弗语系无限美化,将各种语言体系都武断地纳入雅弗语系。他的邪说给俄罗斯语言带来不可估量的损失。1950年,他庸俗、虚妄的语言学说在一夜之间崩塌。对那些盲目追随、吹捧者,俞敏先生说:“拍马还没拍到马屁股,马耳(尔)就倒了……”

对过去时代的权威,俞先生也以求实精神表现出“狂”,他说:“在乾嘉那个崇尚渊博的时代,为学的方面太广。‘无一不精’固然难得,而‘无一能精’亦复不可多得。这位占公偏巧就是一位典型的‘无一能精’的人物。”(《释蚯蚓名义兼辨朐忍二字形声》)又如他在《东汉以前的姜语和西羌语》一文中更显其狂气——“音韵学的叫天儿不少,等韵图就是那只鞋。我这个人讨人嫌的地方很多,就是有一条敢自信:既不迷信叫天儿,更不信‘鞋’!”现在看来，这些所谓招罪的狂言，其实是对当代或过去时代的权威及著作观点的挑战，不仅不迷信而且敢于否定并提出新见解。俞先生的狂，具有科学探索精神。狂，显现出俞先生过人的才华和坚强的自信。

我们六九、七〇两届毕业生于1972年春天分配离校。毕业一年后的暑假，我去看望俞先生。刚经过小饭厅向前走了几步，就听见久违的倍感亲切的拖长的声音：“铁臂！铁臂——”循声望去，只见俞先生左手拄着铁锨，右臂高举，满面笑容地向我呼叫。我连忙跑过去和先生握手，并一起去了他那间宿舍……这里需要补充说明一下：我在校时，同宿舍的陈乾坤同学给我起了两个外号，一个是“浪里白条”——因为我皮肤很白；一个就是“铁臂”——由于我有些腕力，攥起拳头时，肌肉硬紧。当然，这个外号也包含善意之调侃。这两个外号都没有传开，可能班里有不少同学都不知道。没想到俞先生竟然记住了，并且在一年后即刻叫出来，令我十分惊喜。就是这一次见面，我才把我父亲与他相识的事说出来。

大约在1974年，我去俞先生家，俞先生说：“你父亲围棋下得不错，你是不是也会下？”我回答：“知道怎么走，可没有下过整盘的棋。”先生说：“那你和三儿（俞先生的小儿子）玩玩儿。”于是我就和三儿下起来了。我水平之低是不用说了，三儿的棋艺那时也比我强不了多少。开局不久，俞先生看了一小会儿，笑着走开了；不长时间，俞先生又来观棋，稍作停留，又笑着走了；到第三次，俞先生仍旧习惯性地用右手捂嘴，脸朝左一扭，又笑了。我不禁问俞先生：“您笑什么？”俞先生说：“看你们下棋太可乐了。这棋一会儿走活了,一会儿又死了,再看又活了,真没见过!”……最后的输赢,已经记不得了,但是感觉非常开心。这个三儿,我后来才知道叫俞宁。

1982 年秋,我重返北师大进行为期一年的进修。主修课目是汉魏六朝文学及唐文学,又被室友鼓动,选修了曹述敬先生的“音韵学”。我这个人实在没有语言学的天分,刚上第一节课我就知道选错课了。音韵学不仅枯燥、乏味,而且非常难懂。坐在教室里,如听天书,如堕云雾。曹先生给我们介绍《隋唐四十一纽表》,光发音部位即有唇音、唇齿音、舌音、腭音、喉音、鼻音,等等,还分清音、浊音……我既不明白,更不会读。

我下课后找到俞先生,请他将这个表的读音帮我录下来好复习,俞先生满口答应。下一次见面,我将一个简易录放机和一个小型盒式录音带给了俞先生。三天后,我取回了录音带。当我听到俞先生清晰的发音,突然产生一个感悟:能搞语言学的都不是凡人,而对于俞先生这样大师级的人物,更加由衷地崇敬、钦佩。

进修期间,我还请俞先生用小篆书体给我写了毛泽东的两首词《水调歌头 · 重上井冈山》《念奴娇 · 鸟儿问答》。为便于行气分明,先生将两张横格纸竖放,仔细计算行数、字数,每个字都写得非常规范,一丝不苟。这两幅先生手迹我至今珍藏着,成了永久的纪念。

写作此文时,我忽然想起启功先生与俞敏先生互相说起对方时的话语,见解超凡又十分有趣。有一次我在启功先生家里说起俞敏先生,启功先生说:“俞先生的语言天分极高,跟我关系也不错，就是狂，好骂他看不上的人。你要是能像诸葛亮那样，两军阵前，把王朗骂得从马上摔下来，死了，也行。可你非但没把人骂死，自家阵中反而冲出人来，把你打趴下了，你说值不值?”而我将跟从启功先生学书法，先生如何尽心尽力地指导我的情况告知俞敏先生时，俞先生竟然说：“那当然了，你触到他的痒处了。”“你爱书法，这恰恰又是他的专长，他当然愿意教你了。”

事实证明，二位恩师不管本事多大，职位、名望多高，却始终把教书育人当作本职。这就是师魂之所在。现在回想起来他们善意幽默的话语，依然亲切感人。

寻觅天津

邵文方

我生于斯，长于斯，根植天津，乡情至深。退休前后走遍了全国各地，每到一处，但凡以“天津”命名的街道里巷总要抽暇去逛逛，像上海的“天津路”、大连的“天津街”、威海的“天津路”等。

20世纪90年代中期，应中国台湾地区媒体同行的邀请，我们一行四人赴台参观访问，入住台北一家菲律宾人开设的五星级宾馆。但当我从游览图上发现有一条以“天津”冠名的“天津路”时，我便建议前往浏览，以满足寻觅家乡人文景观的情愫。主人应允。然而，车至“天津路”才发现这只不过是一条小马路，好似家乡天津的锦州道、哈密道，且空荡荡的，行人寥寥。我们一行人不仅没有看到“天津的三绝”，更没有觅到与家乡相关的“蛛丝马迹”。就在大家有些怅惘时，突然一家赫然写着“天津旅社”的旅馆闯入我们的眼帘，大家萌生出些许找到家的感觉，于是便决定入住这家不够星级的小旅社，搬出“豪府”下榻

“旅社”。入住后与服务生攀谈:“去过天津吗?”摇摇头;“了解天津吗?”“不大晓得……”看来店主人之所以取名“天津旅社”,是由于旅社坐落在“天津路”上而已,没听到有关“天津”的故事,不觉让人索然无味。

退休以后,我和老伴儿赴日探亲,在天津友好城千叶市小住近三个月。出入了不少家中国餐馆和日本料理店,在印制得花里胡哨的餐单上,经常会看到一道经济实惠的“天津饭”。制作“天津饭”的主食是米饭,其他食材有蟹肉、海虾、鸡蛋、蘑菇等。至于“天津饭”的由来,据旅日侨胞介绍说,大约100多年前由大阪的华侨厨师推出,很受民众欢迎,后来传到了东京。在东京的火车站前开设了一家中国餐馆,用从天津进口的油性大黏度高的小站稻米作底,浇上用上述食材做成的汤料,美其名曰“天津芙蓉蟹肉饭”。因为名称太长,渐渐地被人们简称为“天津饭”。这种饭上桌快,饭菜合一,味美价廉,颇受行色匆匆的旅客以及工作繁忙的工薪族的青睐,因此风靡日本各地。尽管有的地方根据本地食客口味调换了其中的一两种食材,但仍不失“天津饭”的风味。

旅日探亲,游览过千叶市附近不少有特色的乡镇。偶尔得知1955年之前,这里有个村落叫“天津町”。后来与邻近的小凑町合并,更名为“天津小凑町”。2005年,这个町又被纳入相邻的一个城市,此后“天津”二字就从日本的地图上消失了。追溯历史,“津门”是天子过河的渡口。但在日本,“天津”这两个汉字寓意为神的名字。大约在公元600年至公元700年间,日本天皇与贵族把“天津”赏赐给平民百姓,作为他们的姓氏。据说现如今全日本姓“天津”的有1300多人。中国有6000多个姓氏，而日本却有近30万姓氏之多，林林总总无奇不有。所以说，日本能有姓汉字“天津”的也就不足为奇了。

无独有偶，一天，在千叶市曾出售“天津甘栗”的一家商业中心贴出海报，说有文艺演出，免费观赏。还特别注明有日本年轻人喜爱的木村与尚清两位先生的对口相声（日本称漫才）表演。这两位是合作多年的老搭档，青年“粉丝”颇多。1999年这二人突发灵感，起了“天津”这么个艺名，就如同中国的“凤凰传奇”“玖月奇迹”一样。就为了“天津”这个艺名，我也去观赏了一番。总而言之，不管“天津”在中国是天子过河的渡口，还是日本称之为神的名字，“天津”二字是很神圣的，作为天津人，听了还是挺骄傲的。

我当红医

柳　岸

1969年春季，我在报社印刷厂工作。一天，领导找我说：“根据上级的指示，车间要配一名不脱产的‘红医’，也叫‘赤脚医生’。组织准备派你去第五医院集中学习一段时间，回来后在车间为工人治病。”那个年代，组织是靠山，领导的话是命令，我愉快地接受了。

根据安排，我于1969年3月份去天津市第五医院学习医学知识，主要是三项技能：扎针、按摩、艾灸。首先是学习人体经络图，记忆12条经络的走向和365个穴位中的主要穴位，以及每个穴位的功能。老师说：“人与天地相适应，天是12个月为一年，一年有365天，记住这两个对应数字，也就掌握了人体经络和穴位数量。”接着是背诵口诀，如“面口合谷收，肚腹三里留，心胸求内关，腰背殷门求”等。学着学着，来自各企事业单位的“红医”们觉得有些抽象，不知道银针扎进肌体内部是什么样子，就要求学习解剖图，明白针所到之处皮下或里面究竟是什么部位，有无危险。于是，医院安排我们到马场道卫生学校人体标本室观摩了解。

我们来到学校人体标本室，一看那么多人体或泡在药水里，或摆放在撒满粉状药物的大柜子里，一股呛鼻的福尔马林防腐剂味儿扑面而来，一下子就吓跑了几个胆小的人。那时工厂企业的政治地位高，陈塘庄工业区的几位“红医”因为胆小不想上解剖课，医院只得编成两个组。一组愿意接触人体标本的可以到标本室实地学习，一组不愿意去的可看图学习，然后两组互相交流，互相当病人实际操作。我那时跟打了鸡血似的，很兴奋，对人体很新鲜，不光凑近观看，还跟着老师学着上手，掀开标本肚皮，用手去指点人体标本的肠子和肝肾膀胱等器官。有的人在后面窃窃私语，老师提醒大家要肃静，对遗体标本要有敬畏之心。

但是过了几天，接触的老是这些记熟的知识，就有点烦腻了。什么“心脏位于胸腔纵隔内两侧肺之间，像个拳头大小，大约半斤重”“人的骨骼共有206块，大约分为三个部位”“颅骨是29块，躯干有51块，四肢最多共126块，数额最多的分布在手掌和脚掌”“至于腹部，是人体生命的仓库，吃了食物经过食道、胃、小肠，基本上营养就吸收得差不多了，进入大肠是排泄物”……这些死记硬背的知识，对一个年轻人来讲不算什么，关键在于如何实践，怎样下手治病。在急切的期待中，老师提出先拿自己练，用银针扎自己。

一开始下这个手可不容易，磨叽了两三天也没有人“以身试针”。后来请了一位解放军医生来讲解，他用自己勤学苦练的故事激励大家。他说,学习扎针也是个忠与不忠的问题。毛主席提倡赤脚医生面向工农兵服务,就是要解放思想,敢为人先。说完,他拿起银针,毫不犹豫地扎到自己左胳膊小臂内侧正中间,说:“经络图上并没有这个穴位,是我发现的,也叫‘阿是穴’,对心脏病救治疗效很好。这是从实践中摸索出来的,因此我为它起名为‘向阳穴’,就是红心向着红太阳的意思。”我们深受感动,于是大家开始以自己的四肢练习,有的扎腿上的“足三里”,有的扎胳膊上的“内关穴”或“曲池穴”,有的扎手上的“合谷穴”。一层窗户纸捅破了,大家的胆子也随之大了,学习的热情空前高涨。

后来转入实习期。经过筛选和淘汰,留下了一半的人穿上白大褂,居然上门诊了。我们先是跟着老医生学,老医生也很耐心,不厌其烦地教进针手法、注意事项。我的“传帮带”老师是中医科主任李中和先生。那时他50多岁,很愿意教我这个学生。一来是我对自己敢下手,扎得胳膊上腿上的穴位皮肤变成酱紫色,有的还结了痂,出现皮损状况,说明我不怕苦;二来是我随身带着一本《中医概论》,他认为我兴许是可造之才。他大胆放手教我,我也很用心。先由扎四肢继而扎腹部,再到扎腰背。他跟我说:“前胸深如井,后背薄如饼。扎针万万要避开胸腔后背肺脏部位。”

经过三个多月的培训,“红医”培训班结束了。我志得意满地回到单位,该上夜班上夜班,并没有人理会我,更没有找我看病的。我觉得大家还是不信任我,得继续努力。于是我对李中和主任说,我能不能用歇班和下午空闲时间到医院接着学习。

李主任满口答应，又教我扎头部。太阳穴、百会穴、风池穴等也会扎了。什么血压高，伤风感冒、头疼脑热的病人都敢下针了。值得一提的是，有的小患者是聋哑人，李主任扎的同时，也指导我下针，这种信任给我力量和勇气。因为我穿着白大褂，对患者很和气，病人不知道底细，并不排斥我。一来二去，有的老病号还专门找我扎针。这样陆续又学习了一年多，大致学到一门技能。我有时也领着车间的师傅去看病，他们看到我在门诊穿着白大褂像模像样地熟练操作，也开始信任我了。

我在车间成了名副其实的"红医"，不光为师傅们治疗小病，他们还常带我到家里为老伴儿或父母扎针。因为我随叫随到，慢慢地积攒了人缘，受到好评。有一段时间我参加农业学大寨工作队，到蓟州桑梓村近一年。我带着银针为农民们扎腰腿疼，头疼脑热的小病也敢于下手针灸按摩，还有了些小名气。后来当了记者，我随北塘渔民出海捕捞船队采访海上"赤脚医生"薛思云。因为我有过当"红医"的经历，领导看了这篇长稿还算满意，发在报纸头版，标题为《碧海红医》。

老家有座“猪鼻子山”

崇　砚

我的老家在巍峨的太行山深处。那个地方对青少年一代来说比较陌生，但是，只要学过中国革命史的人，一下子就明白了，那就是在抗日战争时期刘伯承、邓小平率领的八路军根据地——山西省晋东南地区壶关县。据老一辈人讲，在壶关县驻扎着刘邓大军的一个加强团，人数达到8000多人。那里山连接山，沟壑纵横，山高林密，犹如一座天然屏障，抗击日本侵略者的铁蹄侵犯陕西延安革命根据地。

八路军的这个团编号是32团，分布在由长治到壶关、河南林县狭长的100多公里防线。1939年，日本鬼子攻打林县后往西侵犯，翻山越岭到了一个叫“八王河”的地方，遭遇32团伏击损失惨重。这支残兵便一路烧杀抢掠，打到壶关石坡村地界。日寇一个中队的马匹和人员进村驻扎后，夜深人静，八路军像天兵天将，从猪鼻子山冲下来，消灭日本鬼子300多人。猪鼻子山上有两孔大洞口，估计是地质变化形成溶岩洞。两个洞口高5

米多，宽6米，两个洞紧挨着，但进入洞口，里面相连，更加宽阔。因为从远处看，这两个大洞在北山中间的凸起部位，两边的山梁对称缓垂，山体确实像一个大猪头。这猪鼻子前面有树林和茂密的灌木遮挡，若不是有汉奸引路，不会引起日寇的关注。更难得的是，这个山洞在侧面两公里处还有几个小的出口，是天然的战斗掩体，易守难攻，进退自如。当年，八路军500多人秘密隐蔽在村子的后山上，还有10多个村庄的600多名持枪民兵，从山坳和多个羊肠小道把鬼子包围起来。在半夜三更，八路军把300多日本兵打得稀里哗啦，片甲不留。黎明时光，抗日队伍剿灭了凶恶的敌人，缴获了很多物资和枪炮子弹。这次大捷，鼓舞了壶关县人民群众的抗日士气。从此以后，日本鬼子再也不敢孤身深入太行山腹地。这场战斗的胜利，32团和壶关民兵得到八路军总司令朱德的嘉奖。

但是，由于日军武器装备精良，军事技术训练有素，特别是小钢炮发挥了极大杀伤力。在战斗中30多名八军路战士牺牲，80多名民兵牺牲或受伤致残。日本鬼子狗急跳墙，把村里房屋烧毁100多处，人民生命财产遭受极大损失。

如今，猪鼻子山的右侧，县政府为这场战斗中死难烈士刻碑纪念，修建亭子，记录抗击日寇的英雄事迹。这里已成为青少年革命传统教育基地。我每次回到故乡，都要去瞻仰丰碑，凭吊英烈，珍惜今天来之不易的幸福生活。

我的“娃娃亲”

戴正兴

在旧社会，我们山东老家有一种叫作“娃娃亲”的风俗。我也订过“娃娃亲”，我怎么知道的呢？还要从我和我的“老丈人”的一次见面说起。那年我九岁，妹妹不到一岁，时间是1945年。按我们山东老家的习俗，为了预防天花，妹妹种了牛痘，种牛痘一定要吃鱼，才能取得好效果。母亲把买鱼的任务交给了我。

一清早，我挎上竹篮子，直奔距我们村五里多地的沙窝屯集市。卖鱼的商贩有好几家，我看到一家的鱼活蹦乱跳，特别新鲜，我就决定买这家的鱼。母亲本来嘱咐我买一条一斤多重的鱼，可是鱼贩看到我手中的钱后，非要卖给我两条不可，看到那红尾红翅（鳍）的两条大鲤鱼，不住地朝我吧唧嘴，十分可爱，再说我好长时间没吃过母亲煎的鱼了，何不借这次机会解解馋，我就买下了两条大鲤鱼。

两条鲤鱼足有四五斤。我把盛鱼的竹篮挎上肩，径直回家。刚开始问题不大，可是不长时间，就感到肩膀勒得疼了。我就用手提着竹篮子,不一会儿工夫,胳臂也酸疼了。我干脆把竹篮子放在地上,用双手拉着走,这也不是办法,因为这样会把竹篮子磨坏的。怎么办呢?这时刚走出集市,离家还挺远,我真后悔听了鱼贩的话——多买了一条鱼。正当此时,身后忽然传来了让我永远铭记在心的声音:“奎元(我的乳名),等一下,我来帮你!”

一个高个子头戴瓜皮帽肩披褡裢的五十多岁男子,突然出现在我跟前。他用亲切的目光看着我,轻松地提起我盛鱼的竹篮子,微笑着夸奖我:“你真有本事,买了这么两条大活鱼!”虽然没说过话,我却认识他,我们家住在村东头,他们家住在村西头一条胡同里。那两条鱼我提着特别沉重,他提着却十分轻松,我们一路走一路交谈,他问我:“将来长大了想干什么?”我说:“像我爸爸一样当老师。”他说:“当老师很好。不过,要当中学和大学老师。”他告诉我,他大儿子在德州博文中学和我爸爸是同学,后来上了山东大学(是我们村1949年前唯一的大学生),现在是济南中学的老师。我们谈得很愉快,他还给我讲了一些古人刻苦读书的故事,一直到我家大门口,他替我提着两条大鲤鱼,迈上大门前高高的台阶。我请他到家坐一坐,他摆手说,以后会有机会。我问他姓名,他只说姓董,我问如何称呼他,他说以后你就会知道了。

看到两条大鲤鱼,母亲不仅没埋怨我,还心疼地说:“我的儿真中用了,这么重的两条鲤鱼,你怎么弄回家来的?”我说遇到给帮忙的好人了。母亲问我:“这个好人是谁呀?”我回答说:“只知道他姓董,大高个,住在村西头。”母亲不仅不夸奖我,反而骂我是个糊涂蛋,因为村西头大都是姓董的。母亲这一骂,让我清醒了,我告诉母亲:“帮我的那个人说,他大儿子在德州上中学时,和我爸爸是同学,现在是济南中学的老师。”母亲惊喜得几乎喊起来:“你这个傻小子,真有傻福气。他不是别人,他是小五她爹,是你的老丈人呀!”

母亲的话把我弄糊涂了,因为我连媳妇还没有,怎么会有老丈人?再一说,小五又是谁呢?经过母亲一番解释,我才弄明白。母亲告诉我,我早已订过“娃娃亲”,那一年我四岁,还在旧城镇办了三桌酒席,在父母指示下,我还向亲友鞠躬作揖,向老丈人和丈母娘磕了头。对这一切,我已经没有记忆了。母亲告诉我,我的老丈人名叫董连杰,是村中一户比较开明的地主,全村当年只有他念过几年洋学堂,他的大儿子是全村唯一的大学生。他总共有五个子女,前四个是儿子,最后一个是他最珍视最疼爱的女儿,名字叫小五,订“娃娃亲”那年,她九岁,我四岁。

自从这次“老丈人”帮我提鱼,又经过母亲这么说,我才知道我的“媳妇”叫小五,此前,我从未见过小五。直到1946年春节,也就是我十岁、她十五岁的时候,我们才第一次见面,在我的记忆中,这是我们一辈子唯一的一次见面,所以印象特别深刻。这是日本投降后第一个春节,也是土改前的最后一个春节,村里各种庆祝活动不仅样式多,而且特别火爆、热闹,高跷、跑旱船、花车和腰鼓队、花竿队白天轮流表演,晚上还有杂耍和小戏剧的舞台演出。正月十五这一天,各种演出活动达到了高潮,正是在这一天,我和小五见了面。当时我是花竿队的队长,花竿队由二十个十来岁的男童组成,每个成员头披彩巾,腰扎彩绸,手持花竿,动作花样百出,花竿哗哗作响,锣鼓喧天,场面特别火爆。当花竿队表演的时候,那些男童的全家和十四五岁平时很少出门的花季少女,都要到场观看。花竿队绕场表演,每当我们走到那些女孩子面前的时候,她们就对我指指点点,直到有一次她们把一个女孩子推到我跟前,并且高声呼喊着:“相女婿!”花竿队的同伴们也配合她们,把我推出队伍,也学她们的样子叫喊着:“相媳妇!”直到维持秩序的几个人出面,才制止了这种混乱场面,演出也只能草草收场。当时我虽然害羞,好奇心促使我近距离地多看了小五几眼,记得她个子比我高半头,梳着一根独辫,头上扎着红色绒花,辫梢上飘着一只粉色绢蝴蝶,至于模样的丑俊,我由于过分紧张,也没看清楚。

自从1951年我离开故乡到外地读书,便希望父亲退掉我的“娃娃亲”。后来,父亲终于帮我实现了我的婚姻自由,使我拥有了自己的幸福婚姻。至于小五的命运,几年前的一次清明节,我回老家祭奠父母,碰到了和小五有亲戚关系的一个人,他告诉我:直到1960年前后的饥荒年代,二十八九岁的小五尚未嫁人,为了活命,就逃荒东北,并且迫于无奈,嫁给了一个酒鬼男人,时间不长,就被摧残致死。我总想,要是小五也能掌握自己的命运那该多好呀!

“英雄”电视

石　波

我家的电视机买得很早。1976 年,周总理逝世后的那几天,父亲就觉得非得买一台电视机不可了。他说:“光听收音机里对周总理悼念的报道,怎么也不如亲眼看看悼念的情景真切、真实呀!”难道没有想到日后会有十里长街送总理的纪录片吗?会有许多悼念追思总理的电影和文章吗?想不到,大约也不敢想。当时,由于“四人帮”的压制,对周总理的悼念和对总理事迹的宣传是个极为敏感、轻易不能触碰的话题。普通民众多以为,总理已去,今后恐再难见到有关他老人家的信息了。

悼念总理的活动高潮虽然已过,但父亲要买电视机的意念却一直没有冷却。他说:“看新闻总比听新闻更直接,更具体,也更生动。”那就买吧!但当时,电视机绝对是个稀罕物。天津的商店里没有卖的,上哪里去买呢?父亲扫听来扫听去,终于打听到了我表哥的那个孩子神通广大,可以帮这个忙。于是,父亲就委托他给我们买一台。等啊等,朱总司令去世时没等到;毛主席去世时也没等到，既没有看到天地同悲的悲壮场面，也没有看到粉碎“四人帮”后举国同庆的欢乐场景。那就继续等吧，等到这年年底，终于等来了。那台电视是上海产的，200 多块钱，“英雄”牌的 9 寸电视。虽小，却不仅仅是我们一家，还是全院老小观看新闻、看节目的工具。每到晚上，我家不大的房间里就会聚满了人，大家看着、说着、笑着，与电视里的演员“共歌舞”，与舞台上的话剧演员“同悲欢”。

小涛涛是我院最小的观众。小妹很喜欢他，每次他来看电视，小妹都会抱着他。有一次小妹问他：“小涛涛，你知道电视里的小人儿是怎么进去的吗？”小涛涛摇摇头：“不知道。”“嗯，那些人因为不听话，让别人给摁进去的。你要是不听话呀……我也把你摁进去。”小涛涛半晌没说话，我问他：“姑姑说的话你信吗？”“不信……可我有点害怕。”小涛涛回答。我转而问小妹：“别看小涛涛害怕，可比你小时候强多了。你还记得咱家买来收音机后你是怎么做的吗？”“怎么做的？”“人家中央广播电台的‘小喇叭’广播里说，小朋友要想点播什么节目，有什么要求，可以给他们写信去。你硬是把你写的那封信，塞到收音机后面。问你为什么这样做，你说那些广播员都藏在里面。”“是吗？”小妹大笑，一屋子人都笑了，连小涛涛也抬头看了看正抱着他看电视的小妹。

武清地名中的元代印迹

侯福志

在元代，武清县（今武清区）隶属燕京路大兴府，是蒙古族统治中原的必经之地。正因为如此，在历史上，武清境内遗留了很多元朝文化元素，这其中尤以地名为最。

蒙古族是以游牧为主的民族，在武清县至今仍有很多与牧业有关的村庄。如南蔡村镇所属的“羊坊”村，包括刘羊坊、张羊坊、苏羊坊、肖羊坊、韩羊坊、翁羊坊等，均系明代移民成村。但这些村庄所占用的土地皆为元代蒙古族牧场官田，移民成村后以姓氏加“羊坊”命名。“羊坊”是典型的蒙古族文化符号。与游牧相关的村名还有泗村店镇所属仓上村，它在元代时曾为官家牧马场，明代时变成了驻官屯田，并在此设立仓廒。泗村店镇所属的南马房村亦为元代军队的牧草场，一直到明初，它还是驻屯军的饲养马场。

南蔡村镇有个达村，在元初时，有部分蒙古族客商在村内定居，故取名商村，后这里逐渐发展成为蒙古族人的聚集地，派往附近各村的蒙古族小官吏亦归这个地方管辖。到了明代，人们将其改称为“韃子村”。“韃”即指韃靼，是过去人们对北方游牧民族的一种称谓。到了清代，村名演化为“达子村”。1984年更今名。

白古屯镇所属的稍子营，明代时有张姓人家定居于此，取名大张村。因村西曾有一座元代军营，故周边村民将其贬称为“骚子营”。骚子，又称骚达子、达子，历史上，曾经是人们对北方游牧民族的一种蔑称。后因谐音改称稍子营。民国时期一度复称骚子营，1984年因其村名不雅，恢复了稍子营的名称。

元代，武清已有屯田制度，涌现出不少所谓的“官屯”村。如徐官屯镇所属的徐官屯、柴官屯（今称柴官）、陈官屯、孔官屯，南蔡村镇所属的聂官屯、郭官屯、卞官屯，大碱厂镇所属的黄官屯、张官屯（今名尖嘴窝），大良镇所属的富官屯，河西务镇所属的黄官屯（今称黄官），下伍旗镇所属的良官屯，均系辽或元末明初营官屯田之所，村庄形成后以营官姓氏命名。

元代时，武清段北运河成为大运河的重要组成部分，运河沿线出现了不少“百户村”。如南蔡村镇所属九百户、八百户、七百户、六百户，大良镇所属的小十百户、大十百户、二百户、南四百户、北四百户、上九百户，下伍旗镇所属的三百户、北八百户，上述村庄均系元代设置的漕运百户所（即随船兵丁、水手在此歇宿休整之地，以数字排序命名。如九百户，即是第九百户所；十百户，即为第十个百户所），后逐渐发展成聚落。

与漕运相关的还有河西务镇所属的东仓、西仓、南仓，这些村落均为元朝十四仓旧址。据史载，河西务元代以前即为榷税之所，到了元代，为强化对漕运的集中管理，朝廷又在河西务设立了国家级管理机构——漕运司，“领接海远粮道事”。《长安客话》曾载：“河西务，漕运之咽喉也……西岸旅店丛集，居积百货，为京东第一镇。”至元二十五年(1288)，朝廷在河西务建设了储运漕粮的“十四仓”。到了元末，因遭水患，“十四仓”遭废弃。在“十四仓”旧址建立了东仓、西仓和南仓等三个村落，这三个地名一直保留至今。

爬树掏鸟窝

石　头

我小时候的老屋，可不是现在的地方，也不是这么宽敞的院子。记忆中我家房子分东西两个小院子，西院两小间是养牛和父亲睡觉的地方。那时，父亲兄弟三人都参加了抗击日本鬼子侵华的战争。父亲支援八路军运时粮受了伤，二叔在前线献出了宝贵的生命，三叔前赴后继又随中国人民解放军打到天津。在我们村里，我家是为革命贡献较大的家庭，所以，在土改中获得两间房屋和一头小牛犊。

虽然东院是家的大本营，我对西院却情有独钟。西院不大，但有个直通大道的门楼，称之为“罗门”。这个罗门有门厅，门上还有镶嵌灰瓦的坡顶，是用砖瓦和白灰建成，门栋呈半圆形，看起来古色古香，很有气派，像是个年代久远的文物。

1954 年我上学了，天天要从罗门进进出出。我也觉得自己长大了，对身边的事特别留意。紧挨罗门南侧有一棵槐树，总能听到树上鸟的叫声。它们飞来飞去的。有时也藏在门楼里避雨纳凉。在紧靠墙头外的一根枝杈上,有一个鸟窝,这引起了我的兴趣。特别是在春夏之交,树上浓密的枝叶要把鸟窝遮挡,小鸟的声音如同天籁之音,让我神往。一天中午,趁家里的大人歇晌午觉,路上也静悄悄的,我竟然突发奇想,趁着没有过路的人,想看看这鸟巢,看看窝里小鸟的样子,恨不得捉下来自己养着玩。但我深深地知道这是大人们不允许的,因为鸟儿是农民的朋友,鸟儿还是庄稼的卫士,它们以吃害虫为主。父亲知道我有好动的性格,似乎看出了我这点小心思,曾经多次警告过我不许伤害鸟类。那天中午除了毒热的阳光,一切都很寂静。我以为神不知鬼不觉,便悄悄地上树向鸟巢攀爬。正在我以为伸手即可触摸到小鸟之际,两只大鸟呼啸着朝我冲来,先是把稀屎滋在我的头上和脸上,后又围着我叽喳直叫,并用尖尖的嘴啄我的手和脖子。这突如其来的袭击,使我慌了神,一不小心从树上跌落下来。

我从地上爬起来,一摸脸上有血,吓坏了!不敢哭,也不敢叫,更不敢让大人知道。也许是血脉和亲缘的关系,也许是母子连心吧,母亲从东院急步走过来,扶住了我。一边说:“我就觉得心里突突乱跳有什么事,你怎么敢去掏鸟窝!那是人家的家啊!没有它小鸟就活不了了,它们搭这个窝得两三个月哩!你这个小牲口!”母亲一边骂着我,一边赶紧拽着我往东院走。我知道,她是怕在西屋歇晌的父亲听见,再揍我一顿。

母亲给我头上的血窟窿撒上香灰(可止血,无毒),用干净布条包扎起来,按倒在炕里头躲着。吃晚饭的时候,由于那时没有电灯,黑灯瞎火的,每个人端碗各自吃,父亲也没注意到我头上的伤口,躲过了一顿揍。从此,我再也不敢伤害鸟类了。

上夜大

沈　栖

大凡一个人的童年都会有憧憬,我的憧憬是“大学梦”。我从无“书香门第”的优越感,祖辈是白丁,母亲也是文盲,父亲在抗战那年从家乡慈溪来到上海,读了高小便辍学做起了小生意。因此,他们把希望寄托在我的身上,希望能在家门出个大学生。

我的读书“蜜月”刚刚开始,似乎就走到了尽头,我的知识教育定格在初中二年级,大学梦也就成了海市蜃楼般的虚无缥缈。17岁那年,我进了一家纺织厂,“接受工人阶级再教育”。虽然搬运工的工作甚是辛苦,但是,我还是在残缺不全的碎片化阅读中寻找自己的理想,靠一种难以名状的激情涉过了早年文学追求的河流。我几乎是绕过了童话,直抵历史、文学、哲学,陷入了一种杂乱无序的阅读境地,囫囵吞枣、一知半解。

改革开放的春风沐浴华夏大地,使我再度萌发大学梦。鉴于家庭贫寒不能放弃工作,我错失了恢复高考第一年的良机,于1980年进入华东师大第一届中文系夜大学,终于圆了大学梦,还获得了学士学位。

夜大学期间，无论是必修课还是选修课，华东师大都配置了强大的教师资源。五年寒窗，我不断完善着自己的知识结构，文学修养得以提升。一经文史“充电”，我把主攻转入研读中国现代文学。改革开放使这个领域不断开禁，思想活跃，我与人合著《林语堂散文赏析》一书，参与编撰《中外现代文学作品辞典》《20世纪新诗鉴赏》，发表了《鲁迅论苏俄“同路人”及其文学》《茅盾与“革命文学论争”》《“左联”时期的“拉普”思潮影响》《论“七月诗派”的抒情艺术》《论太阳社的文学创作》等论文，还在阅览现代文史资料时相继发现了老舍、叶圣陶、蒋光慈、阿英、丰子恺等人的佚文，钩沉披露之，备受学术界关注。

夜大学生涯令我重新扬起了人生风帆。毕业后，我去了刚恢复组建不久的上海市司法局；三年后，即1988年被调任《上海法制报》副总编辑。俗话说：“隔行如隔山。”新闻工作的“短平快”令我没有坐冷板凳的时间，当然也就没有“耐得住寂寞”的雅趣，现代文学的研读只得“割爱”，代之以“千字文”的写作，短论、时评、按语、社论，继而进入杂文、时评创作。

我跨入新闻工作的门槛，恰逢我国改革开放刚走完第一个10年。那时，我国社会发展总的态势是：革故鼎新，拨乱反正，正本清源，思想空前解放，舆论空前活跃。这一态势不仅提供了一个极为宽松的言论环境，还向世人提出了一系列亟须考量、思索、探讨、解答的话题。我，一名新闻界的新兵，“初生牛犊不怕虎”，敢想敢说，视角转向更为广阔的社会相，把笔触指向一切妨碍社会改革的时弊，移情于民主法治建设的杂文、时评写作。当年较有影响的文章如《执法不留“特区”》《布罗德的“档案原则”》《有“宽容”胡兰成的一天吗?》《“知人善免”刻不容缓》《智者培根的另一面》,或被其他报刊转载,或由广播电台转播。35年间,我出版了《明天的废话》《告别“病态说谎的社会”》《思想者的自白》《一个公民的闲话》《余墨谈屑》等9本杂文集,有作品收入《中国新文学大系(1978—2000年)·杂文卷》和各种版本的中国杂文年选。

作为一名杂文界的新秀,我是极为幸运的。在我的杂文创作道路上,初试牛刀便有不凡的创作实绩,离不开郑拾风、冯英子、刘金、何满子、邓伟志等杂文界前辈的鼎力相助和悉心指导,他们对我犹如老燕护雏、老牛舐犊,凝聚了几多精力,几多汗水,几多心血!自2007年我被聘为东方网特约评论员以来,杂文、时评创作更是进入了一个高产期,每年发表作品逾百篇。

虽说我离开夜大学生涯已35年,但每每回首,总是难以忘怀那段沉潜学海的岁月,那些“授人以渔”的教师,那个给我人生带来转机的时代。

邵公庄中学忆旧

雍　勤

邵公庄中学如今还有吗？但我永远忘不了她。她是我的母校，我是她的第一届学生。她在我的梦里，在我永恒的记忆中。

我家住在前园，那是一个工农村，既有吃商品粮的非农业户，又有大批生产队的社员。1963 年从杨庄子小学毕业时，正犯愁去哪儿上初中时，邵公庄中学建成了。于是，来自周围好几个村和附近街道的近千名小学毕业生进入了这所中学读书。

邵公庄中学离我家不远，就在前园村与咸阳路的交界处。她的出现，成为距前园村最近的一景。宽敞的操场，一座当时看来十分巍峨壮观的三层大楼。二十个班的学生在此读书学习。

由于是新建校，老师和同学都格外爱护她。下雨时，我们是要准备两双鞋的，一双穿着、一双擎着。进楼时是要将擎着的干净鞋换上，再把粘上泥水的脏鞋提起，集中放到教室里的一个角落。教室和楼道极干净，每天的值日生要打扫自己教室的卫生，还须轮流负责楼道里的卫生。做楼道卫生是件既麻烦又有趣的事，我们从学校领来许多锯末，用水搅拌，然后撒在楼道的一头，几个值日生用笤帚扫、用板子推，一直到达楼道的那一头，于是有些脏污的楼道泛出一层清亮的光来。我们喜欢这样的清洁方式，便在我们给楼道做卫生时也匀出些锯末，做自己教室的卫生。

教室里窗明几净，讲桌、课桌各就各位，老师、学生各就各位，清洁、整齐的环境和良好的课堂秩序是教室里最美的风景。学校又来了个“锦上添花”：每间教室有两个大窗户，在每个窗台上放上两盆鲜花。洋绣球、矮牵牛、太阳花……有的花蔫了、败了，就再换上两盆。教室里总是那么亮亮堂堂、漂漂亮亮。我们是女生班，对鲜花有一种天然的亲近感。每到课间便会去看那花，去闻那若有若无的香气。

在转年春天的下学期，这两个窗台的四盆花都被撤掉了。不是因为天气冷，而是养花养草被视为“资产阶级生活方式”，要在学生中实现“兴无灭资”，当从改变其对花草的热爱开始。窗台上少了四盆鲜花的摆设，教室显得空荡了许多。想起我的老父亲，他本是医院里的花匠，那时不再养花，而是去传达室管收发了。大约也是因为这个缘故吧！

戍边榆和红军杨

李　仪

在甘肃河西走廊西部马鬃山以北,边防部队的大院里有两棵树引起人们的注意,并为之感慨不已。

一棵是榆树,树前立着的铭牌刻着“戍边榆”三个大字。从说明中我们知道,1985 年,时任边防营的一位副营长千里迢迢将 20 棵榆树苗带到边防,栽种后由于不适应恶劣的环境,几年内纷纷枯死,只有这棵榆树在官兵的精心呵护下坚强地活下来。如今,这棵榆树已经长得将近三层楼那么高,如伞的树冠分叉均匀、枝条披拂、绿叶繁茂,给营区洒下一片浓荫。30 年来,这棵榆树早已和边防军人融为一体,与代代官兵共同戍卫边防。

一棵是杨树,树前也立着一块铭牌,上面刻着“红军杨”三个大字。相比较,这棵树的树龄较小,也就十几年,是后来部队用水问题有了改善后移栽的。在大西北,杨树是常见树种,一般长得高大挺拔,成排的杨树站在一起,像一队队士兵,抵御着大漠的风沙。然而这棵杨树长得却和我们见到的完全不一样,它从一米多高的树腰就开始分叉，然后斜向生长，最后向中央聚合，树杈上所有的枝枝条条和绿叶都努力朝上长着，伸向天空。更为奇特的是，如果随手掰开一根小指粗的枯枝，在接头的截面上会清楚地看到一个红色五角星的图案，据此，人们叫它红军杨。

按河西人的说法，这种杨树只有在当地才有，特别是临泽、高台一带居多。这话当然得到证实，因为出了河西，从没发现这样的例子，园林部门也解释不了现象，只说这是本地杨树的自身特征。

1936年10月，红军长征结束后，红四方面军部分军队及红一方面军部分军队计二万余人奉命西渡黄河。后来，过河部队被称为红西路军。在西进过程中，这支部队遭到西北军阀“兜剿”，最后终因兵力悬殊，惨遭失败。在河西地区，红西路军牺牲人数达7000人，被俘后遭虐杀、活埋5600人，最后被营救返回延安4700人，流落在甘、青等地4500人。人们说，是西路军战士的鲜血染红了河西大地，所以才有了“红军杨”。

河西走廊大部分是戈壁荒漠，生态环境十分恶劣，特别是马鬃山地区更是典型的黑戈壁，自古以来就是我国交通和环境条件最为苛刻的极端干旱区域。驻守在这里的边防战士，一边喝着苦水，一边耐着寂寞，数十年如一日地在边境站岗、巡逻、放哨，守护着国家领土的安全，如果没有执着的信念，是难以坚持下来的。这正是红西路军对信仰的忠诚在新一代中国军人身上的体现。

失眠的童年

万　翔

童年仿佛不应该失眠，但我的童年却常与失眠相伴，既不是神经衰弱，也不是忧心忡忡。失眠的原因主要是兴奋。

我的童年是在 20 世纪 70 年代，那时的生活比较平淡，能够刺激人们神经的事情几乎为零。但孩子们的神经还是比较敏感的，或者说他们还是比较容易被刺激、被满足的。哪怕是一张电影票，一双新袜子，或者是一次游园活动，都能让孩子们兴奋好几天。而这种兴奋的结果极有可能会导致失眠。

翻阅记忆，有两次失眠较为深刻。一次是在上学前，那是一个农历腊月廿九的夜晚。忙碌了一年的父母准备用一年中仅剩的一天时间打扫一下卫生，我便被安排住到了姨妈家。临走时母亲特意让我把过年穿的新衣服和新鞋带上，正是这身新装让我兴奋得失了眠。过不了一会儿就要睁开眼睛看看天亮没亮，那一夜显得特别漫长。其实，那身新衣只不过就是一身棉布的制服，那双新鞋就是一双鹿皮鞋。

还有一次是上小学后过第一个儿童节，学校组织到北宁公园游园，规定早晨六点准时集合，晚一分钟也不等。尽管头天晚上已经做好了充分的准备，衣服、水壶、午饭一切就绪，并且再三提醒父母一定早早叫我，但还是放心不下，几乎是彻夜未眠。

何以如此兴奋，现在的孩子可能永远不会理解，其实就是穿新衣、新鞋以及到公园游玩的机会少得可怜。在我的记忆中，儿时没有一次买了新衣、新鞋就能马上穿戴起来，不是等到过年，就是等到过节，或者就是等到串亲戚。至于由家长领着到公园玩耍，那就更是一种奢望。因此，那时的孩子总是有个"希望"在心里装着，让他们一想起来就兴奋，就会掰着手指头算算离实现那个愿望还有多少天。这既是我们童年的悲哀，也是我们童年的幸福。

"六一"儿童节马上就要到了，无论是学校、幼儿园都会为孩子们准备丰富多彩的活动，家长们也一定为子女购置了品种齐全的礼物，不知道现在的孩子会不会因此而兴奋、而失眠。

春在楼雅集与胜芳螃蟹

侯福志

春在楼酒家坐落于旧法租界天祥商场后身(今辽宁路上),楼主人叫杨荫农,世居胜芳镇(霸州市)。20世纪三四十年代,这家酒楼以胜芳螃蟹招徕顾客,故在天津餐饮市场上十分火爆。

胜芳蟹是中华绒螯蟹的一种,以出产地域而得名,尤以“金爪玉脐”闻名于世。历史上,它曾与阳澄湖大闸蟹、大泽花津蟹齐名。胜芳镇地势低洼,大清河、中亭河等水道贯穿全境,三角淀、东淀两大洼淀之水,汇聚了上游冲积物中的营养成分,为胜芳螃蟹的繁育成长提供了优越的地理环境,这是胜芳螃蟹得以名扬海内的重要原因。

杨荫农熟谙家乡土特产,每年凉秋将至,螃蟹初肥,他都要派专人赴胜芳选蟹来津,一时津沽老饕争相趋之,该楼亦从此以蟹闻名。楼主人深谙营销之道,经常借城南诗社诸耆老之力,在报纸上大打软性广告,一时间引来大批食客。1941年8月27日,杨荫农曾邀请吴子通、王伯龙、姚灵犀、张聊公、何怪石(春在楼旧主人)、刘仲威等名流,到春在楼品尝蟹宴。张聊公“连吃三只,饮白酒三杯,颇觉快意”。而吴子通“则吃四只,又继之以猪排等物。年已六十有七,而牙齿犹好,食量甚宏。此翁矍铄,同座皆艳羡不止”。此前,大方(方地山)健在的时候,为春在楼食客,他每夕必扶杖独至,把酒持螯,兴酣之余,挥觞对客,豪情逸致。而今日大家再行聚会之时,大方已归道山,“主人犹指屋角一室曰,此大方先生常醉处也”。

晚宴结束后的次日,由王伯龙主持的《新天津画报》副刊,刊载了一篇由吴子通撰写的《螃蟹咏七律限阳韵》征诗启事,言“螃蟹又上市矣,不可无诗以咏之。因为拟题,广征佳什。此次不分名次,凡有佳咏,选定随即登报,并赠极大螃蟹,以助佳兴”。

启事发出去不久,应征作品纷至沓来。9 月 7 日,《新天津画报》发表教育家林修竹(字茂泉,有《澄怀阁诗集》存世)《和吴子通吟螃蟹诗步原韵》一诗,一时好评如潮。其诗云:佐餐疑带海霜凉(陆龟蒙诗“沫白还疑带海霜”),好伴橙香记最详(元好问蟹诗有“酒边遗汝伴橙香”)。斫雪含黄风味美,柔中刚外甲兵藏。两螯雅有东坡嗜(苏东坡诗“两螯斫雪劝加餐”。又杂志云:东坡嗜蟹,后有见饷者,辄放之),百斛还让吏部狂。正是菊天新酒熟,金膏玉髓喜观尝。

又过了十天之后,《新天津画报》于 9 月 18 日,又刊发了署名任巴的《螃蟹》一诗。诗云:横行并未祸人间,身死原因肉味鲜。不信胸中无脏腑,须知壳里有仙神(俗传蟹内有骨为仙人)。现形美女红颜醉(上海某年发现一“美人蟹”,蟹壳上有一美女),部属虾兵铁甲寒(虾兵蟹将,孙悟空闹龙宫时曾一度出现)。切记秋凉莫出水,提防雅士就白干(白干即高粱酒,北人白字读平声)。

无论是“柔中刚外甲兵藏”,还是“须知壳里有仙神”,胜芳螃蟹都被赋予了一种特殊的灵性,但再精明的螃蟹,哪怕是“美人蟹”,也难逃“就白干”的命运。

温暖我们的老游戏

由国庆

到底什么是老游戏？“阳春白雪”的教科书中没有标准答案，“下里巴人”的民俗资料中也难寻统一说法。但这并不妨碍我的思考，慢慢地，我发现乡土的、具有广泛民众基础的老游戏大多取材简单，廉价，甚至无需分文，重要的是，它们已经成为消逝或正在消逝的闲情活动。此乃共同特征。

民间游戏肇始于何时？一般认为，抽冰猴儿早在汉代就有流行，即现代人玩的抽陀螺。随着造纸术的发明，汉代也出现了以竹篾扎制骨架、用纸张糊制的风筝(雏形)，并堪称世界上最早的人造飞行器。唐代以来，因风筝以鸟形式样居多，放飞时双翼不动，好像鸢鹰展翅翱翔的样子，故得“纸鸢”之名。经典老游戏捉迷藏曾得唐明皇、杨贵妃喜欢。再看坊间，唐代诗人元稹在诗中曾描写过他与崔莺莺在晚间玩捉迷藏的情景。到了五代，人们常把小竹笛安装在纸鸢上，当其飞到空中，风吹笛响，声似筝鸣，因此称之为“风筝”。

三十年来，我收藏了大量老广告、老商标画，故纸中的儿童游戏画面也非常鲜活，比如民国时期的孩子们玩烟画（旧时香烟包内附赠的一种小画片）、弹球儿、跳山羊、搭积木、玩七巧板等，其中不少游戏得以传承。

中华人民共和国成立之初，百废待兴，物质匮乏，但这阻挡不了少年儿童与生俱来的玩心，孩子们学会了因陋就简、因地制宜地开展游戏，寻找乐趣。一截儿麦秆，不一会儿就能扎出个小马驹；几枝柳条，说说笑笑的空儿，一个“战斗帽”就编好了；一段线绳，在小姑娘手里也能翻出花样来……少年们利用一切看似无用的东西创造出看着简单却无比快乐的游戏，陶醉其间，身心得到成长。20 世纪 60 年代，跳皮筋、找朋友、丢手绢等游戏被大家熟知、喜爱，同时融入了鲜明的时代特征。值得注意的是，角色扮演形式广泛出现在游戏中，领袖、军警、侠客、神话人物等角色不胜枚举。相形之下，孩子们也搜尽闲置杂物，鼓捣出枪支刀剑等武器玩具，或简或繁、或糙或精，游戏中总充满欢乐。

就个人而言，我疯玩在 20 世纪 70 年代。那似乎是一段少儿“大竞技”的岁月。弹玻璃球、扇方宝、砍打劈柴、砸杏核、推铁环、挑火柴棍等，只要有娴熟的技艺与丰富的想象力，竞技游戏可随时随地展开。旧日里，天津有不少家庭为了做饭一天要点两次煤炉（其目的为省煤），引火需要废纸，如此这般，小孩子赢获的纸方宝拆开后是可弥补日用的。回想自己小时候，玩游戏“最危险”的一次是五六岁那年冬天，小伙伴们玩砸娃娃（砸砖头、砸皇帝），有一次我真当上了“皇帝”，头被砸破见血了。怪只怪有的小伙伴着急心切，还没等我在场中摆好砖头站起身，他的砖头就飞了过来，正打中我的头。就这样，在跌跌撞撞、遍体鳞伤的淘气日子里，我长大了。

改革开放为20世纪80年代的游戏带来前所未有的飞跃，电子游戏来了，比如通过“小霸王”游戏机来玩超级玛丽、街霸、拳王、魂斗罗等，让青少年如痴如醉，深夜裹着棉被对着电视发狂的不乏其人。90年代，随着电脑的普及，单机游戏成为小小孩、老小孩的重要娱乐活动，或难或易、或静或动，各取所需，趋之若鹜。很快，网络游戏迅速发展，百家争鸣，相形之下旧时代的老游戏很快被遗忘，悄然间步入了怀旧境地……

关于游戏的分类，学界、民间素有不同说法，各有道理，莫衷一是，比如分为体力型、智力型、竞技型、团体型、观赏型等几大类，也有的分为身体对抗类、运动对抗类、运动竞技类、脑力对抗类、物品对抗类、物品赚亏类、休闲类、自娱自乐类等。在国外，早期的传统游戏理论也是众说纷纭，如精神分析学派理论、皮亚杰认知发展理论、苏联活动游戏理论，以及游戏激活理论、游戏交际（萌芽）理论等，且每个学派都有代表人物。

那么，也许有人会问，老游戏对少年一代的成长到底有何意义呢？我们还以捉迷藏为例，其内容轻松活泼，生趣盎然；规则比较简单，可随机变化；参与性强，集体活动需要玩伴之间配合与互动；再有，游戏常在开阔的胡同里、旷地上玩耍，能为孩子们的自由度提供较大空间；无需费用。有学者在研究游戏教学时曾列举了心理学家的分析：捉迷藏时藏匿起来不让别人发现，经历多方寻找终于发现，二者都能引起孩子的快感；它要求小孩子听力与目光要敏锐，奔跑要积极，还要用巧妙方法与策略找到藏匿者，这是对孩子的综合考验。加拿大教育家马克斯·范梅兰在《儿童的秘密——秘密、隐私和自我的重新认识》中认为，玩捉迷藏时看不到爸爸、妈妈，对孩子来说是一种令人激动的经历。游戏能教给孩子身份和身体之间的转换关系，不乏对儿童的自主性、责任感以及处理人际关系的亲密感产生影响。如此看来，民间游戏在带给孩子精神愉悦的同时，对促进少年儿童的认知、体能、情感、社会性等方面的发展具有一定的作用。

历史悠久的老游戏是社会生活的组成部分，也是一种民间文化现象，丰富多彩，长期游戏会积淀下民族的、地域的民俗情结，会反映出一个地域特有的行为、思维、感情与交流方式。天津卫老游戏又何尝不是呢？许许多多颇具天津特色的游戏可以让孩子们在娱乐中得到民族文化、天津文化的熏陶，进而得以了解与传承。

岁月总在演进，生活总在发展。时过境迁，老游戏正面临迅速减少与衰落的趋势。尽管如此，对于曾享受过它带来的快乐的中老年读者来说，老游戏中承载着他们对过往生活的幸福回味。也许，老游戏好像成了某种管道，沟通着心灵；成了一座桥梁，跨越着年代。如果说，没有游戏的童年难言完美，那么，请还给孩子们一片蓝天吧，他们需要更多的快乐。

“四四”到“六一”

侯福志

20 世纪 70 年代，我上小学的时候，每当“六一”儿童节这一天的上午，学校都要组织文艺演出。小演员穿着鲜艳的服装，在台上又唱又跳，给节日营造了欢乐气氛。如今 40 多年过去了，旧时的影像仍然历历在目。

2017 年 12 月，笔者应邀回到母校梁各庄中心小学考察，并被母校聘为民俗学教育顾问。我在给同学们做了一次民俗学讲座后，收到了一张小字条，内容是要求我回答有关儿童节设立的一些问题。在此之前，我曾查阅了一些文献，并对此问题做过研究，经我简要解答后，同学们报以热烈掌声。历史上，我国的儿童节原是“四四”，后来才演变为“六一”。要说明这一点，需要从一次国际大会说起。1925 年 5 月，“国际联盟”（1920 年成立）在瑞士的日内瓦设立了儿童保护委员会，同年 8 月，该委员会在布鲁塞尔召开了“国际儿童幸福促进会第一次国际大会”。包括中国在内的 54 个国家派代表与会。会上审议通过了《日内瓦保障儿童宣言》,倡议各国设立儿童节。这次会议之后,美国、英国等率先予以响应,陆续设立了自己国家的儿童节。

天津著名报人戴允挥曾在其主编的《语美画刊》上,发表了《儿童节的历史和各国儿童节的情形》(刊于1937年4月7日),披露了这次会议之后各国儿童节的设立情况。据该文介绍,美国把每年的5月1日定为儿童节。每当这一天到来,美国总统都要在白宫举行仪式向全国儿童致意,并在这一天向全国儿童开放白宫。英国把儿童节定在7月14日,每当这一天来临,各地都要以举办游艺会、讲演会或健康比赛大会形式庆祝。

中国也是响应号召设立儿童节较早的国家。1931年3月7日,上海中华慈幼会建议将4月4日规定为中国的儿童节。之所以选在这一天,是因为4月春意正浓,万物丛生,象征着儿童在春光下茁壮成长,并且"四四"又与传统的"三三"(上巳节)、"七七"(七夕节)、"九九"(重阳节)等节日交相辉映。当时的国民政府采纳了这一建议,在5月21日颁布了《全国儿童节纪念办法》,以法律形式把儿童节确定下来。1932年4月4日,我国举办了首个儿童节纪念会。笔者曾查阅了该办法的文本,按照办法规定,国家鼓励小学校、幼稚(儿)园及其他社会教育机构,举办各类纪念活动,并倡导儿童在节日期间做适当之游戏,如放风筝、打棒、踢毽等。

近代著名教育家蔡元培曾于1939年创作了一首《儿童节歌》,其歌词内容为:"好儿童,好儿童,未来世界在掌中。若非今日勤准备,将来落伍憾无穷。好儿童,好儿童,而今国难正重重。后方多尽一分力,前方将士早成功。"该歌谣的主题,是引导儿童好好学习，为抗战做贡献。文字通俗，朗朗上口，充满了爱国主义情怀，一时广为传唱。

1949年11月，为悼念“利迪策惨案”以及全世界所有在战争中死难的儿童，国际民主妇女联合会在莫斯科举行会议，提议将每年的6月1日定为国际儿童节。该提案在随后召开的理事会上获得通过。1949年12月23日，中华人民共和国政务院根据上述提案，决定将“六一”国际儿童节确定为中国儿童节。1950年3月30日，国家教育部发出通告，规定每年的6月1日为儿童节，同时废除“四四儿童节”。

信　任

李克山

20 世纪 70 年代初，通过镇医院短期培训，我当上了村里的“赤脚医生”。我想：小村缺医少药，我回村一定会受到乡亲们的欢迎！谁知事实并非如此。医疗室很少有人来，而我送医上门，又常常被患者家属婉拒。村民有病依旧往镇医院跑，甚至暗中去找跳大神的“小脚大仙”。我知道，这是对我这个“医生”不信任，我很苦恼。

大队党支部也似乎发现了这个问题，支书鼓励我说：“不要灰心，只要你努力工作，不断提高医疗技术，很快就会取得大家的信任！”我想也是，只在医院学习 3 个月，回来就当医生给人瞧病，谁敢用呀！于是我便静下心来，像支书说得那样，处处严格要求自己，以王桂珍（中国第一个“赤脚医生”，毛主席接见过她）为榜样，以合作医疗规章制度为准则，以“六二六”指示精神为动力，一方面参加生产劳动，随时随地为生病的社员服务；一方面加强业务进修，希望能尽快提高自己的医疗水平，并且认真搞卫生宣传和卫生防疫，种植和采集中草药，以解决经费不足，发展和巩固合作医疗。

半年过去了，我和两位老农种的3亩中草药喜获丰收！药草除了医疗室免费给社员备用，还把余下的药草晒干运到县医药公司出售，用所得资金购买中西药品和医疗器械，因而得到广大群众的好评。不仅如此，我还利用业余时间学习了《内科学》《外科学》《针灸学》和《农村常见病防治》，并在医疗实践中发挥了作用：比如在修渠工地上，有个社员腹痛，我给他服下颠茄片，又在足三里等穴扎了两针，腹痛很快就好了。有个社员拉车用力过猛把绳儿拉断，重重地摔在渠坡上，手指被利物划了个小口子，血流不止！我给他消毒止血又缝了一针，只用了几分钟时间，伤口便不再出血。有个社员干活把腰扭伤了，我就地给他推拿，又贴上一贴伤湿止痛膏，疼痛便好了大半。村里的茂林叔，年轻时好打鱼摸虾，落了个老寒腿的病根。后来又添上膝盖痛，四处求医，不见好转，有的医生叫他换膝盖骨，吓得他不敢再去医院，躲在家里活受罪。我想：他的膝盖痛是因风湿而气血凝滞，用“火攻”祛风散寒，疏通经络，定能有效。可是当我找到他，他却蜷缩在炕头叹息着说：“孩子，你的好心叔领了！可是我这病不少大夫都没辙，你？……唉！”我知道，他是对我不信任。我近乎哀求地说：“叔，我就是给您瞧不好，也不会给您瞧坏了，您就叫我试试吧！”他见我急得要哭，一拍大腿说：“叔豁出去了，怎么瞧你就下手吧！”我心里一阵激动，于是我叫他穿上短裤，与他用小板凳儿对坐屋内，点燃半碗老酒，放在他的两腿之间，我用手撩着蓝幽幽的火苗，左一下右一下在他的膝盖部快速拍打揉搓——这是民间流传下来的土方，具有舒筋活络、解淤止痛功效。“酒拍”后见他的膝盖痛大有好转，我的烧手之苦也仿佛减轻了许多。后来我又用“七星针”（也叫“梅花针”）放血加拔罐给他治疗几次，他膝盖痛的毛病居然彻底好了。

之后，村上找我看病的人渐渐多了起来，人们患病再也不舍近求远往外跑，跳大神的“小脚大仙”也再没人找了。后来我的事和“工地巡诊”照片被刊登在《人民日报》上，还接受了市县电台的采访，然而些这并不重要，我觉得最大的幸福是取得了乡亲们的“信任”。

黄牛也有情

冯二木

在农耕时代，对靠种地吃饭的农民来说，牛，是家里的重要成员，是最大的劳动力。那时没有机械，农民要靠它耕地、种田；没有汽车，农民要靠它拉车运输；没有电磨，农民要靠它拉磨碾米轧面。牛，对于农民来说，实在是太重要了。但是，那时广大贫困农民是养不起牛的，一是没房子圈养，二是没饲料喂。只有那些富裕的地主、富农才能养得起牛，除了为自家干活外，再租借给其他农民使用。

我们家曾与另外一位叫冯元庆的贫农，共同分到一头小牛。精明的父亲与元庆商量："元庆哥，这小牛一年半载也干不了活，养着也是个累赘。不如你给我点钱，牛全归你一个人吧。"元庆一听，这牛至少值 4 块大洋，那样的话就得给我家两块大洋钱，还得白养一年半，不合算啊！于是，元庆提出他不养了，让父亲给他两块大洋钱，整头牛归我家。父亲痛快地答应了，说借钱也要把那半条牛买回来。父亲东凑西借，终于把小黄牛牵回了家。

父亲对奶奶说:“别看现在是头小黄牛,一年以后保准是条大老犍(就是牛中之王)。”父亲年轻时曾在河南安阳米店打工卖过米,在那里经常有牲口贩子过来拉粮,时间长了,父亲也多少懂得了点门道。他一眼就能看出牛、马、驴的不同品相和优劣。

父亲把牛看成了自己的好帮手,悉心地对待它。无论种地多苦多累,牛吃的青草、干草(是有配比的),牛饮的水以及添加的盐和细料(含粮食),都要满足牛生长的需要。10个多月后小牛变成了强壮的半大老犍。它皮毛繁茂光亮,两只犄角高挑,真有点儿“牛气冲天”。

父亲喜欢牛,爱惜牛,轻易不打牛。牛即便犯小脾气也是以吓唬为主,鞭梢也挨不到身上,只是轻轻在牛的肩膀甩来甩去。为了让牛吃上夜草(因为牛不吃夜草不壮),父亲住到专门圈养牛的西屋与牲畜共住,以便半夜起来添加草料。后来我长大了,也就是六七岁吧,在牛房和父亲通腿睡一个炕上。我眼见他对牛的吃喝拉撒特别用心,随时清理牛粪,往圈里撒炉灰、铺干草,让牛卧着舒适一些。这头牛也对得起主人,耕地走得快,比别的牛耕得多;拉车力气大,载得多;一旦出远门拉煤炭,从不惜力。牛成了我家的重要成员,好像也能与人交流,听得懂主人的话了。一次在地里干完活,天傍黑前,父亲对我说:“你再放放它,让它吃饱了再回家,路过池塘饮足水。”看父亲的神色,好像也在对牛嘱咐着。父亲先回村了,过了一阵子,牛卧到我跟前,意思是让我骑到它背上回家。我骑上去后,可它一起身,我因为没有可以抓握的地方滑了下来,试了两次都没成功。这时,只听老牛长叹一声:“哞——”它慢慢悠悠地走到一个梯田岸边站住了。

我明白,这是让我站在梯田边上再骑到它的身上。

老犍对我们家很有感情,在村上的牛群里有劲儿和厉害是出了名的,在我的记忆里,它在我们家里从未犯过脾气。1954年牛入了初级合作社,全都归集体饲养使用。但是,我家的大老犍总是不听话,有机会就偷偷地跑回来,在院门外一声长啸。这时,母亲知道它饿了,赶紧弄一锅菜和剩下的饭搅拌在一起,端给它吃。一次,我拿了一只嫩瓜喂它,它舔着一点一点地卷入嘴里,直舔到我的小手,眼窝窝里都是泪水。这时,只听合作社里饲养员在大门外喊:“就知道你又跑回家了。”“啪啪!”狠狠地甩了两鞭子。老犍不情愿地一边跟着他慢慢地走,一边不时地回头望望我们。

川陕路上故事多

柳　岸

读了《七彩虹》第 42 期《老滑游记》，如同跟随工人作家滑富强自驾去旅游了一趟。身在家中坐，但好像走了万里路，读了许多书。滑老喜寿之年，矫健步伐徜徉在川陕的崇山峻岭，不仅展现了一幅壮丽秀美的山川画卷，使我欣赏风景、放飞心情，更让我增长知识、体悟人生。几天来边读边思，油然生出些许感悟。

滑老的“四川之旅”是从北线秦岭入川的，这条线路山高路险，故事颇多。从杂志封三照片上看，滑老还在秦岭服务区留影。秦岭可不是一般的山峰，仙气飘飘，除有人头峰、扯袍谷等拟人化名胜外，它的地理气候意义更为重要。它是中国西部南方与北方的分界，岭南为南方，岭北为北方。翻过秦岭一路下得山来便是四川广元县（今广元市）。广元气候宜人，被北方人称之为南方，而南方人又称它为北方。它既是著名的旅游胜地，更是中国红色革命根据地川陕边区的发祥地。20 世纪 30 年代初，张国焘、徐向前等带领红四方面军16000名将士，从贫穷艰苦难以生存的大别山区，一路沿长江北岸西进，到川陕交界的广元一带落脚。这里物华天宝，气候宜人，地理位置险要，很适合工农革命武装壮大和发展。短短的三年间，红军便拥有近10万人的队伍，占据了以巴中为中心的方圆数百里土地面积，成为中国革命最重要最强大的根据地之一。

关于剑门关的故事，滑老谈古论今，提纲挈领地引导读者去充实知识，丰富想象。这使我产生对《三国演义》中一些事和人的思考。当年魏蜀吴三国鼎立，刘备倚仗诸葛亮偏安一隅。那时蜀地仅300万人口，绝大部分青壮年劳动力被征兵打仗去了。进入老年，我对诸葛亮这个心目中的大英雄产生了一些想法。他的聪明才智是否用对了地方，其战略眼光和思想路线是否能更加顺应潮流，他费尽心机、灯枯油尽，客死在秦岭五丈原是否也有遗憾。

滑老一行是自驾出陕入川的，这使我联想起陕西省的版图。记得上初中时教我的地理老师特棒，能把地理知识"故事化"。陕西省的地图乍一看会给人以丰富的想象，似乎是一位身披铠甲的勇士站立在八百里秦川大地。其头部直插内蒙古，脚踏四川盆地，南北距离近2000里，很是威武雄壮。这也正是秦始皇的高明之处，大秦把北部边陲与巴山蜀水连成一体，不仅便于中央集权的统治，更容易把南北交融起来，使汉文化与少数民族文化熔于一炉，极大地增强了民族凝聚力。后来读到毛主席的诗词《七律·〈读封建论〉呈郭老》："劝君少骂秦始皇，焚坑事业要商量。祖龙魂死秦犹在，孔学名高实秕糠。百代都行秦政法，十批不是好文章。熟读唐人封建论,莫从子厚返文王。”这才知道,中国的行政版图是以郡县制为政治架构形成的,这在历史上是一个极大的进步,打破了以前的分封制,抑制了地方势力“尾大不掉”的弊端。《封建论》赞颂秦始皇的这一改革,为中国两千多年来的政治体制规划了基本格局,沿用至今。所以,毛主席称“祖龙魂死秦犹在”“百代都行秦政法”。这对中华民族是多么大的贡献啊!

继而,滑老把我带到了江油。李白,从江油而出;江油,因李白而名。李白大名高千古,借用一句“顶峰论”,称李白是中国诗词的“顶峰”真不为过。古今诗家又有谁能望其项背?但有一疑问我至今不明白,李白是怎么个活法啊?那个年代,交通不便,信息不灵,他居然能云游四海,对家里亲人毫无牵挂,还那么豪放达观。妻儿老小怎么生活,他怎么生活,真应了一句现代流行语:“都在酒里!”据说李白之后均“痴傻呆茶”,是不是也“都在酒里”?

川陕线是一部立体的大书,中国古代多少风云人物和文人墨客留下无数的故事。由于蜀道之难,难于上青天,战国时期七国争雄,隐匿于大西南的巴蜀并不显眼。公元前316年,秦国变法进入强盛时期,遇上了千载难逢的历史大变局。其时,巴、蜀、苴三国内乱,苴国使臣翻山越岭求助秦国。老谋深算的秦王大喜,趁机出兵天府之地,一举扫平诸侯,千里沃野尽收囊中。这样,大秦无论在物质上还是人力上都得到极大的丰富,有了巩固的大后方,并且从水道往东直接连通湘楚,拥有天下最大的粮仓。巴蜀定,荆楚平。当齐、赵、韩、魏、燕诸国还在睡梦中,秦国已把天下谋划于胸中。

然而,历史又是那样的吊诡。梦想长生不老的秦始皇在得天下15年后,江山就在大泽乡农民起义的咆哮中轰然垮塌。后面,又上演了楚汉之争。泼皮无赖刘邦要比愣头青项羽鬼头得多。鸿门宴后,刘邦先是从秦川关中翻越秦岭灰溜溜地逃往汉中,并一路烧毁历代千辛万苦修葺的栈道,以迷惑项羽决不返回。刘邦等歇过劲来后,又派兵假修栈道,再迷惑项王,而偷偷以精锐之师绕过秦岭,似天兵天将,高调由西向东直插宝鸡。当年的宝鸡叫陈仓,由此,才有了千古名句:"明修栈道,暗度陈仓。"

滑老还去了杜甫草堂、武侯祠、乐山大佛、都江堰等名胜古迹。这些地方即便走马观花,对一位望八老人来说也是相当吃力的。由于是身临其境,知识内涵充盈,滑老精神饱满,移步换景,一唱三叹。四川省面积大,相当于40多个天津市,名胜古迹数不尽,名人趣事说不完。俗话说"诗人不入川,难以天下名",四川还是练就中华才俊的大熔炉。跟着滑老这次免费游,真的获益匪浅啊!

水　忆

石　波

我家住在离海河东岸不远的胡同里,是新中国成立不久从别处搬过来的。那一条狭长胡同里的百十来个大院的居民怎么用水,刚刚四五岁的我是不太清楚的。离我家住的那个院子不远处有一家水铺,日日夜夜供应着冷水和开水,胡同里的大人们或挑着木桶去买些冷水,或提着水壶去打开水。当然,我见得多的就是打开水的。我家不去挑水,也不去打开水,因为我们院里本就通有自来水。在外院北房的窗下,伸出一个水龙头,从一个安有水表的池子里引出的自来水汩汩流出,供全院三家四家人使用——房东是个有钱的主呀!

这条胡同居民的构成比较复杂,且多"隐蔽"。一样的服饰看不出谁家穷谁家阔。其实,胡同西头顶着的那条街上是有一个压把井的。刚搬到这条胡同时,还见有人用压把一压一起地吸上许多水来,却不知怎么就搁置不用了。最初它还"自由",我们压来压去地玩儿过。后来就被铁链子锁上了,天天耷拉着脑袋被“禁闭”。而自来水的普遍使用，人们也就把它忘记了，只有我们这些小孩儿，每每看到它，还多少露出些怜悯和怀恋的目光。

自来水管是怕冻的，我们院的那个水龙头一到冬天必要包上小“棉被”；胡同里公用的那个水管用白灰包裹，变成一个体态臃肿的大胖子。就这样精心，仍时常被冻得不出水，便须加热，用开水烫。有时一壶水不够，须两壶水甚至更多。我们院的还好，烫开了留不下什么痕迹，而那个公用自来水管的下面就会渐渐形成一个大冰坨子。

吃水不再困难，但每家都须备有大水缸。突然有那么一年，挂在水缸边沿的水舀子有了锈点，做饭的铝锅上乃至打水用的铁桶上也有了，家家户户如是。原来是水变苦、变咸了。有压把井的那条街的南头有一家生产葡萄糖的工厂，便将他们生产用的甜水引到厂外供周围居民饮用，于是这里又排起了长队。

我是很少喝那种又苦又咸的水的。那时我在郊区任教，那里的水是从井里吸上来的甜水。当时只知含碱量高，洗衣服省肥皂，熬稀饭黏糊，却在很多年后才知道，那水却也不是健康的水，含氟量很高。饮用苦咸水的历史终于在引滦工程竣工后结束了。那应该是在1983年的9月，每家都收到了街道发来的一包茶叶，说是要用甘甜的滦河水去沏泡才有味儿。因为我在郊区一直喝的是甜水，初喝时，并没有什么特殊的感觉。后从报道中得知，引滦工程是解放军战士和工程技术人员以20多条生命和100多人受伤致残的代价完成的，我才真正品出了用滦河水泡茶的味道：那是为人民服务的味道，那是为人民的幸福牺牲献身的味道。这才是最香醇最浓郁的味道呀！

听顾城之父讲创作往事

倪斯霆

顾城天然就是诗人的“料儿”，新时期到来，成了“朦胧诗派”代表应该是实至名归。“黑夜给了我黑色的眼睛，我却用它寻找光明。”那年月，作为“文青”的我们，对顾城的这两句诗，再熟悉不过了。虽然后来发生了那件不该发生的事情，但作为当代新诗“革新”的领军人物，我们不应忘记他。

对儿子的新诗成就，父亲顾工应该感到欣慰。起码在 1983 年 8 月 19 日上午，在大连黑石礁别墅的中国作协笔会上，当我与他面对面闲聊时，老作家对儿子的未来还是充满了信心。忘不了，伴着一波一波的海浪声，我们在海滩上席地而坐，听不苟言笑的顾工讲“故事”。讲顾城、讲诗歌、讲创作、讲身世，当然，也讲到了他当年那“危险”的处女作。经不住我的“软磨硬泡”，最终，顾老答应将处女作的“故事”写给《天津书讯》，这便是发表在 1984 年 8 月 15 日的《转危为安转危为喜——我的处女作》。

“人们常说：写作是个危险的职业。我的第一次写作就充满着危险，是从危险中来向危险中去；但最后却是转危为安，转危为喜。”文章在这样的开头下，为读者讲了如下往事：1946 年，17 岁的他在新四军军部文工团工作。当时陈毅军长规定文工团员到战争中去，不得越过团指挥部。但有一次，他却随着突击队冲上了城头，而且还看到了不该发生的一幕——两个小战士，在争夺一块金表。这让他大感意外，于是便写了个讽刺剧《发洋财》。然而剧本在文工团传阅时，竟得到战友们愤怒地批评，指出“这是给我军抹黑！”他既悲哀又委屈，认为写得真实。此事惊动了文工团团长黄粲，看后找他谈心说，人物写得很活，战争场景很逼真，就是没做好光明和黑暗的对比，并教他如何修改。结果改后的剧本不但分清了英雄本色和错误残余，而且在发表和演出后，还获得了热烈掌声……

这就是顾城之父顾工的处女作。在写出上述往事之后，他又忆起了刚刚发生的事情：“前不久，我到珠江电影厂见到我当年的老团长黄粲，还欢欣地回忆起这件往事，我深深感激他的教育和帮助。我还在上海电影厂见到演员剧团的团长铁牛，他当年演过我写的‘发洋财’，回忆起这富有讽刺性的讽刺剧，他仍然大笑不止。”

或许战争年代这“第一次”文学创作对顾老影响太大，在此后的岁月，他一直未脱戎装，始终奋战在部队文化工作第一线，曾任八一电影制片厂编剧、《解放军报》记者、原总后勤部政治部文学创作员等职，先后写作、出版了近 40 部文学作品。只不过随着文学的失宠与时光远逝，近年来，顾老的名字与作品已逐渐淡出了人们的视野。

当民办教师

王荣珍

20世纪70年代，我在小淀村插队，艰苦锻炼后，走上了三尺讲台。

小淀小学属于天津市公办小学，使用市统一教材。但因为地处郊区，交通不便，学校编制严重缺员。小学校里的国家正式教师并不多。

那时的小淀村贫穷落后，不但孩子们入学的年龄不规范，半路辍学的也时有发生。“学高为师，身正为范”，作为一名民办教师我深感肩上的责任。认真备课、抓时间听老教师授课，业余时间为孩子们补课。用分值很低的分红钱购买铅笔和作业本，发给缺少学习用品的孩子。我和学生、家长成了朋友。

我所教的四年级二班的班长，是一个入学年龄偏大，非常懂事的孩子，他叫连子。那时，班里做卫生、摆桌椅、擦黑板以及冬天早早到教室点煤球炉子等工作，都是连子来安排。就是这样一个优秀的学生，在新学期开课时间不长，突然不来学校了。我立即去他家问个究竟,连子母亲含泪诉说:“家里4个男孩,老大今年已经17岁,准备说媳妇,需要盖房。只能让老二(我的学生连子)下学(不上学了)挣工分,帮衬家里。”

1975年我选调回城,几十年弹指一挥间,民办教师的经历经常出现在梦中。现在小淀村已是北部新城区。曾任教的小淀小学早于2001年迁入新址,三层建筑的校舍。教室宽敞明亮,桌椅整齐,现代教育设备齐全。整齐划一的校服,孩子们整洁精神,现任教师全部是大专及大专以上学历。

特殊时代的产物——民办教师,已带着为农村教育事业贡献过青春和汗水的功绩,永远退出了历史舞台。高兴的是,当年因生活困难而辍学的连子,在改革开放的大潮中,通过勤劳肯干实现了自己的价值,已是建筑公司的经理。已经88岁的连子母亲,高兴地告诉我:“孙辈中有大学生了。村里还给考上中学和大学的孩子们发放一次性奖励。”

“教育兴国家兴,教育强则国家强。”小淀美好的今天就是最好的印证。感谢那个时代,让我拥有了民办教师的阅历。

加入北郊文学社

吕金才

20世纪80年代初，中国文艺战线一派生机，文学艺术的春天终于冲破动荡岁月的冰封回到人间。那个年代，“文学青年”在中国是个很时髦的词，无论是在影视中还是小说中，包括在现实生活里，人们常常听到某男青年或女青年骄傲地说：我喜欢文学。“文学青年”带有一些共同的特征，比如有理想、有热情、好梦想、单纯，对人生的阴暗面缺乏了解，有幼稚的、不定性的一面，而我就是那个年代的文学青年。

1983年，我被河北文化馆的杨树楷老师推荐，参加了在天津市科学会堂召开的“天津市青年文学创作积极分子代表大会”。时任南开文学社副社长的滑富强、主持武清县文化馆群众文学创作的杨振关等老师及130位青年文学创作积极分子参加了那次盛会。那时节，冯骥才同志任青年委员会主席，蒋子龙、冯牧、柳溪等著名作家、文艺评论家和中共天津市委宣传部肖元部长热情洋溢的讲话令人欢欣鼓舞。然而，会后我回到天津市开关厂模具车间的线切割数控机床旁，回到北运河畔虎林里的家中，蓦然觉得我生活的北郊这块土地距科学会堂(那在当时是我心目中神圣的文学殿堂的象征)是那么的遥远，犹如一只孤雁，再也找不到那坚强有力的文学雁阵。就在这时，与我同在开关厂模具车间学习线切割数控机床操作的小师妹吴莹莹，手持一张《天津日报》兴奋地冲到我面前说："师哥，你住在北郊，你看，你们北郊要成立文学社了，发了告示，招收社员。快带上你的作品去找一个叫滑富强的人！"

蓦然间，我的眼前一亮，走出坐落在柳滩的天津市开关厂，仰望蓝天，我仿佛看见了一支雁阵，它是从科学会堂起飞的那支巨大的文学雁阵中派生出的一阵。而那"头雁"是一个叫滑富强的人。滑富强，这名字耳熟能详，他在天津文坛上的故事不绝于耳。然而，我这个不善辞令的文学新兵会得到他的重视吗？那一天傍晚，天空中飘下洁白的雪花。下班后，我冒着严寒，在傍晚六点走进了北郊区文化馆的四合院。地上一片洁白，院落冷寂，我的信心发生了动摇。我驻足雪中，院中无一人走动，唯有院子东南角的一间小屋屋顶上的烟道里冒出一缕孤烟，给整个院落以动感与温度。我即叩门，里面就有一个高门大嗓喊："进来。"我进去了，看见一个斜披军大衣的人正撅了腚在那里用火钩子鼓捣炉子。那人眯缝起眼睛笑了，说自己叫滑富强。不知为了什么，我的心一下子就踏实下来，坐在单人床边，顿时生发出坐在科学会堂那皮面坐椅上欢欣鼓舞的感觉……我掐指等了十二天，被告之去北郊区政府招待所开北郊区文学创作会议，而且已经是北郊区文学社的社员了。

坐落于果园南道的北郊区政府招待所的会议厅里，温暖如春。主席台上滑富强老师居中而坐，从机关、学校、车床旁，从田亩、村庄、街巷、北郊大地上的每一个角落走来了上百名文学爱好者，大家聚在一起如兄弟姐妹一样。中共北郊区委宣传部的领导同志作了充满激情、诗一般的讲话。大家如沐春风，那是文学的春风！那是北郊区文学社的成立大会，那是北郊区文学新军出征的誓师会，北郊区的文学雁阵从此开启了征程。在那次会议上，我的一篇小说处女作《牛车上》当即被敲定刊登在《北郊创作》的创刊号上，并成了创刊号的头条。我要感谢北郊文学社的师长们，他们以博大的胸襟扶掖文学新人。这篇小说不久后被《天津日报（农村版）》转载，并被文学同道称为具有荷花淀派风格的作品。

我有幸从一开始就得到这支文学雁阵的呵护。必须直率地说，我同时靠了自己对文学这位“丑姑娘”（浩然语）的痴情和淡泊宁静的心绪与毅力，才能成为这支雁阵从不落伍的一只。

有人说搞文学犹在苦海泅渡，苦海无边回头是岸。但是，我却要感谢我们的头雁滑富强没有回头，并且带领着我们经受了市场经济的考验。他在病榻之上都在校对、修改着业余作者的每一个逗号、句号、感叹号；他的家人可以掀开床屉在“十米斋”中挤出空间，供业余作者讨论习作。整个雁阵对我的呵护之情以及北郊文学社兄弟姐妹们给予我的厚爱，我将铭记于心。在我辽阔的心海上有着无际的天空，它属于你、属于我，属于我们心目中那永远的雁阵。

八爷卖马

杨振关

20 世纪 80 年代，农村实行联产承包责任制最初的几年，我几乎每个周末都要骑车回老家，主要是利用周日单位休假，帮助家人干点农活。联产承包责任制，有几种形式，老家采取的是那种一分到底的办法，包括土地、生产资料等，全部按人头分到各家各户。集体的大牲畜没那么多，作价抓阄，能否得到，全凭手气。我的当家八爷，抓到的是匹老白马，八爷牵回家后，八奶奶当时就拉长了脸，说一个又瘦又老的牲畜，你还牵回来干嘛，当祖宗供着啊？八爷脾气好，开导八奶奶，说甭看瘦，那是在生产队，今儿你用，明儿他用，光让马儿跑，草料不给饱，饿的。到咱手里，不出俩月，保准膘肥体壮。八奶奶嘴一撇，都快老掉牙了，还体壮呢。老是的确的，印象里，我在生产队劳动的时候，就曾用过这匹白马拉庄稼，都十几年过去了，能不老吗？

八爷在生产队时，一直是集体的车把式，套在车里的，也多为这匹白马，拉庄稼、运粪肥，跑东跑西。实行联产承包责任制，八爷抓阄抓到了这匹白马，车却没抓着，他又花钱添置了辆轻便小巧的胶轮车，每天白马拉着下田，车上放着劳动工具，八爷美美地跨坐在车前头，权当代步。下田回来车里有时多了捆草，有时是几根当柴烧的枯树枝。八奶奶说，这下可好，成了你的腿了，到哪去都得套上，形影不离。

可是，在最需要马出力的时候，驾在车里的，却不是那匹熟悉的白马，而是八爷。那是麦收时节，一个周末的傍晚，我在回老家的路上，还没进村，就见头前一辆满载着麦捆的轻便胶轮车，车后那个推车的女人我一眼便认了出来，忙跳下自行车，将八奶奶替换下来，一边用力，一边好奇，如此多的一车麦子，大白马拉着，难道还要用人帮推？八奶奶说，哪儿呀，前面拉车的，是你八爷。那匹老马，才刚跑了两趟，就累得四腿打战。你八爷心疼，怕累出个好歹来，最后这趟，由他替代了。关键时候掉链子，过过，卖掉算了，再换匹小马。

三夏大忙过后，八奶奶果然决定卖老马换小马，或者小毛驴都行，只要能拉车，能干活。而且要我陪着，去一趟梅厂牲畜市场，八奶奶担心老实巴交的八爷在交易中被人坑骗。

拴在八爷家外院棚里的大白马的确老了，虽然比起八爷刚牵来时长了不少膘，可是腿脚不行了，卧倒在地上，再要站起时，要人帮忙，借助吊在房梁上的绳索用力拉。只是套进车里，依旧能不紧不慢地走，一副任劳任怨的样子。老马识途，几乎没用八爷吆喝，我们便来到了梅厂牲畜集市。改革开放，繁荣了经济，同样也振兴了市场，牲畜市上，马牛驴骡，占了很大一片场地，有买的、有卖的、有充当掮客的。八爷的大白马，虽然牙口老，由于身上膘厚,还是很快成交,被人买走。这时,我见不远处,有几人正从大卡车上往下卸牲畜,全都是一水儿的内蒙古草原马,知道八爷喜欢这个品种,便先跑过去了,选中了一匹,牵住笼头,等八爷过来最后抉择,付款成交。八爷过来了,让我吃惊的是,刚刚卖掉的那匹老马,竟然又牵在他的手里。八爷说,那个买马的,让他认出来了,是镇子上开驴肉馆的,他买马,并不是为了拉车、耕田,而是要屠宰进汤锅,还要“挂驴头卖马肉”,去蒙人骗人,我岂能让这种人得逞!多花张票子,好歹又给买回来。我不无担心地提醒八爷说,回家干不了活,又该让八奶奶生气了。八爷说不会的,市场上有个老兽医,给他出个方子,原来老马腿脚上的毛病,主要是缺钙造成的,平时在饲料里注意添加些钙质品,再用个三五年一点问题没有。

陪八爷卖马,去时,老马拉车,回来,架在辕里的,还是这匹老马。

诗人们三十余年前的“呼吁”

倪斯霆

毋庸讳言,当今已不是诗的时代。诗歌式微,诗人锐减,当年诗坛上的名家正在渐为人忘。其实,这种态势并非近年形成。早在30余年前,出版界便已遭遇诗集遇冷、诗人“呼吁”的尴尬了。1984年上半年,仅我供职的《天津书讯》报,就接到了多篇诗人们要求“不要歧视诗”的文章。这其中,较有代表性的是诗人塞风(李根红)的《春的思绪》与苏金伞的《关于诗的出版》两篇文章,先后刊发在当年3月15日与7月15日的报纸上。

今天的读者对塞风已很陌生,但在新中国成立前后的诗坛上,他还是名气蛮大的。出生于1921年的他,青少年时期便发表诗歌。1940年他奔赴延安,成为萧军的弟子。抗战胜利后在开封与苏金伞、牛汉等诗人创办《春潮》杂志。贺敬之曾说:塞风的诗“有好多我都能背得过,有很多首都可以做我的座右铭”。虽然此后他蒙冤多年,但随着新时期的到来,他不但成了专业作家,而且还出版了诗集《母亲河》、散文集《痕》等。

然而，就在诗人重新焕发诗情之时，却逢诗歌遇冷。故此，他在《春的思绪》中先是写道："天津，是我久所向往的现代化城市，那里艺苑的奇葩吸引着我，而我多次过往未能下车览胜，真乃一大憾事矣！我是孙犁的老读者，与鲁藜、林希系诗友，但无机会聆听教诲，对我是个损失。"随后便发出了不要轻视诗歌出版的呼吁："请求《天津书讯》给诗歌留一席之地。要知诗集印数不多，但读者颇多，这对出版界会扩大影响，起到蜂媒作用。"

如果说塞风的文章尚显"迂回"，那么随后刊发的苏金伞文章则直奔主题了。其开篇便讲："喜欢写诗的人有一种苦恼：出版社对于诗集的出版控制较严，即使愿意接受，也印数太少；另一方面，喜欢看诗的人却又很难买到自己愿意看的诗集。"在解读了这种"矛盾"后，老诗人"觉得中国读诗的人太少了。好的艺术品，都能给人一种享受、一种快乐。而诗给人一种更高的享受，如果都喜欢读诗，读真正的好诗，会改变人们的精神境界的""如果到某一个时期，人人都喜欢读诗，那恐怕就到了人类发展的最高阶段了"。在文章的最后，他直接发出了恳切呼吁："现在我只是希望人们不要歧视诗。"

在那个诗情尚未消退的年代，老诗人苏金伞是有资格发出上述声音的。因为他在当时已被誉为"中国五四以来最杰出的诗人之一""中国乡土诗派的代表人物"。作为中国现代诗坛创作周期最长的诗人，他从 1932 年开始发表诗歌，到 1997 年病逝，在长达 60 余年的新诗创作中，曾写下了许多脍炙人口的文章。

人间大爱

老山界

我上小学五六年级和初中的时候,正是1958年至1962年国家遇到灾荒和帝国主义封锁中国的时候。全国人民吃饭、穿衣受到影响。因为,吃饭要有粮票,穿衣要有布票,只能保证饿不死人,冻不死人。1960年我12岁了,小学刚毕业,正是能吃费穿的年龄,所以,挨饿受冻成了常态。我奶奶因双目失明(可以模糊看见路和摸索碗筷),做不了针线活儿,我的棉衣棉裤就穿大人穿旧的,奶奶请邻居王娘给改制一下。王娘是个热心人,也是从革命老区太行山随王大爷解放天津来的。因为奶奶是革命烈士的母亲,小儿子是扛着枪进城接管政权的干部,街道和居委会都知道,她老人家很受尊重。王娘也是革命家庭出身,一个弟弟参加八路军打日本鬼子牺牲了,自己随军来到天津,这种情感使两家更加心贴心。我穿的一些旧衣服有的是叔叔在旧物市场买的,有的是王娘大儿子和小儿子换下来的。虽然破旧,但都洗得干干净净。当然,在冬季保暖性就差多了。由于没有秋衣和绒衣套在里面,空心穿棉袄,从袖口和脖子都往里面灌风。

初中一年级的冬天,那年特别冷,几乎天天摄氏零下十多度,马路和操场都冻裂了,一条条的大缝,不小心会崴脚。尽管生活困难,但我们为了锻炼身体,将来能有个健康的体魄,下午两节课后去踢足球。因为我只穿棉袄,里面没有套衣服,出汗后冰得后背直发冷,像背着一块铁板。于是,同学王沩钧就把我领到他们家去换衣服。王娘见我这个狼狈样子,十分心疼。她找了一件破旧绒衣(那时谁也没多余的衣服),让我穿上,然后在大炉子上(那时都烧煤球)给我烤汗水浸湿的棉衣。至今,这一情景还历历在目。王娘像对待自己的孩子一样,给我做了碗热面汤。我当时不懂事,更不理解她老人家为何对我这么好。我很是不好意思,虽然说心里很想喝她做的面汤,我还是强咽口水说:“不喝,不喝!”王娘急了,拍打着我的肩膀说:“你这孩子,怎么这么不听话?”那时我已经住校,奶奶因病住到河东区叔叔婶婶家了。自那以后,王娘只要做好吃的饭菜,如捞面、饺子等,就让王沩钧拉着我来改善生活。每逢冬季,王娘也关注我的穿戴。因为王大爷是老八路,挣钱多,生活比一般家庭宽裕,经常接济我。我呢,也把王娘当作自己的亲人,经常帮助干些家务活。例如和同学一起买煤、一起扫房、一起刷浆、一起搬大白菜储存起来。时间长了,有些人还以为我是王娘的三儿子呢!

王娘十分喜欢我,一是我勤快,眼里有活;二是我学习优秀,经常得到学校的表扬,家长们也都知道;三是我政治思想进步,被评为区里“学雷锋标兵”。一晃我们都大了,同学王沩钧去黑龙江建设兵团军垦戍边,他大哥从部队转业去了石家庄工作,家里就我算是个大小伙子。他家里一旦有什么力气活就找我，如同一家人，一点也不见外。有一年，我的大伯来天津瞧病，王大爷得知他是军人，因为打日本鬼子一条腿残疾，一瘸一拐的，还专门把他请到家里做客，两人像是久别重逢的战友，有说不完的话。

知恩图报，是我的人生信条。我把王娘和王大爷当成自己的长辈对待，无论陪着上医院看病、取药，还是家里有什么急事，我都随叫随到。王娘老了，王大爷去世后她身体不好，我常给她买点好吃的，送营养品。

王娘 90 多岁病逝时，我在班上心神不宁，鬼使神差般地在不知情的情况下赶到她家，进得门来，老人刚刚离世。我当即与同学商量，实现老人遗愿，回老家与王大爷合葬。

老家的吃食

石　波

我的老家在冀中平原，曾经是一片很贫瘠的土地。出蜜桃，却从来没有吃过；出大枣，却核大肉少。一望无际的田地上尽皆是密密麻麻的青纱帐，种着玉米、高粱、谷子，当然也会有些小片小片的山芋，这多半是自留地里种的，因为它产量高。记忆中最好吃的是花生，用细沙土炒了吃，又脆又香；剥了皮生着吃，据说最养人；但绝不会用油炸了吃，因为家乡人是绝少吃油的，家家户户都有很少的一点点香油，那是用来遮掩咸菜苦涩的，怎舍得用！

但我还是记得有几种食品的味道：一是蔓菁，一是杂面，一是豆豉，一是合合菜。父亲来津多年，仍喜食这几种食品。这习惯也就影响了我们，我们也就对这几种食品熟悉了起来。

蔓菁是要和胡萝卜干或山芋干一起放在粥里熬的。这样熬出来的粥就有一种微微发甜、还有些发闹的味道。我不喜欢喝这样的粥，父亲劝我："这是咱老家的'土人参'呢！可补人了。"

尤其是三年困难时期，家乡人从老家给父亲捎来一小袋子蔓菁干，父亲熬粥时总要对我这样说。我却一直对这种东西不感冒。

杂面和豆豉我还能接受。那杂面就是绿豆面和白面的混合物，绿豆面同样是家乡人捎来的。母亲很会做杂面汤，将绿豆面和白面按一定比例揉成面团，用家里那根大擀面杖在面板上一推一退地擀过来擀过去。不大会儿工夫那面团便成了一张比面板还要大许多的薄薄的一片。母亲将其折叠成多层的长长一条，然后用刀切成一道道的面条。下锅一煮，锅里便渐渐蹿出些清香。煮杂面时是要用羊油炝锅，再往面汤里放几片羊肉的，但很多时候没有这些东西，也只能将就着吃。不过那一种特殊的味道令人难忘。有一年一位同学送来一个从他们老家带过来的大羊尾巴，用那羊尾巴炝锅，煮上一锅杂面汤，末了，再撒上一些香菜，那味道真是绝了。

我们老家的豆豉叫西瓜豆豉。每到夏天，母亲便会将一些黄豆煮了，再用小棉被捂上。几天后，打开小棉被，那豆子上一层绿醭。却又要通过晾、晒、搓，把这层醭搞掉。然后将经过这样处理的豆子置于一个敞口的陶盆里，用几个大西瓜的瓤腌渍上，要放很多很多的盐。最后在陶盆上蒙一层纱布，放置到太阳底下暴晒。若干天之后，豆豉制作成功。吃时，一两小勺，点几滴香油，也算是佐餐的一道菜。曾见父亲多次一边喝着小酒，一边挑拣着豆豉里的西瓜子吃。

合合菜是大年三十的午餐。煮熟的肥肉切成薄片，宽粉条子、冻豆腐，加上些大白菜。讲究一些的，或再添加些黄豆芽。这些东西统统放在一个大锅里煮，煮熟了便一人一碗，倒上些醋,就着馒头吃。好吃吗?只能说不难吃。但那无论老小一人一碗,或夹碗里的菜或吸溜吸溜地喝汤的场景却令人向往。一年一次呀!“合合菜”,谁不盼望着全家和美,天天团圆在一起呢?

近几年,我想重拾这些家乡的吃食。见过卖蔓菁的,却不是老家的那种。老家的蔓菁小,顺溜;这里卖的蔓菁大,有些“蛮”。也做过西瓜豆豉,第一年,勉强成功;第二年再做,失败了;第三年又做,复又失败,便没了兴致和信心。合合菜也是想做的,但遭到老伴儿和儿子的强烈反对:“大过年的,还不吃点好的!鼓捣这些乱七八糟的东西干什么?”也真是的,过年的日子是喝酒的日子,不是喝汤的日子。算了吧!唯有喝杂面汤我是绝不肯再让步的。我对老妻说:“我与老家的‘联系’只有这几根面条了,你能不满足我吗?”于是,老妻也便时常擀些杂面条,让我在品味杂面的味道中消解乡愁。

戴眼镜

刘岳枫

打我记事起，生我养我那块地方的乡亲，向来没有戴眼镜的经历。因之，平日里偶尔碰上个人，总有人背地里戳戳点点地说那是“装洋相”“假有事”……认定只有城里人才配得上戴。至于为什么要戴，戴的是什么镜，则无人问津。尤其是扛锄头打庄户的，倘若戴着眼镜下地，那简直让人笑掉大牙。

年少时，自信书山有路，啃书本成了习惯，有时把那古典的、现代的、当代的文学作品一读就是大半夜，其中美的感受自不待言。不料，久而久之，这双眼因劳累过度竟打击报复——看不清远处的东西了。我便时不时见了三叔叫二大爷，见了二弟叫大哥，经常认错了人；抑或看不清亲朋好友失去了应有的礼节而被视作“眼大”，赔礼道歉自然连连不休。无奈，只得硬着头皮按医生的指点到城里去配眼镜。

眼镜买来后，麻利地戴上，果然眼前明亮和开阔了许多。哪想刚出门碰上了村主任，他看我这“土八路”戴上了“洋玩意儿”,也斜着眼半嗔半笑地说:“你这庄户不庄户、学问不学问的算个啥呢?”听罢,我顿时面红耳赤、自觉有“装洋相”“假有事”之嫌,便乖乖地把眼镜摘下来。

月动星移,我到乡政府干起了爬格子的差事。大年初一,给本家老辈人拜年。走进三叔家的门槛,正要鞠躬,谁知被三叔一把抓住,劈头问道:“侄儿,你三叔没想到啥时得罪你呀?”我丈二和尚摸不着头脑。“为啥在路上两次碰到我不说话?”“三叔,我眼睛不好,没看见。”我内疚地坦然回答。“啥?我六十多了能看见你,你二十多岁愣看不见我,比我年岁还大?”三叔怒火中烧。我知道,这阵子恐怕浑身是嘴,也难向老人家解释清楚。眼看小屋里空气要凝固起来,刚巧三叔的儿子——我的叔伯哥哥一步跨进门来,用手比画着说了半天。然而,他终究余怒未消。

不过,自从有了那番经历,我倒是下定决心,不怕耻笑,排除干扰戴上了眼镜。有次回村,碰到眼睛近视程度比我更甚的继友叔,双目贴近地面锄草,腰弓得像只大虾,一股酸楚之感陡然涌上我的心头。但不知,他何时能超越世俗的偏见,大大方方地把眼镜戴上?记得有次他戴着我的眼镜举目四望时,曾激动不已地惊呼:“好!好!”还说“等有空进城也配一副”。然而,至今也未见他戴上。我古朴的故乡和可亲的乡亲啊!

中国大戏院旧话

陈德生

我的外公孟广明是中国大戏院创始人之一孟少臣的长子。孟少臣去世以后，外公接任了中国大戏院的经理。

外公生前闲暇时和我讲了一些有关中国大戏院的旧闻轶事，简记两则。

其一：抗战胜利后，为庆祝胜利，大戏院遍邀名角来个大会演。票早已售罄，要开演了，管事慌慌张张地来找外公，说是出大事了，您看怎么办？外公随管事来到台口，掀开大幕向下一看，也是吓了一大跳。只见台下黄澄澄一片全是士兵，还有不少缠着绷带、拄着拐的伤兵，他们还冲着茶房们吼："老子在前方拼命，好不容易打跑小日本，看场戏还不应该……"外公看罢知道要坏事——买了票的观众进不来，戏不能正常开演，这"篓子"可就大了。外公也有点慌神！

但外公毕竟是经过事的人，很快冷静下来，也有了对策。他马上回到办公室，给宪兵司令部打电话，直接对宪兵司令说明原委。宪兵司令何尝不知道这些士兵的胡作非为,也想借此机会弹压一下,就痛快地答应马上处理。很快,乘着小车的宪兵司令与几大汽车全副武装的宪兵一起赶到。司令指挥宪兵包围了大戏院,并在大戏院对面的便道架起机枪,另一群宪兵随司令进入剧场,对着台下也架起机枪。台下的散兵游勇一见这阵势,顿时鸦雀无声了。司令稳步走上台,冲着台下喊了几句口令:"全体起立!向左向右转!全给我滚出去!"而后,只听见台下座席一阵脚步声,士兵瞬间全部退出剧场。随后观众进场,演出照常进行。

其二:大戏院的传统是只演京剧,新中国成立后才有了改变。一次大戏院邀的名角是谭氏父子。这些角儿们来津都有自己的习惯,大多数下榻在惠中饭店。一天外公去设在惠中饭店的办公室,走进楼道看到楼梯口跪着一个人,上前去仔细一看,原来是谭富英。那时的谭富英已经是誉满全国的名角了,怎么会跪在这里?外公忙去搀扶,他却是说什么也不起来。外公问缘由,原来谭富英的父亲谭小培嫌儿子和他说话不恭敬,一气之下令儿子去楼梯口下跪,没有话不准起来!外公马上到房间替谭富英向谭小培赔罪,死说活说总算把老爷子说消了气,就这样谭小培还把谭富英数落了一顿才算完事。

“里生外熟”的瓦房

李克山

老屋在村上虽不算太老,但也有五六十年了。那时父母靠饲养羊发了一笔小财,就想盖瓦房,可钱又没那么多,就只好盖“里生外熟”的瓦房。

所谓“里生外熟”,就是里边垒坯,外边垒砖,雅致的蓝砖包裹着自脱的土坯,有点儿像白面少时烙的那种“金裹银”饼(玉米面裹上白面烙的饼),外表很漂亮,却不太好吃;而“里生外熟”的房子,由于里坯外砖,墙壁多一个厚,夏天烈日晒不透,冬天严寒进不来,人住在里边可以说冬暖夏凉。是啊,那时夏天没有电扇、空调,墙皮子薄太阳一晒就透,屋内就会变成烤箱,人住在里边,光靠一盆凉水一把大蒲扇怎么受得了?冬天也是,墙皮子薄寒风一打就透,又没暖气、电热器,屋内如同冰窖,人住在里边,光靠火炕、火盆(泥土做成,貌似脸盆。饭后,把灶膛内尚未完全燃尽的柴灰掏出,置入盆内取暖)怎么熬得住?我和妻在老屋居住了三十几年,三个儿女也是在老屋长大成人的,冬天没觉出怎么冷，夏天没感到怎么热，生活得还算安适，这全是“里生外熟”老屋的恩赐。

“里生外熟”的老屋，现今农村似乎没有了，许多年轻人没见过，甚至没听说过，而它却是我永远不可复制的记忆：里屋的门框上，还有我用小刀刻的女儿逐年长高的印迹；纸糊的顶棚上，还有我用大剪子剪老鼠留下的窟窿；还有堂屋的大铁锅、高吊在上方的饽饽筐，以及挂在外窗户框上一串串红得耀眼的小辣椒……这些都是楼房里没有的。当然，夏天老屋窗前的变色月季，墙根林梢上不时传来的鸟叫蝉鸣；秋天晾晒在院墙上蘑菇帽样的葵花头，冬天在小院里堆起的活灵活现的雪姑娘……这些也是住在楼房里难以见到的。当然，更叫人敬慕的还是故乡的人，他们有火热的情怀、淳朴的气质和勤劳善良的美德；他们有粗犷豪放的笑、爽直幽默的话语和不成段儿的民间小调……老屋，以及老屋所在的小村，像大树的根须一样，在我心的土壤里愈扎愈深，乃至化作我的细胞、我的灵魂、我的血肉，令我幽思如潮、魂牵梦绕。

我虽早已搬进城里居住，但一刻也没忘记曾经居住过的老屋，就跟思念亲人、怀念老友一样，无论多忙，也常回家看看。走进小院，打开房门，马上就会沉浸在一种熟悉而亲切的气息之中。除了冬天，每次回去，我都急着换上旧衣裤和高鞡绿球鞋，脖子上搭条毛巾，先是擦玻璃、扫院子，清除花坛内的杂草，修剪房前屋后的树木，然后到院内院外两个都不太大的菜园里干活：或锄耪耕耘、或采集收获、或捉虫拔草、或施肥浇水……不但不觉得苦，反觉得很有趣！每一项都像小学生做作业或在电脑上写文章那样，干得十分认真。累了就直直腰擦擦汗，听听油蛉和蟋蟀们的弹唱，或到阴凉处喝口茶、踮起脚看看村外的碧野，看看那条波光粼粼的环乡河。很快，力量就又在身体里泉水般涨了上来。

老屋是我的牵挂，为老屋流汗是幸福的！老屋被绿色环抱，会显得年轻；望着年轻的老屋，我的心会感到安宁惬意，这是别处没有的，也是金钱买不到的。

我约浩然写短文

倪斯霆

1984年6月初的一天,我正在百花文艺出版社组稿,碰到文集编辑室主任刘国玺,他问我:想见浩然吗,跟我走!浩然?太想见了!在无书可读的学生时代,他的《艳阳天》《金光大道》两部大长篇曾陪伴我好几年,一部《春歌集》更是让我翻得前后掉页,我当年甚至认为小说就应该像他那样写,曾模仿着写过好几篇。当然,我不喜欢的书中,也有他的《西沙儿女》,倒不是因为江青叫他写的,而是从题材到形式再到内容,看着都别扭,那不是他熟悉的生活和写作手法,读着蹩脚。

记得到了睦南公园旁的和平宾馆,国玺老师对正在校改个人选集的浩然说:"美国马里兰大学中文系主任李又安来北京大学讲学,她是中国当代文学研究专家,点名要来津见你,这是她转给你的信。"浩然看完信说:"我来天津改稿,已给社里添了麻烦,如果再接待她,又是宴请又是派车,你们负担太重,我还是周六晚回北京在家里跟她谈完再回来吧,这样既减少你们负担,又两不耽误。”他们谈话间，我仔细打量浩然，矮矮的个子，浓浓的眉毛，理着短平头的脸上嵌着深深的皱纹，既不像“萧长春”，更不是“高大泉”，整个一农村汉子。再听到他们以上的对话，我当时便感到浩然骨子里还是个憨厚质朴的文人，于是就冒昧地向他提出组一短稿，没想到他爽快地答应了。

一周后，我便从和平宾馆他的住处拿到了稿件。在这篇名为《写在〈浩然选集〉发行之前》的短文中，他写道：“去年天津睦南道公园的月季花千姿百态盛开之际，我坐下来，为百花文艺出版社编选三卷本的‘选集’。其中所收录的都是自一九七六年以来的新作；是我在六个年头多一点的时间里思索、求索、探索的主要成果。今年千百种颜色的月季花再度满园怒放，我从蓟县（今蓟州区）乡间赶来，再次住在公园旁一座小楼上，看‘选集’的校样。不久它们将被送到读者手中，送到新生活主人的手中，送到对作品最有发言权的改革者们的手中。我等候着评定和指教。”

这篇写于“一九八四年六月十八日”的短文，在 1984 年 8 月 15 日《天津书讯》报一版上刊出后，反响很大。编辑部接到了许多读者来信，大多是对浩然文章的理解和对他回乡写作的赞赏。但也有不同意见，记得当时一位甚是有名的老作家在信中说：“他现在最应该做的是反思。但我至今认为，浩然的这篇短文，还是写出了他在创作上的一些真实想法和心态。没有掩饰、没有矫情、更没有虚伪，一如他的处事与为人。”

吃“节余”

陈启智

1972年5月，我于北师大毕业分配到河北省青县，二次分配则是距县城30里的大杜庄中学。我花了10元钱雇了一辆驴车，将我和行李、书籍一起拉到这所学校。

学校大概接到县文教局的电话通知了，校长到校门口迎接我。进了“教师备课室”，校长见我满头大汗，立即吩咐一位老师给我打来一盆热水让我洗把脸。当脸盆端到我面前，定睛一看，水竟然浑浊。这不是越洗越脏吗？众目睽睽之下，我又不能拂了校长的心意，只好将毛巾放入水中浸透再拧干。只见崭新洁白的毛巾已然变得浊黄。我便用这带有浓厚泥土味的毛巾擦了脸……事后我才知道，学校没有自来水，生活用水都是学校用驴车到娘娘滩的水坑里去取的。坑是黄泥坑，所以水如黄河之水一样浑浊。坑水拉到伙房，用大铁锅烧开方可饮用。我们每天都用舀子将开水灌到暖壶里，多么口渴也不能当时喝，须沉淀十几分钟才能倒出清水，还不能快倒，也不能倒空，必须得留四分之一左右,否则就会将泥底倒出来了。再灌水时,又须将暖壶用力摇晃几下,而后迅速将剩余泥水倒干净……

教室的讲桌、课桌和凳子皆非木制,而是用红砖垒成的大小、高低不同的台子,面上先用黄泥掺麻刀抹上厚厚的一层,再用白灰找平。黑板则是用水泥加沙子抹成,再涂上黑色染料……我就是在这样的教室开始了我的教学生涯。学生来自大杜庄和周围的村子,都很朴实。他们的午饭都是从自家带来的,主食是窝头或玉米饼子,副食一律是咸菜条。

学校有七八位外地教师,都吃住在学校。我刚去的几个月,几乎天天中午吃黑豆炒韭菜。黑豆很便宜,是喂马的上等饲料,泡一脸盆能吃好几天;韭菜就长在伙房前面的菜地里,随割随长。有一天,我们几个外地教师对做饭的张师傅说:"现在黄瓜、西红柿都熟了,您是不是换换样,给我们做点新鲜蔬菜?"张师傅满面笑容,满口答应:"好!明天就吃黄瓜、西红柿。"于是接连两个月,天天黄瓜、西红柿。

为了调剂菜品的单调和乏味,我从北京带来一大罐炸好的辣椒油,又买了一挂大蒜,每到用餐时与大家共享,饭菜顿时有了滋味。因此我才明白,四川人爱吃麻辣、湖南人爱吃辣,山西人吃什么都加醋……固然是世世代代的习俗。但是从根本上说,还是吃食匮乏所致。

因为平时吃饭俭省,所以每个学期结束前,学校都安排一次吃"节余"。吃"节余"不用饭票,连本地教师也一样享受这顿美餐。给我印象深的有两次。一次是中午吃炸馃子,就着香菜酱油汤。馃子不限量,随炸随吃。端上一大盆刚出锅的酥脆的馃子，只见你一根我一根，一抢而空。没有轮上的，别人就分他半根。大家说笑着又等着下一批。一盆一盆又一盆，也不知道炸了多少根馃子。校领导和老师们如过节一般快乐，个个吃得胃满肚圆；还有一次是把学校养的牲口宰了，鲜肉卖给供销社一部分，余下的都炖了。大肥膘的肉块儿，一人一碗，没吃够的还可以加，就着热气腾腾的大窝头，不唯唇齿奇香，而且香到骨子里去了……因此我又领悟到：如果有随遇而安的心境，期望不超脱于现实，幸福其实是很简单、很容易得到的。

参加天津党校建筑工地大会战

吴凤桐

我生于1943年,从小跟随父母饱经磨难。父亲为了一家人的生计,到外地讨生活。我曾与母亲沿街乞讨,苦不堪言。

新中国成立后,父亲进了位于南市的合成电木工厂,享受八级钳工待遇。母亲参加街道工作。我挎上了新书包走进了公立学校。1962毕业后,进入天津市第一建筑工程公司,成为一名光荣的建筑工人。从一个沿街乞讨的"小叫花子",成为一名国企的建筑工人,吃得饱、穿得暖,我打心眼儿里感谢共产党,干起活儿来分外卖力。1963年夏天,我所在的潘永祥抹灰组,进入天津党校工地施工,能参与培养党的干部的校舍建设,令我既兴奋,又感到荣幸。在党校工地大会战中,每天早晨我7点钟提前一小时赶到工地,把师傅用的素灰浆和好,各种工具准备好,将大桶里的水灌满,师傅一来就可以马上投入施工。在推砂浆供料的过程中,清理落地灰本不是我的活儿,但我主动利用供料的空隙,将落地灰清理集中过筛再利用,节约了大量建筑原材料。

盛夏中午休息两个半小时，别人都睡午觉休息，我则利用这段时间书写黑板报，表扬工地上发生的好人好事，鼓舞士气。为了营造你追我赶的会战氛围，下班后，我发挥特长，在工地绘制《党校工地跨骏马》大型宣传画，一直到深夜。有一次夜里突然天降大雨，我怕工地上的水泥被淋湿，从家里赶到党校工地，用苫布将水泥垛盖好，避免了国家财产受到损失。

为了当一名合格的抹灰工，我虚心向师父求教，利用中午休息时间，练抹灰基本功。把灰抹到墙上去，再铲下来；抹上去，再铲下来……就这样反复练习，循序渐进。在师傅的悉心指导下，经过一年多的勤学苦练，终于，我成了一名熟练掌握内外檐墙面、内檐顶棚、水泥地面、地下防水等抹灰技能的抹灰师傅。后来转战几个工地，我都坚持住在现场。

我虽已退休多年，但当年在党校等多个建筑工地奉献智慧和汗水的往事，时常在眼前浮现。

老八路大爱无疆捐资助教育人

信　捷

我曾供职于一个涉老单位，从 20 世纪 90 年代就关注着一位抗战时期就参加革命的离休干部捐助贫困学生读书的故事。

他叫李新环，从 20 世纪 80 年代离休后坚持做两件事，一是在天津市和河北省一些中小学校宣讲共产党抗日战争故事，进行革命传统教育；二是到革命老区资助一些因交不上学费而濒临辍学的孩子，并且从思想上关心教育他们，使他们茁壮成长。今天就想说说他倾资倾心做的第二件事。

1990 年“希望工程”正式启动，当时天津还没有相应的办事机构。李新环了解到农村有些孩子因交不起学费而辍学，心中很焦急。7 月的一天，他骑上自行车奔向北京。当酷日疲惫地收敛起烈焰时，他终于抵达实施“希望工程”的中国青少年发展基金会。年轻的工作人员被这位满头大汗，骑行一百多公里从天津赶来捐款助教的老人深深地感动了。李新环说：“当年我们参加革命就是为了让下一代过好日子，有书读。”那一次他捐助了江西革命老区8名儿童。

从此,8个素不相识的孩子便被李新环所牵挂。他给孩子的家长、学校写信,关心孩子各方面的成长。1993年秋,他自费踏上开往江西的火车,去看望他救助的孩子。在残疾学生陈春泉的家里,他了解到陈春泉是个聪明的孩子,但因为身残而自卑。李新环耐心开导他,给他讲身残志坚成功人士的故事。以后小陈的父母给李新环的信中说,孩子此后像换了个人,精神上自信,学习上自强,初中毕业后,靠自己的技艺在社会上自立。

河北省泊头市的小学生尚然然在情感上接受不了继父,加上家庭贫困,对前途悲观失望,学习成绩下降。2001年,李新环在学校了解到她的这些情况,亲自找到她的家里,和她母亲沟通了思想。以后每年给尚然然寄500元钱学费,并且每个月和她通一封信,教导她要正确面对家庭变故,理解母亲和继父的辛劳,相信家庭有亲情,社会有温暖。对这个性格敏感又有些偏激的女孩,李新环在信中字斟句酌,小心翼翼,唯恐刺激伤害了她。李新环的一封封信如润物的春雨,滋润着尚然然稚嫩而冰冷的心,她思想上的敏感逐渐平和了,学习成绩也上升了。在李新环的资助下顺利地考上了初中,又升到高中。

李新环在河北省武强县农民杜增奎的家里看到的是四壁空空的土坯房,唯一的家具是一张小木桌。昏暗的油灯下,一个瘦小的男孩在写作业。这就是11岁的杜立华。他从小丧母,但很要强,是班里的学习委员。可是只因难筹40元的学费,面临着辍学。李新环心里很不是滋味。他当即表示要资助这个孩子完成小学学业。两年后,当小立华将要小学毕业时,李新环又在信中对杜父说:“只要立华考上初中,我就供他读。”杜立华果然以优异的成绩考上了初中。但莫名被拒之县重点中学的门外。为此杜立华思想产生很大波动,这让李新环很是挂念。他担心孩子小,承受不了挫折,影响学业。他多次写信开导他,还不辞辛苦地到武强县去看望他。谆谆教导、循循善诱,告诉他,人生没有平坦大道可走,受到挫折更要增加勇气,是金子在哪儿都可以发光!小立华听了李爷爷的话,埋头刻苦学习,每学期成绩都名列前茅。李新环听到这个消息非常高兴。为了让杜立华增长见识、开阔眼界,1999 年,李新环特意写信让杜立华来天津过年,领着他参观各种纪念馆、博物馆,拜访了老红军,还参加了社区学生座谈会。一周里,杜立华每天都有收获,更感到幸福和自豪,因为有一位老八路爷爷悉心关照着他的健康成长。

杜立华顺利地升入高中,李新环在信中说,你一定要树立远大理想,努力学习,报效国家,将来你就是考上大学、研究生,我都供你。2003 年春,78 岁的李新环再次来到武强县中学,看望准备参加高考的杜立华。李新环给了杜立华 2000 元钱,说:“这是给你补充营养的。你尽管全心全意地复习考试,分数够报哪里就报哪里,经济上我帮助你。”杜立华经过顽强拼搏,考上了武汉化工学院。李新环高兴之余想得更深,杜立华长大了,他应该有更远大的理想。他给杜立华寄去《党章》《党的基础知识》等书籍,鼓励他树立人生更高的思想境界。

2005 年 7 月,杜立华光荣地成为中国共产党预备党员。杜立华在给李新环的信中深情地说:“我在您身上收获了阳光,收获了雨露,收获了人间最真挚的爱。爱的种子在发芽、成长……

我已经长大了。”

李新环在他人生的最后二十多年里,资助了50余名贫困生完成学业。

迟到的追忆

贾万庆

夜很深了。窗外淅沥的细雨,敲打着窗棂,像父亲和我讲述着什么。我独自坐在“知凡书屋”认真地浏览着父亲留下的笔记。这密密麻麻的字迹,犹如父亲生前的谆谆教导。是我和父亲当今沟通的唯一方式。看着它,我心情激动,思绪万千,往昔历历在目,浮现眼前。

天津河东区,一个不知名的小地方。两间土房,一个很大的炕,上面铺着一张自制的油布。摇曳的灯光下,我缠着父亲,给我讲故事。父亲有较深的文学修养,且健谈。古今中外名著经过父亲的消化重现给我时,娓娓动听。那时我家很穷。上小学时,一次学校组织去看儿童画展,看到其他小朋友用高级颜料作画,回家后,自己很沮丧。父亲耐心地给我讲,王冕用荷叶替代纸练画而成了大画家的故事。20世纪80年代后,报纸几次介绍我作品时,我都把最初父亲对我的培养写在首位。父亲看后,只是淡淡的一笑。这使我看到了父爱的博大,一味奉献,不图回报。

父亲的教育方法既严厉，又宽厚。小时候，我在父亲的培养下，练武术和体操。每天练得上下肢、肌肉和腿筋都十分疼痛。转天，父亲仍“逼”我训练。他常讲：“‘日课’不可不修。歇一天，三天所得，都搭掉了。”但，只要我有进步，父亲都会给我讲新的故事以资鼓励。窗外的雨，依旧下着。连绵的细雨，把我带到几十年前。十五岁时我下乡了，站在贫瘠的土地上，我茫然了……是父亲又一次告诉我：“人生几十年，想干事要提前。”并推荐我阅读《古文观止》《说文解字》等书。在那个年代，看这些书，是要冒风险的。父亲一狠心，把珍藏了几十年完好的书籍前后撕掉，展现在人面前的是一本无头无尾，不知是何名字的书。待我读过后，父亲再小心翼翼地把书贴好。现在，我想起此事，更觉得父爱的伟大。那是他珍藏了几十年的书啊！父亲平生嗜书如命，直到去世的前几天还在读书。

父亲常说：“言教不如身教。”他用自身的学习态度，使我在潜移默化中成长。父亲是一位普通而又平凡之人，但，他不断加强自身修养。对晚辈仁慈，对朋友慷慨相助。在此，我们是否能窥探出华夏民族万千父亲中的端倪呢？

度夏今昔

石　波

儿时的夏天是在不停地“劳动”中度过的。白天和小伙伴们疯跑，去开洼、奔旷野，粘蜻蜓、捉蚂蚱……至傍晚，还在墙根儿底下逮蛐蛐。出一身臭汗，累够了，便再也顾不上炎热，躺在床上，溜溜儿地睡一个长觉。第二天起床后，多半又会重复头一天的“劳动”。

上学了，虽说还可以玩儿，但不会有太多的时间和机会。白天好熬，夜里难过。我家住的那间东厢房总共 14 平方米，却住着 7 口人。靠门的“外屋”和靠窗户的“里屋”各有一张床，我和哥哥、弟弟“打通腿”睡在外屋的床上。房屋的进深很浅。夏日的太阳一览无余地从午后到落山照着我们这张床，毫不吝啬地把它炽热的感情“倾斜”给了我们。到晚上我们躺在床上，仍感觉到它不肯消退的那股火辣辣的热情；潮湿地面升腾出的热气又散不去，于是屋如蒸笼、汗流浃背，大家使劲使用蒲扇驱热。两张床上七口人得有四五把扇子“呼嗒哒，呼嗒哒”作响。淘气的弟弟还在大蒲扇上歪歪扭扭写上四句话:“扇子有风,拿在手中。有人来借,等到立冬。”有几次热得实在受不了,便与弟弟躺在两块破木板上在院中蜷缩着睡觉,但睡不多久,便会被父母赶进屋,重新上床,“正式”睡觉。这样的夏夜煎熬一直持续到我读师范,住进了学校。

最早买的电扇是“华生”牌的,是个名牌,却很小。放在房屋中间连二桌子的一角。无论是谁回到家中,都会站在桌前,拧开电扇对着直吹。电扇虽可摆头,但一般不会用。因为唯有直吹,才可毫不浪费地享受电扇送给我们的清凉。

原住户连三间东房靠南的那一间,恰与南边靠东的那一家形成一个直角。除两家人轻易不敢开门作“亲密接触”外,还要努力避免两个做饭炉子的相亲相近。白天上班,不知冷热;傍晚回家,热浪滚滚。我家便也买了一个电扇。此电扇比原来的电扇大了不少,风力也大。却不老实,好动,将它放置在床旁五斗柜上靠墙的那一边,它就“蹦跶”起来。一会儿,就会蹦跶到五斗柜的这边,须把它重新放回原处,让它再接着蹦跶。简陋的包装上印着的是某某建筑公司出品。

暑假,我会有一种自创的办法祛暑。那就是在最热的下午两三点钟,在胡同的一边放上凳子,用木工工具,或锯或刨或凿,打制些小板凳、小马扎、小椅子一类的小玩意儿。这不更热了吗?是的,更热了。但只消把汗出透了,然后一洗,最好是弯下腰,用水从腰部往下一倒,那一盆凉水就会把背上的热气冲净。那种舒坦惬意实在是妙不可言。我把这种办法称之为“以热止热”。

住进楼房后,祛暑的条件好了许多。不仅有电扇,还有空调。那电扇不仅不再蹦跶,连声音都变得极小。空调把它夏日的汗水偷偷地抛洒到窗外的那根长管子里……看到这些,我突发奇想:怎么这电扇、空调也有了灵性,那么温柔、那么轻盈,那么会体贴人呢?

石墙子

李 仪

我小时候住在河东李公楼的新立胡同，那条胡同通向石墙子大街，石墙子的那边就是现在的京山铁路。早先，铁道两边拉的是铁丝网，石墙子的出现则是后来的事了。

当初京奉铁路开通后，清政府修建老龙头火车站，最初的站址是在旺道庄，几年后才向西移了几百米，后来的天津东站也就是现在的天津站，而老车站成了货场。随着铁路的出现，货场的兴起，这一带逐渐聚集了大量靠铁路和货场谋生的工人。车站西移后，这里叫东货场，曾经有个电影《六号门》，说的就是这个地方，只不过车站和货场的正门都是面朝海河，这里是货场后身，铁丝网留出的大门只供工人进出和部分货物拉运。

那时天津的水陆码头众多，有脚行负责装卸和搬运货物，六号门的货物装卸就归“马家脚行”负责。实际上脚行就是一股黑恶势力，他们勾结官府，对搬运工人极尽压榨，所收运费只给工人一个零头。这种肆意盘剥，再加上对工人任意打骂、迫害，让工人不堪忍受,因此历史上屡有工人和脚行把头争斗的事件,电影《六号门》就取材于这样的故事。

由于脚行盘剥,工人们挣钱养家并不容易,于是就有了吃铁路的说法,我母亲就说过,她儿时常跟在胡同孩子后面钻铁丝网,到铁道边捡煤核,捡旅客扔下能用的东西。她说这都是生活逼的,路警看见也是吹哨吓唬,把孩子们轰到铁丝网外了事。

老人们说,日本鬼子进来后,市面不平静,人们找活儿难,生活陷于绝望,打铁路主意的人多了起来,这才有了凤林村惨案和黑旗队的故事。

路上每天都有满载日军和军用物资的列车自东北开进关内,在旺道庄口铁道下九股,就经常有日本军需列车停在那里。那天,29 军李文田部在天津对日军发起全面出击,天津北站、东站、东局子、公大七厂、海光寺、日租界,到处响起枪炮声,这是日军侵华以来中国军队第一次主动发起的战斗。看到日军都被调过去打仗,地道外有人就高喊抢日本粮台去,于是一呼百应,穷苦百姓越过铁丝网,砸开军需列车的车门,抢着把车内装的粮食、饼干、罐头等背回家。当时日军仅有少数士兵看守列车,见事情不妙,慌忙开枪乱射,人群中有人中弹倒下,有人负伤,可是这也挡不住哄抢,直到日军铁甲车队开来,人们才陆续退散。

日军当然不甘心被抢,天津沦陷后,日军开始在铁道边各处挨户搜查,只要看见谁家有日军物资就将人绑走杀害。凤林村有一家合顺客店,当时里面住着 18 名商贩,因为害怕日军搜查,于是把店门紧闭。杀红了眼的日军砸开门后,竟残忍地用刺刀将这 18 名客人连同店主夫妇挑死,这是日军欠下河东人的一笔血债。

关于黑旗队，一般老人都不愿多说，我也是小时候陆陆续续从大人们口中听到的。那时，在日本侵略者的压榨下，许多人被逼无奈只有铤而走险，由小打小闹发展到合伙盗抢铁路物资。这当中，黑旗队就是影响较大的一个松散组织。说它松散是因为成员并不固定，一般是参加有份，不参加没份。他们抢的东西当然不会拿回家，而是有自己的出手渠道，据说有些药品就流入解放区。黑旗队的行动颇有些像家喻户晓的铁道游击队，因为铁路上的工人包括开火车的、装车的、押车的都是铁道边的人，所以车上装的什么东西、行驶的路线都有内线告知，甚至火车开到哪儿会慢下来，再到什么地方火车会加速，也是事先约定好的。而黑旗队内部也有分工，行动时谁扒火车、谁下货、谁装货拉走，就连送到哪里、下家是谁都是提前安排好的。

就这样，日本人摸不清东西丢在哪里，吃了不少亏，那时日本军部控制的报纸就把八路军津南武工队当作黑旗队。后来日军为了强化铁路管理，在这附近沿线用石头垒了一道墙，这就是石墙子的由来。

至于为什么老人们对黑旗队的事情不愿多说，我想主要是那时街坊邻里之间也不知道谁干过黑旗队，说多了不合适。新中国成立后人们都有了工作，黑旗队也就烟消云散，渐渐地被人们遗忘了。

小稍直口的历史遗迹

雍阳侯

沿着南运河北岸往西，出了杨庄子，穿过密云路和快速路西北半环不远，有一个拆了半截的古村，它就是远近闻名的小稍直口。

民国时期津沽著名小说家李燃犀在《津门艳迹》一书中，通过一路上迎接新娘子的花轿所引发的冲突等细节描绘，再现了南运河两岸小稍直口村以及大园、小园、北辛庄等村庄的民风民俗。因为，小说描绘的地点离我居住的龙悦花园（北辛庄村旧址）很近，所以引起了我的注意。小稍直口，民间又称小稍口。元朝时，南北运河贯通后，这个村庄就已经存在了，并且有元朝蒙古族士兵驻守。当时，这个村设有摆渡口，人称“骚子口”。到了明朝时，以谐音改成了“稍直口”。至于“骚子”的含义，有一种说法是指“骚达奴”，即旧时对一些北方游牧民族的蔑称。小稍直口属于今西营门街，在这个村的南边不远处的南运河南岸，也有一个村庄叫大稍直口，属于中北镇管辖，同样是元朝时期的一座兵营,当时也设有摆渡口,并且也叫骚子口。新中国成立后,为了区别这两个村名,就以大、小来命名。而实际上,小稍直口人口有三千多人,而大稍直口只有它的一半。把大小两个村名倒过来,才名副其实。小稍直口村民分居在南运河两岸,中间有一座钢筋混凝土大桥连接。桥的南侧河岸,有一排铁桩,可能是防护用的,何时所建不得而知。我到这个地方考察的时候,曾看到桥的两端各有两个石墩子,只能过自行车和行人,汽车自然无法通行。走近前一看,发现在桥头有个蓝牌,上面写着"危桥"字样。

小稍直口村有不少古树,见证了这个村辉煌而久远的历史,可惜村庄拆迁时被毁坏了不少。在河的东南岸,有一棵百年古槐树,根部被埋了厚厚的黄土,并没有发芽,想必已经死掉了,实在可惜。小稍直口过去有陈家沟子鱼商陈静波的祖坟。陈静波是著名评剧刘派创始人刘翠霞的丈夫。据刘翠霞的亲属介绍,1941 年 7 月 5 日,刘翠霞病逝,11 日出殡时,她就被埋在了小稍直口。我在村里考察时,曾向两位老年人询问过陈家祖坟的情况,但他们都不清楚。看来,时间太久远了,很多东西都湮没于历史的长河中了。

小稍直口这个古村落的消失,那些曾经的历史遗迹恐怕只能留在书本上了。

村头小树林

杨振关

故乡的村头，有一片很大的树林子，榆树、柳树、槐树、杨树等十几个品种，从西到北呈月牙形围着村庄，那里曾经是我儿时的乐园。

这片树林可有年头了，听奶奶说，当年她坐着爷爷的花轿，被抬进我们村的时候，树林子就是这样的规模，这里也是父辈们儿时的乐园。那时正值抗战时期，村里成立了民兵队，父亲年纪小，没资格参加，加入的是儿童团，十几名小团员，整天就活动在村头的小树林。树林里有棵老槐树，又粗又壮，高高大大的，爬上树顶，十几里开外的情况都能看个一清二楚。村里加入儿童团的孩子们，每天在这里边玩耍边放哨，他们站在高高的树顶，瞅见敌人来了，若人数少，就打出小纸旗，旗面上画着个举枪投降的小鬼子，每面小旗代表一个敌人，举出几面旗，村里的民兵队就知道来了几个敌人，组织民兵在村头打伏击，将小股敌人消灭掉；若人数多，超过了民兵队的“胃口”，儿童团便拉响挂在树枝上的大铁钟，通知民兵队组织群众坚壁清野，躲藏到安全的地方，让敌人白折腾，竹篮打水一场空。一次，树上的小儿童团员发现了十几名日本鬼子和伪军，有的骑马、有的骑驴，气势汹汹地朝这里奔来，拿不定主意打旗还是敲钟，几个小家伙一商量，最后决定打旗，他们知道村里的民兵队伍扩大了，用缴获来的敌人武器武装了自己，能够有把握吃掉这股敌寇。果然，鬼子汉奸刚刚接近村头的小树林，埋伏在一旁的民兵拉响了地雷，一阵惊天动地的爆炸声，将敌人炸得人仰马翻，几个侥幸躲过一劫者，没头苍蝇般往小树林奔逃，哪里会想到民兵队早在里面设下埋伏，瓮中捉鳖，没让一个漏网。

这段往事，奶奶时常讲起，要我们玩耍时不要忘了村头小树林的贡献，尤其是那棵老槐树，打鬼子捉汉奸的功劳，它也占着一份呢。可是，当我长到儿童团员的年纪时，鬼子汉奸投降的投降，逃跑的逃跑了，我们这些孩子娃，背起书包上学堂了，儿童团的故事已成为课本上的内容了。只是那时我们的课本上，没有现在内容多，学校又有早晚自习课，老师留下的一点作业，都在自习课上完成了，放学后就剩下一个玩耍，虽然还要拾柴打草挖野菜，但在我们眼里，那也是玩耍的一部分。村头的小树林还在，那棵老槐树仍根深叶茂地长在那里，只是树身弯曲了，成了驼背的老者。这倒给我们提供了方便，不要说男孩子，比我们还小些的女娃子都能爬上去，坐在树干上听枝头小鸟唱歌，只是有次发现一条大花蛇在枝杈间穿行，才吓得再也不敢上树玩耍了，我们这些男孩子不怕。小树林里花蛇虽然多且大，但都属无毒类，对人没有伤害能力。花蛇上树，目的是捕捉树上欢声笑语的鸟雀,又哪里能够得逞,机灵的小鸟没等它近身,早一展双翅,飞向另一棵树的梢头,继续亮起歌喉欢唱,气得大花蛇只得望树兴叹。掉头下树的当儿,又很难躲过我们因好奇而引发的捕捉。大花蛇受到攻击时,首先想到的是护住头部,身体盘成蒲墩儿样的一团,将头紧紧地躲藏在中心,以为这样就安全了,殊不知这更让我们容易得手,瞅准位置,一把抓住紧挨头部的七寸,任其再怎么扭身甩尾地挣扎,也不会逃脱了。其实我们捉蛇,是为了它好,并非有意伤害,把蛇拖到树林深处的一个小小洞口,松手放开,大花蛇便逃命般地钻入里面,你就守在洞口耐心看着吧,不一会儿工夫,花蛇便从洞口快速爬出,这时,它嘴里会吞进一只小老鼠,半个身子已在肚里了,半个身子还挣扎在嘴巴里。大花蛇亮晶晶小眼睛瞅着我们,不知在表示感激,还是怨恨,眼睛一眨不眨地爬走了。

父辈的儿时,在村头的小树林里,玩耍着帮助了民兵队消灭掉敌人。我的儿时,就只剩下在小树林里玩耍了,玩耍得很开心。如今,我的小孙女也长成我儿时大小了,故乡村头的小树林却没有了,被一幢幢民居所取代,灰墙红瓦、深宅大院,院里院外,树木繁盛、花草争艳,衬托出改革开放后,人们的幸福生活和美好心情。我知道,即使小树林还在,她也没心情去里面玩耍。这天,我带她回老家,刚进屋,她便从书包里拿出一堆作业放在桌子上,说英语要完成,数学也有一堆要写,还要把语文书上的两段课文默写三遍,写着写着,忽然指着屋外电线杆上飞去飞来的小鸟问我,爷爷您说,人要跟小鸟似的,能尽情玩耍,多好。

我家“小菜园”

张　建

20世纪50年代初，大批产业工人搬进新落成的工人新村，那里不仅房子宽敞明亮，院子还留有足够的空间，有的住户就在自家窗前种花种草，不久街道分发树苗自愿认领栽种，后来开垦自家“小农田”形成风气，到了夏季，玉米、高粱或向日葵能长到一人多高，就如同一个个微型的青纱帐。几年过后，人们的观念悄然发生变化，“小农田”渐渐转化成“小菜园”。我们家住在大门口一侧，窗根儿底下与院墙正好形成个大三角，于是就变成了我们自家的小菜园。真正对土地有感情的还得说我父亲，他是地道的农民出身，虽说要过饭、拉过车、扛过枪、跨过江，但与生俱来对土地的眷恋是溶在血液里的，似乎在他手里没有种不活的东西，只要他投下种子，准会发芽、开花、结果。记得我上小学时，学校动员学生回家种蓖麻支援国家建设，我跟父亲一说，父亲拍着我的肩膀十分自信地告诉我：“傻小子，瞧好吧！”果然，蓖麻从花池子里钻出幼苗；果然，结了好多蓖麻籽；果然，得到了老师的表扬。而许多同学种了几次都没成活。

我家的小菜园,简直就是个谜,每年父亲种了什么,从来不跟家里人说,直到春夏之交,生出各种各样的植物来,他才像个讲解员似的,告诉你这是洋姜,这是花生,这是赖葡萄,这是五彩椒……当然,有几个品种是多年来一直保留的,一是倭瓜,一是扁豆角,还有一个是丝瓜,这三种都属于爬蔓植物,需要搭架子向上引导,我父亲则把倭瓜引向大屋房顶,把丝瓜引向小屋房顶,把扁豆角留在自家窗前,使它们各走各的路,各结各的果。倭瓜需人工授粉,父亲每年都要登到房顶捣鼓来捣鼓去,别说,有一年倭瓜结了一房顶,最大的有半米多长,他高兴地给邻居家一户送了一个。在我印象里,丝瓜、扁豆角比较好养,尤其丝瓜到了成熟期根本吃不过来,经常让邻居自己来摘,实在太老了就等到拉秧时晒成丝瓜瓤子用来搓澡。别看那时市场卖的东西很少,日子过得也不富裕,但这个小菜园子确给平淡的生活带来不尽的享乐。特别在夏秋季节,新村住户在做晚饭时,差不多都能现摘、现做,那种收获带来的幸福感绝对是真实的。

说起来,小菜园不单单带来收获,它还是个奇特的“动物园”,因为有泥土、有阳光、有养分,有花、有叶、有果,所以就成了昆虫的王国。你随便拿小铲挖一锹土,就会惊动一批“地蚕(蚯蚓)”“火夹子”;你随便掀开一块砖头,藏匿其中的蜈蚣、“潮虫子”就会四处逃窜;你随便沿墙根儿刨几下,“蝲蝲蛄”“油壳螂”就会被翻腾出来。在爬满藤蔓的支架上,经常会发现落着的蚂蚱、“刀螂(螳螂)”、草蜢子,爬着的“大豆虫”“毛毛虫”,偶尔还会飞来一只“屁篓子”“磕头虫”或大马蜂……秋天夜里,会有蛐蛐叫、“油葫芦”叫、蛤蟆叫，墙角会有“蝎勒虎子（壁虎）”，房檐下会有“燕八虎（蝙蝠）”，时而还有猫狗光顾。那时，孩子们跟这些昆虫和小动物亲近极了，虽然有的连名字都叫不上来，但他们会很有耐心、富有情趣地与那些小活物玩耍。当然也有例外，一天夜里，母亲把我叫醒，让我跟着听听屋里究竟有什么声音。我们黑着灯大眼瞪小眼地等着，几分钟过去了仍没有动静，正准备接着睡觉，突然从床铺底下传出了“咕……咕……咕”的怪调，像老头儿喉咙里憋着一口黏痰在喘气，过了几分钟又“咕咕”几声。父亲说，还是先睡觉吧，有嘛事明儿见。可是，转天一早父母就上班走了，根本顾不上那“咕咕”的事，反倒成了我的一块心病。我是个大胆，周围越没有旁人，蔫主意就越正，心想先看个究竟再说。那时，床铺底下塞着大木盆、小木盆等乱七八糟的东西，我把大木盆抻出来，然后趴在地上探进脑袋匍匐着往里钻，当我打开手电左右环视时，突然在墙角的床铺腿跟前，发现一只超大型的癞蛤蟆，吓得我跟泥鳅似的缩了回去。心怦怦乱跳。好家伙，从没见过这么肥硕的癞蛤蟆，身上长满了糟疙瘩，似乎随时有可能喷出毒液。怎么办？只能把它干掉。听大人说，摸了癞蛤蟆的手会长疮，于是我想到了斧子，可那么小的空间哪抡得起来？又想到了菜刀，可一旦粘上“癞”还怎么用它做饭？正不知所措呢，突然看见炉子旁边的火筷子，我顺手抓了过来！接着再次潜入床下，左手打开手电，右手将火筷子对准了胖乎乎的癞蛤蟆。那一刻就像面对来犯的敌人，怒气涌上心头并以迅雷不及掩耳之势，给癞蛤蟆来了个“一剑穿喉”。

县城杂记

陈启智

1972 年 5 月初,我住在河北省青县招待所等待二次分配。从我居住了 27 年的北京城一下子落到县城,这差距有多大呢?

县里的重要部门都在东西向的主街和北街上。街上只有两座简易楼,一是县委机关,一是百货商场。其余皆为平房,低矮破旧。有商铺、有住户,还有一家工厂。

张爱玲有句名言:“见了他,她变得很低很低,低到尘埃里。但她心里是欢喜的,从尘埃里开出花来。”我当时没有这类感情经历,却实实在在地掉到尘埃里了,自然也就没有花开的幸福。县城真是土!那时的北京城虽然也不洋气,可是街道整齐、宽敞、干净。而这里不单是形貌土气,而且自然界的尘土无处不在,仿佛整个县城都笼罩在灰土之中:见不到一处无土的窗沿儿,看不到一辆无土的车子,包括自行车。如果有卡车或者拖拉机疾驰而过,但见车轮顿时卷起烟尘,车身便倏忽不见。马路两旁有几棵树,可是没有一片叶子是纯绿色的。因为叶面沾了不少尘土。在倾斜的叶片下端，还积淀了一个明显的“土围子”。这样的树景，实乃可悲可叹的奇观。

逢集逛县城更是大开眼界。只见马路两旁摆满地摊儿，都是乡村农民带来了农副产品到县城售卖的。街面上则是黑压压的人群。这时我才明白，为什么绝大多数人皆穿黑色或深蓝色的衣服。因为处在尘土的包围中，浅色衣服太容易纳污变色了。偶尔见个爱美的姑娘着浅色花衣，不禁使人眼前一亮。估计她赶集回家后，第一件事就是洗衣服。

我顺着人流走着。忽然，右小腿被蹭了一下。低头一看，只见一只细狗从我身边窜过，径直跑到前面去了。刚一愣神，左腿又被重重撞了一下，我本能地向右移身，险些摔倒。定睛一看，是一头大黑猪撞了我，它却若无其事，没有片刻停留，又寻隙前行了。大街上有狗不足奇，怎么还有猪呢？猪不是应该待在猪圈里吗？我带着疑问仔细看，又发现好几头猪混在人群里，毫无次序，坦然与人同行。我至今也没弄明白猪何以跑到街上与人同行。但是有一点可以肯定，那就是青县民风淳朴，社会治安不错。这是我见到的县城又一奇观了。

快到中午时，我进了一家饭店（整个县城就两家饭店），里面几乎坐满了人。服务台后面挂着一个小黑板，上面用粉笔写着经营的品种和价格，主食则标明粮票的数量。炒菜仅有五六种，也没见有人买。排队的人有不少递上口袋里装的大饼，然后交钱领一个牌儿。原来乡下人进城，舍不得花钱点菜，而是将自带的干粮加工。如果是饼，就加工成烩饼，只需一毛钱；如果是窝头或贴饼子，只花两分钱买一碗清汤，吃着自带的咸菜，就算午饭了。我交了四两粮票，要了一份烩饼，才两毛钱。午饭后，街上的人渐渐消散。我在返回招待所的路上，看到一家副食店的窗口正在卖煮熟的海螃蟹，才一毛七分一斤。可是螃蟹里还混着一些我从没见过的像水蝎子一样的东西，上面有节，下面长着许多脚。问之，答曰“皮皮虾”。我见其长相吓人，不敢吃。便相商，只买螃蟹行不行。复答曰“必须混着卖”，我只好请其少秤皮皮虾。交钱后，我还是将皮皮虾拣去，只拿螃蟹走了，售货员见状，忙招呼我回来，又给了我两只海蟹——由此又加深了我的认知，青县的民众，即使是经商者也是很善良淳朴的。

我在招待所住了三天，本来是可以留在县城中学的。可是当县组织部征询青县中学领导的意见时，驻校的工宣队副队长黄某某说：“哎呀！青中出身不好的老师够多的了。”1972 年，正是“四人帮”横行，极“左”思想泛滥之时。就是因为这句话，我便去了铁道之东距县城 30 里地的大杜庄中学。

祖父会武

侯福志

祖父一生未上学,不识字。以务农、打长工和短工为生。年轻时,从师于少林寺弟子梁师傅及西南庄的张有琪(其子张顺生曾在天津任武术教练)习武,掌握了40余种武术功法,刀枪棍棒,样样精通。他曾培养了本村的同族弟子侯振祥等多人,晚辈随他习武者无数。

我曾跟从他学习过八手拳、六指头和单刀片。祖父习武的宗旨,用他自己的话说就是:强身健体。他反对仗势欺人。老人一生厚道正直,深受乡邻爱戴。另会按摩,义务为乡亲服务,尤其对"错骨环""吊下颌"有绝招儿,四邻八乡无不受益。在他46岁那年,曾去北京门头沟给人家背煤(当矿工)。生产队时期,曾给第三生产队看场院。

小时候,爷爷经常给我们小孩子讲笑话。"老皮猴"的故事,就是从他嘴里听说的。当时听了,晚上都不敢出门。他还会唱老歌:"八路好,八路强,八路军打仗为了哪一桩?不拿群众一针线哪,损坏了家具还要赔偿。八路好……”至今,我还能想起他唱歌的样子来。

祖父去世后,家里决定另立祖坟。祖坟选在了电车道西头的羊毛地。1987 年之后,我的奶奶、父亲、母亲相继去世,安葬在这里。现在,每到清明时节,我们做晚辈的,都要到这里来给祖辈上坟。以前,上坟就是烧点粗纸,但现在上坟的物品好像越来越讲究了,供品里也增加了花样儿。除传统的八件点心外,还有香蕉、苹果等水果。近年来,为减轻环境污染,乡间已不再允许烧纸,也不再允许放鞭炮。

竹韵声振会知音

贵　翔

听到汤振刚先生举办从艺五十周年京胡演奏会非常兴奋。作为一个戏迷和乐迷，到剧院看戏或听曲都是再平常不过的，而到戏院去听京胡名家的演奏会，对我来说还是头一回。

汤先生是广大戏迷熟悉和喜爱的著名琴师，他在50年的艺术生涯中，与琴结缘，刻苦钻研，在校期间，曾受教于李树屏、王裕民、肖英鸿、董生等名师。拜师名琴李宝华先生后，又经常向姜凤山、何顺信、沈玉才、王鹤文、霍浩朋、于学森等名家问艺，精益求精，不断提高。他博采众长，逐渐成为精通老生、青衣、花脸等各行当，以及马、谭、杨、奚（老生），梅、尚、程、张（青衣）和裘（花脸）等各种流派风格的全才型京胡演奏家。汤先生担任伴奏的京剧名家马少良、杨乃彭、邓沐玮、王平、王艳都曾荣获我国戏剧最高奖项“梅花奖”，这当中汤先生自然凝聚了辛勤汗水，绿叶衬红花，奖牌中也有琴师的一半。

那天晚上，我到剧院时离开演还有一个多小时，门口已非常热闹，尤其是那些等待检票的戏迷，每个人眼里都充满期待和渴望，一定都是汤先生的“铁粉”。踏进剧院的前厅，百合花香气扑面而来，沁人心脾。抬眼望去两米多高的花篮艳丽多彩，如漂亮的礼仪小姐恭候着戏迷们的到来。

那天的舞台也是绚丽多彩，汤先生手持京胡的巨幅照片被设置为舞台的背景，英俊潇洒，面带微笑，仿佛在向到场的“知音”们问好。拿着二胡、琵琶、笛子等民族乐器的乐手已经坐了满满的一舞台，只有靠近上场门处那个包着红毡的高台上还有一把椅子“虚席以待”。当天津电视台主持人管军和裘派女花脸刘嘉欣宣布“汤振刚先生从艺 50 周年京胡演奏会”隆重开始后，身穿紫红色华服的汤振刚先生闪亮登场，这位往日坐在下场门侧幕条，从不抛头露面，只用悠扬琴声表明存在感的名琴师，终于坐在了舞台的中心位，向所有喜爱他的戏迷知音展示琴艺，送上谢意。

这台演奏会分为两大板块，一为“曲赞盛世”主要由《沉醉东风》《沉香春日》几段京胡协奏曲组成，这当中《茉莉花香》《二泉随想》两首曲子，是汤先生在中国优秀民歌、民族乐曲基础上，根据京胡演奏的特点重新加工改编而成，既不失乐曲本来的基调，又充分发挥了京胡独有的脆亮、高亢，让人耳目一新，尤其是《茉莉花香》的快弓和《二泉随想》的倒把彰显演奏者的高超功力。前者虽越拉越快，但每个音符都如珍珠洒落玉盘，清晰、清脆，声声入耳。后者三次倒把，指头已经接近琴筒，把京胡的音域发挥到了极限，其美妙的音色是我从未听过的。

正当戏迷沉浸在京胡乐曲之中如醉如痴之时，汤先生携爱徒刘磊、孙毅沛演奏的《变奏开门》和《夜深沉》琴声又起，特别是《夜深沉》中加入特意从北京赶来的汤先生同窗好友王建华的击鼓，更是锦上添花，美不胜收，台下的戏迷观众掌声不断，大呼过瘾。

第二板块的演出取名“歌咏华诞”，重点展现汤先生保腔托调的伴奏功力。参加演唱的既有汤先生久别舞台的夫人张厚香女士和他的公子杨派新秀汤云碌，还有从北京赶来的奚派女老生张凤玺。而更多的还是曾与他合作多年的京剧名家杨乃彭、邓沐玮、李莉、王平、王艳和吕洋。几位名家在演唱之前，都饱含深情地讲述了与汤先生合作多年的真实感受，对汤先生出色的琴艺给自己在艺术上的帮助和提高表达了由衷的感激之情。王平先生虽然刚刚做过心脏“搭桥”手术，正在恢复期间，仍“不敢”耽误参加汤先生的纪念演出。他在演唱前让弟子代表自己向汤先生献花，在演唱李少春先生代表作《野猪林》中的名段“大雪飘”后，还特意加唱了一段谭派名剧《定军山》（又名《一战成功》）表达对多年合作伙伴的美好祝福。

粗略计算，汤先生在足足1个多小时的伴奏中，先后为10位名家演唱的18个唱段操琴，涉及老生、青衣、花脸等几个行当的诸多流派，始终精神饱满，琴声悠扬，过门儿、垫头优美、规范，托腔严谨，那真是演员唱得舒服，戏迷听得过瘾，其超强的艺术功力令人叫绝。

走出剧场，优美的琴声仍在耳畔回响，汤振刚先生的精湛琴艺和众多京剧名家的演唱给我和众多戏迷带来了美好的艺术享受。由此联想到汤先生这代琴师生在新中国，长在红旗下，赶上了共产党领导下的新时代！从小在“百花齐放”文艺路线的指引下，沐浴党的阳光雨露，茁壮成长，艺术得到尊重，心情舒畅，琴艺稳步提高。能够举办大型纪念演出，并得到众多戏迷的热捧，这恐怕是众多前辈京胡大师所不敢奢望，也不曾有过的殊荣。

随船运销白菜记

高俊才

初夏的一天，我站在蓟运河堤埝上，向远方眺望，发现不远处的河滩地弃置着一条破旧木船。即刻，我记忆的闸门一下子打开了，过去在农村生活时，曾坐村里木船顺蓟运河到汉沽交售大白菜的情景，立刻又涌现出来。

地处蓟运河下游河畔的故乡，在20世纪50年代末至60年代中期，村集体（也就是生产大队）拥有一条较大的木板船。在蓟运河尚未修建防潮闸，河道与渤海直通，河水随大海潮汐而涨落。那年头，由村通往汉沽城区的公路是土路，坑坑洼洼且遇雨雪天气道路泥泞很难行车。加之村里大多是铁轴轱辘马车，没几辆胶轮马车，还要到城区河对面的渡口乘摆渡船过河，很是不方便。因此，利用河道航（漕）运，也是不错的交通运输方式。小时候，经常看见蓟运河道中有小拖船牵引着四五条装满货物的木船，突突地响着驶向远方。特别是村里那摇橹的木帆船，有风时就扬帆乘风而行，无风时就摇橹推进。那时，每年立冬收获大白菜的季节，村里就用木船沿蓟运河道去给汉沽蔬菜经营门市部运销大白菜。在过去年代很长的一段时期内，大白菜已成为城乡家家户户的当家菜，俗称：一冬白菜半年粮。村村种白菜、店店卖白菜、家家储白菜，已成为城乡大白菜产销储一体化的一道独特风景线。那年头，农业生产是按上级种植计划来安排，特别是种植大白菜，都是有严格的种植计划和交售任务指标的。要求各生产队做到三保：保质、保量、保上市时间。每到深秋后，区里和公社上下显得特别忙，派人驻村，深入田间地头，督查大白菜生产情况。到了立冬出(收)大白菜时节，菜地里一片繁忙，有人用镰刀把大白菜砍倒，有人清理烂菜帮儿和泥土，有人或抬或扛地把大白菜装上人力双轮车运往河边，头天傍晚把大白菜装满木船，俗称“压船”，以待第二天凌晨起早去汉沽交售。那时，只要村里一出船，基本上就由我父亲或组织指挥行船，或亲自摇橹驾船。

有一年，父亲想让我跟船去运销大白菜，并顺便到汉沽城区看看。我听后很高兴，这正合我意。可父亲又担心我年纪较小，天气凉，怕坐船不安全，就没抓紧安排。在那年最后一趟船时，让我跟一名大队干部一同随船去汉沽。那天一大早，晨星还在一个劲地眨眼，我已登上装满大白菜的木船。虽说，初冬的河面晨风凉飕飕的，但我心情非常激动，浑身感觉热乎乎的。我坐在靠近船头的白菜垛上，静听船边哗哗的流水声、船尾吱吱的摇橹声，仿佛感到它们在寂静的河道上弹奏着拂晓晨光曲，顿觉很奇妙，不时露出惊喜的笑容。我小心地从船头来到船尾，观看父亲或其他大人们摇橹。摇橹看似轻松自如，实则需浑身用力，双臂不停地来回摇橹拨水,利用水的反作用力推进船体前行。看来摇橹也是一门考验体力的技术活。当船行驶到河道拐弯处,父亲不时地提醒大伙集中精力行船,并念叨"小心驶得万年船",可不能大意。至今,我对父亲说的这句庄子语录依然印象深刻。

几个小时后,时近晌午,木船停靠在寨上大清码头泊位。大伙赶紧将大白菜运到岸上,放在地秤上称分量。看见大伙忙得不可开交,我也无心到街里去玩,便帮着大人们干些力所能及的活儿。一船卸下几万斤的大白菜,累得人们腰酸腿疼、满头大汗。那时候,白菜收购价比较便宜,菜心足质量好的一斤才一二分钱。结完交售账,清理完船舱,已到晌午。或许是因年内最后一趟用船运销白菜了,村里大队干部安排大伙去寨上大红门一个饭馆,吃大饼夹粉肠,喝素丸子汤。吃着几毛钱的一块大饼和几片粉肠,喝着 5 分钱一大碗的素丸子汤,别提多香多美了,大伙高兴得不得了。

乡野上的童年时光

李克山

半个世纪后的今天,许多事在我的头脑中已经变得十分模糊,而唯独童年时光里的那些甘美的往事,却仍常在我的心头闪亮。

早春,尚无草长莺飞、新燕呢喃,许多树木还处于冬眠状态,而柳树的枝头却绽出了点点新绿,送来了春的信息!“依依袅袅复青青,勾引春风无限情。”我们小孩子早早地换上了春装,施展“拿手戏”——不顾大人的阻拦,爬树折柳条,做柳笛。于是,短脆嘹亮的笛声便伴着我们去放羊,去剜野菜,去捋榆钱,去打羊草(给羊打草),去做游戏,去迎接万紫千红的春光。

仲夏,麦子穿越了秋冬春夏,走过了一条冰与火的历程,终于迎来“夜来南风起,小麦覆陇黄”的成熟!村南村北,麦浪与麦香随风荡漾,大地变成了一幅幅金色的油画。一片片黄澄澄的小麦微笑着,傲然甩动着一个个硕大的穗头!于是,我在晨梦中醒来,隔窗看着父亲欣喜地磨着一把把镰刀,银亮的刀光与天上的星光交相辉映；他那粗糙有力的大手，仿佛是在磨亮一个个甜美的梦境！于是，遍地响起“哗啦哗啦”清脆的割麦声，金色的麦车在鞭梢儿的脆响中欢快地往村里流动，耀眼的金黄把小村映照得格外美丽！麦收时节，我们小孩子顾不上采野花、摘野果、逮蝈蝈，顾不上到苇塘里捡鸟蛋、上树摘桑葚、摘杏子，更顾不上凑伙去扒瓜，而是在布谷鸟嘹亮的歌声中，跟着老人们提着竹篮或空面袋儿，到割完麦子的田地里拾取丢落的零星麦穗。小脚奶奶拾麦是那样认真，在她眼里，一穗麦，仿佛就是一捆麦、一垛麦、一个圆圆的粮囤……

春华秋实。秋天，是个色彩斑斓、瓜果飘香的季节，是农民们日夜期盼的盛大节日！从村内到村外，到处洋溢着一种诗意的绚丽！苹果露出红亮的面孔，柿子点起一盏盏灯笼，石榴笑出满口白牙，枣儿和山楂争先把半个农院染红……田野里，玉米甩掉干巴的红黄花线儿，棉花绽放出雪白的花朵，高粱举起嫣红的火把，葵花垂下饱满的头颅，谷子露出粗长的狼尾巴……农民们望着丰收的大地，犹如喝着一杯杯香醇的老酒，喜悦飞上笑脸，也钻进我们小孩子欢蹦乱跳的心里。

严冬，并未使乡野变得肃杀与冷寂，我们小孩子或打尜、滑冰、捉迷藏、看小人书，或拿着长竹竿到林子里捅蝉蜕（知了皮）、刀螂子（桑螵蛸）、露蜂房（马蜂窝）（可到药材公司出售）。而更叫人盼想的则是漫天飞舞的雪花！每逢降雪，我们就迫不及待地冲出暖融融的土屋，任飞雪落满衣襟、侵入脖颈，不顾冻红小手、小脸，打雪仗、掷雪球、赏雪景，有时也摇头晃脑地背诵着“梅须逊雪三分白，雪却输梅一段香”的诗句，“咯吱咯吱”地踩着积雪故作风雅地到村南古刹“踏雪寻梅”。然而，最感兴趣的却是堆雪人！在谁家的院子里或大门前，大家一齐动手，用簸箕或小筐儿收集白雪，随堆积随用木锨拍实，然后用刀铲精雕细琢。雪人堆成，用煤球当眼睛，用胡萝卜安鼻子，用小枣做嘴巴，再用锅底灰在胸前撒出两条长辫儿，扎上红头绳儿，一个惟妙惟肖的雪姑娘便活灵活现地降临人间！一次，我还即兴给雪姑娘写了一首打油诗：门口有个雪姑娘，寒冬腊月来站岗。天黑她也不回家，要论胆量比我强。

乡野的一年四季，在我们小孩子眼里，就像一本展开的多彩画卷，从无合上的时候。

地质大院

永　南

记得 1983 年 12 月,我们这一届从长春地质学校毕业的 20 多位天津籍同学,被统一分配到了天津地矿局的下属单位。当时,局人事处组织召开了一个座谈会,由崔志军处长做了一个简单讲话,大意是先介绍局里的情况,并对我们这些地质新兵表示欢迎。散会后,大家按照毕业同学分配表,拿着派遣单,陆续到下属的各地质队去报到。当时被分配的地方主要有两处:一处是位于东局子的第一地质大队,另一处是位于蓟县(州)下仓的第二地质勘探大队。蓟县、宝坻的同学,如侯保成、刘海春、孙万富等去了第二地质勘探大队,宁河、武清的同学大部分去了第一地质勘探大队,另有个别钻探专业的同学去了地调队。

地质一队坐落在东局子,这是一个很大的院子。其东边与月牙河比邻,西边是部队大院。南面是一条东西向的土路,土路南边不远是一个部队的靶场。北面以及月牙河的东面是一望无际的田野和水面。过去,地质队差不多都处在荒郊野外,前不着村后不着店，但生产、生活设施却一应俱全，我所在的第一地质勘探大队位置还算不错，毕竟在城市的边缘，除办公楼外，还有家属宿舍、职工食堂、机修厂及幼儿园等。地质大院的职工过着相对封闭而又富足的日子。人事科长高文学对大家的到来表示欢迎。他把我们叫到一起开了一个短会，嘱咐大家好好干。接着就让大家入住早已准备好的宿舍。

我的宿舍在办公楼五楼中间的一间大屋子。这是一间集体宿舍，一共住着三位上一届长春地质学校的校友，他们是林岭、王洪义、纪真平，另外一个是河北地质学院毕业的杨双利。我刚一进屋，一眼就看到了一张熟悉的面孔。他对我笑了笑，礼貌性地招呼了一下，我也向他点点头。接着我们二人就攀谈起来。这位师兄叫林岭，老家是北郊(辰)区的。他会写毛笔字、绘画，还会篆刻、吹笛子。除此之外，他还练过武功。

如今，我原来宿舍里的同事已经走了两位，一位是杨双利。在我毕业那年的冬天，他回家过春节的时候，因为煤气中毒去世。再一位，就是我的这位师兄林岭。他是因为突发心脏病去世的，在他去世之前半个月，在天津古文化街他还送给我一块由他篆刻的鸡血石。如今，这块石头已成为永久的纪念。

失而复得的书籍

杨世珊

我回祖籍下乡时，住在忠大伯家，忠大婶和我聊起她的儿子，说："就爱看书，别的嘛也不喜好。"我随口一说："我有一箱子书，哪天也搬来。"书箱搬来后，忠大婶问一句："这是书吗？"我随即又答："是。"忠大婶说："那直接放你五弟屋里来吧。"

书箱就放到五弟的炕上了，看样子他真爱看书，每天晚上都翻找着看。那时大队还没有图书室之说，这是他头一回看见这么多的书，且都在他手里由他来支配了，所以颇为兴奋。此后就陆续有人来"看书"，他们很随便地翻书找书，还不时地因一本书而争执。我在侧一时无语，五弟也许误会了，可能是认为这箱子书就此已经赠给他，他也可以慷慨地赠送别人，他完全忽视了我才是书的主人。

这箱书不少是《毛主席诗词》的解析类书，如周振甫等专家的讲解，还有就是北京的各大学自行印制的有关领导讲话的书，应是非正式出版物，但印刷精美，装潢考究。再有就是20世纪五六十年代出版的长篇小说。五弟的朋友多是冲着长篇小说来的。

在地里干活时,别的生产队我当时并不认识的人,也找到我借书,又拍肩又称兄道弟地套近乎。显然这些农村青年,知道了我有书的消息,他们都没真正看过书,出于好奇,慕名而来。但当时我已失去了书的所有,故而愕然不已,不知如何是好了。

我到五伯家串门时,自然就提到了书。他是霍元甲的孙子,因是教书先生,故在村里德高望重,他也是我爸爸的好朋友。

他问我都有嘛书,我告之有长篇小说不少,还有一些诗人的诗集……他就说:“这都是些文学类的书,如长篇小说,如果也买、也存,那可海了去了。”他又认真地问我:“你买得过来,存得下吗?”他的看法是,文化人不可能不爱书、不存书,但是见书就买,有书就存,那不现实。个人的能力太有限了,文化人读书,要懂得择其优者,还要优中选优,要学以致用。如同农民手里要有几件家伙什儿一样,文化人工具书是要有的,对学业有影响的必须要买。

通过这次聊天,我觉得大有裨益,茅塞顿开。当时就认为这是接受贫下中农再教育很有必要的直接证明。

五伯还对我说了一句:“人怕出名猪怕壮,你有一箱子的书,都传名了,这也许不是嘛好事啊。”他的儿子告诉我:“把书赶紧拾起来,据可靠消息,大队要查你的书。”

没过几天,掌控我书的五弟抱着书箱整个给我送回来了。他也听说大队要查大毒草的书,就对我说:“你是在号的,马上就查了,你看看不行还送回市里得了,要是都给你查抄了,多可惜！”

这大抵是个谎信儿，但把他吓着了，于是赶紧甩锅。因此，这箱子书我失而复得。我查对一下，仅凭记忆，精装的话本小说《武松传》没有了，我再顺藤摸瓜找去，那人说没了。还有一套《萌芽》杂志，那是初中同学高潞企在河北省人民出版社工作的父亲，因省会迁保定处理认为多余的书，我从他那买的半年合订本，有十几本，全军覆没，一本没剩。《萌芽》是给青年作者发挥才能的刊物，那时记得有陆文夫的《小巷深处》，林斤澜的《立此存照》，任红举的诗等，我都印象极深，这几位后来都成为大家。

那个时候，我失去了若干本书，却得到了五伯的金玉良言，从此看书、买书有了方向，也成为一大幸事。当然，随着时间的推移，我又感到五伯所说的也有他的局限，文学类的书籍，当然也有它存留收藏的价值，书是否保留不在于它的题材和类型，而在于它是不是经过时间淘洗的经典之作。

我常常怀念我那个失而复得的书箱，那是一个医院里盛葡萄糖的纸箱子，结实且大，它是我学习文化进而感知社会与人生的摇篮。

性格决定命运

陈启智

“性格决定命运”,这句话千真万确。我的父亲冰雪聪明,又是名校毕业,工作亦认真、出色,却因其性格原因导致他一生受挫,年仅67岁即抑郁而终。父亲是爷爷、奶奶膝下唯一的男孩,早年生活条件优裕。除了其父母的宠惯,还有一个胞姐呵护,就连几个堂妹都让着他。故他自小行事任性而为,听不进别人意见,长大后性情孤傲,目高于顶。这样的性格就为他日后的悲剧埋下了伏笔。

父亲聪颖好学,成绩优异。在20世纪30年代初,即先后获得北京大学法律系和东北大学历史系两个毕业证书。据我母亲回忆,当年我父亲被称作“才子”,不仅学习好,而且琴棋书画无一不通,又长得帅气,头发梳理得十分整齐,戴一副深色框架的眼镜,身着西装,骑着自行车在大学校园里穿行,吸引不少女生投来爱慕的眼神。我父亲最终娶了我母亲,原因是他们从小相识并在一起学英语,老师就是我姥爷,他们有较深厚的感情基础，两家也算门当户对。我母亲上大学时，曾被一位姓黄的教授热烈追求过，因为父亲的缘故，母亲拒绝了他。

父母成婚后，母亲做了全职太太，父亲则担当养家的责任。他先后做过陪审员、法官、房地产科科长、《盛京时报》的记者……因为和上级、同事处不好关系，所以每个职务都干不长。我母亲给他计算过，父亲一生换过18次工作。只有做记者被辞退，是光荣的。因为他在报上发表抗日的文章被捕入狱了。出狱后，父亲在沈阳小南门里开了一家“紫罗兰”照相馆，自己钻研摄影技术，还首创将电影明星或戏剧明星的剧照与相应唱红的歌曲或唱腔印到一张照片上。曲谱和歌词、唱词，都由父亲亲笔书写再翻拍复合。此品一出，大受欢迎。这是我父亲一生中唯一的高光时期。

1948年，父亲率全家从沈阳迁居北京。因为一时找不到工作，父亲就想再做生意。母亲极力反对，但他一意孤行。他相继开办了酱油厂、肥皂厂和美工社，均以失败告终，把在沈阳照相馆挣的钱赔个精光。幸好北京市教育系统缺少教师，于是双亲一起报名应考。母亲因为学业荒废多年，主动做了小学教师，父亲则当了中学历史教师。

稳定的生活没过几年，父亲刚愎自用的性格再次酿成悲剧。那时我12岁，还清楚记得一个夏日的夜晚，母亲劝告父亲不要上告，父亲大声抗辩……结果是，父亲被迫离开讲台。1962年，父亲又重返教坛，只是改教英语了。此次打击使父亲的性情、思想和行为产生突变。原来父亲在家是“甩手大爷”，什么事都不做，现在也能帮母亲做饭了；他早年学过烹饪，就时常在我们面前露一手，受到称赞后，也颇为自得；我们兄弟三人的名字，他以前时常叫错，连我们上哪所学校、读几年级也不清楚，现在也知道关心了；学期之初发新课本，都是父亲帮着包书皮，并且用毛笔字写上课本的名称和我们的名字……

我是得到父亲教益最多的儿子。我喜爱写字，父亲本长于此道，书法造诣颇深，写得一手漂亮的张裕钊体。于是经常指导我运笔、结字之法；我喜欢文科，父亲的文学功底很深，因此对我的作文格外关注。他凭着记忆给我默写了不少古诗文。大约是1963年，我们班春游颐和园，我写了作文后又凑了八句诗。当时不懂格律，还自以为是律诗。父亲读后先表扬了我，并指出其中的毛病。末了说了句令我终生难忘的话："其辞若有憾焉，其实乃深喜之。"还是在1963年，母亲从图书馆借了本长篇小说《踏平东海万顷浪》。作者出版这本书时还不到30岁，父亲读后颇有感慨。先问我多大了，我说："17岁。"父亲便不再问，而是默默自语："17、27、37。55、65、75……还来得及。"我当时不解其意，后来才悟出，这是老人家的心愿：他1908年出生，时年55岁。倘若我能像作者那样，30岁上下能出版文学作品，那他再活十几年，也就是70岁左右还能看得到。可惜天不遂人愿，父亲于1975年病逝。我没有如父亲期望的那样成为作家，倒是在书法方面有点成绩，也算部分实现了老人家的遗愿。

最后说一句我自身的感悟：我正是汲取了父亲的教训，一生尊重他人、谦虚谨慎、温良随和，才保证我诸事顺遂、心情愉悦。

那个年代看电影

訾 林

“文革”时期，可看的电影不多。当时，坊间流传着几句顺口溜：“中国电影，新闻简报；朝鲜电影，有哭有笑；越南电影，飞机大炮；罗马尼亚电影，又搂又抱；阿尔巴尼亚电影，莫名其妙；日本电影，只供内销。”大致可以概括那些年所放映电影的种类。于我来讲，或还有数量的意味。

“新闻简报”是多的。光报道西哈努克亲王在华活动的新闻纪录片就不少，遑论其他。但要说只有“新闻简报”也不准确。《青松岭》《春苗》《创业》《侦察兵》等还是有得看的。尤其是《决裂》中葛存壮饰演的那位老教授那句“马尾巴的功能”几乎成了迂腐知识分子的代称。《侦察兵》是王心刚主演的，我们却在这部影片中看到了一位高中同学的身影，他就是饰演我军姜排长的王达成。这一发现，让我们兴奋了好一阵子。

朝鲜电影看过几部，其中《卖花姑娘》应该是那个时期最好的进口片。不仅思想性强，契合中国当时各地开展的“忆苦思甜”活动，而且艺术水平高，剧情的安排，演员的表演十分到位。上映到半截，便可听到电影院里的一片哭泣声；至散场，仍见有人用手帕去擦抹脸上的泪痕。罗马尼亚电影和阿尔巴尼亚电影我也各只看了一部。罗马尼亚的那部电影叫《多瑙河之波》，里面很多镜头都是男女亲近的。看时，大吃一惊：这样的片子也敢放映？须知，那时中国国内是绝对不许出现这样的镜头的。阿尔巴尼亚和越南的电影的名字都忘记了，但后者的水平还不如前者。虽被称作“飞机大炮”，却也没见过什么激烈的战斗场面，而且正面人物与敌人的说话也毫无底气，软绵绵的。

看了“只供内销”的三部日本片：《山本五十六》《啊！海军》《虎，虎，虎》。很侥幸，那时我在离家很远的一个村小学教学。不知怎的，管理学校的宣传队就把这张分配到我校的唯一一张连三场的电影票给了我。电影是在十月电影院看的，据说是供批判日本军国主义复活而放映的。但我看完电影从电影院出来后，却只听到众多观众津津有味地谈论着电影里的故事情节，并没有人关注别的。年代久远，我也记不得里面都有什么了。只记得《啊！海军》里日本军校高年级的学生对新进校的学生那句声嘶力竭的喊叫：“如果有什么问题，我们会和蔼地告诉你们！”敢情在日本，可以和蔼到气势汹汹、霸气十足、声嘶力竭的地步！这是不是就是军国主义的表现呢？

因为是住校，在村里看过多次露天电影。那是全大队社员盛大的节日。一张大屏幕一拉，两面都聚满了人，虽是放映了多次的《地道战》《地雷战》《南征北战》，但大家的兴致仍十分高涨。《地道战》中那“各小组注意，各小组注意，你们各自为战”；

《南征北战》中大妈对高营长的称赞:“又进步了!”多半儿会成为转天干活或学习时相互开玩笑的用语。

韩小窗落魄天津写鼓词?

倪斯霆

1985年夏天,我在为报纸写"豆腐块"的同时,在张赣生老师的指导下,开始钻研"学术",所写的第一篇万字论文,便是考证清代子弟书名家名作的《韩小窗生平与作品小考》。此文于《艺术研究》1986年春季号刊出后,不但第一时间便被家父的《中国曲艺史》所引用,而且还得到了国内资深俗文学研究专家任光伟、耿瑛等前辈的褒扬。

子弟书是清乾隆初年兴起,光绪末年衰落,有一百多年历史的满族民间说唱艺术,曾产生过像罗松窗、缪公恩、韩小窗、鹤侣(奕赓)等一批写词高手。此中翘楚韩小窗所作《宁武关》《红梅阁》《白帝城》《长坂坡》《徐母骂曹》等,至今仍在北方曲艺的各种大鼓中演唱。1935年郑振铎主编《世界文库》,曾选收罗松窗、韩小窗子弟书作品11篇,与果戈理、塞万提斯、巴尔扎克、托尔斯泰、高尔基等文豪作品并列为世界文学名著。对此,子弟书收藏研究专家傅惜华先生1939年在《子弟书考》一文中亦言:

“子弟书之价值,不在其歌曲音节,而在其文章……其意境之妙,恐元曲而外殊无能与伦者也。”然而由于这些鼓词高手多活跃于民间,各类史料对其鲜有记述,故而造成他们虽距今“相去不远”,但却大多“生平不详”的遗憾。正是有感于此,我在傅惜华、赵景深、阿英、关德栋等前辈研究的基础上,经过钩沉辨误,考证出了韩小窗是嘉庆、道光年间沈阳人的结论。但也仅仅于此,关于其履历生平,则仍付阙如。对此,我一直心有不甘,前些年出版《旧文旧史旧版本》时,我曾将此文收入,目的也是希冀引起人们注意,能够有新的发现。意外收获出现在近期。日前我在查阅资料时,于1931年2月20日的北平《晨报》上,竟看到了一篇名为《韩小窗及其〈骂城〉〈千金报德〉》的文章。据作者非厂云:“韩小窗同光时人,以撰词曲名。名与爵里不详,其为词妇孺皆知,是盖隐于曲者。或曰韩为天津人,则以撰曲时皆在津,当亦近是也。韩落拓不羁,嗜鸦片,瘾乃至深,荡其产不顾。既窘,莫可为计,出其技为曲,以易阿芙蓉。曲既行,境愈困,需阿芙蓉愈急,愈不能多得。”并言旧时天津鸦片烟馆林立,“韩即此中之一瘾士也”。其“初尚能市膏,既久,则以灰与滓充其饥渴,人习其困,于是一曲之成,仅易一蛤蜊壳烟膏,卒以困死焉”。

阅罢此文我深感诧异。虽然此前也有人考证韩氏或铁岭或开原人,但称其为“天津人”或曾在天津“撰曲”,则是首次所见。而且还将其描写成因“嗜鸦片”而“落拓不羁”,以鼓词换烟膏,最终落个困死烟榻的结局,则更是闻所未闻。《晨报》之文刊于1931年,距韩氏生存年代不过百余年之遥,按说不会是空穴来风,但不知其所据为何?

爱国报人秦丰川与“宁园”

雍阳侯

《民生导报》是抗战胜利后，继《大公报》《益世报》《天津民国日报》之后出现的第四张大报，创办于 1946 年 8 月，地址在第一区兴安路 218 号，董事长兼发行人秦丰川，社长刘子威。

秦丰川(1905—1991)，内蒙古丰镇人，毕业于日本东京帝国大学和德国柏林大学，是天津爱国报人、学者和教育家。曾著有《日本侵略中国史》等著作。1925 年担任《天津商报》采访主任。20 世纪 30 年代担任《益世报》记者。抗战开始时，在傅作义部队任职。1949 年，随傅作义参加了著名的“北平和平起义”。新中国成立后，曾任绥远省文教厅厅长，内蒙古自治区教育厅副厅长、顾问等职。

1946 年，抗战胜利后不久，秦丰川由重庆的国民党军统局派到天津，接收了以“三昌洋行”为招牌的日本特务机关“满铁经济调查所天津支所”，这个特务机关在日租界寿街(即兴安路)有一幢房子和一批印刷器材，秦丰川以此为资本，创办了当时颇具影响力的《民生导报》。

关于办报方针，秦丰川是这样规定的："旧政协路线，宣传民主，主张和平。"这份报纸每天有4块版面，第一版是要闻，包括国内、国际两部分，经常有一篇社论和一篇专栏文章；第二版是地方新闻，包括本市新闻和各地通讯；第三版是"宁园"副刊，另有南开大学李广田主编的《每周文艺》和不定期《经济文摘》；第四版是经济新闻，其中上半块是有关金融、贸易、物价、商会等方面的信息，下半块则是"每日行情"栏目，辑录了本市及上海、青岛、保定、沈阳、台湾等地区的商品价格。

"宁园"是该报的副刊，由赵纯嘏主编。赵纯嘏是一名共产党员，原在上海国际新闻社工作，社长刘子威把他请来担任副刊编辑。之所以取名"宁园"，一方面是因为天津有一座著名的北宁公园，取"宁静致远"之意，简称"宁园"，另一方面，"宁园"这两个字本身的含义丰富，有宁静、安宁之义，可以把它理解为读者的精神家园。

"宁园"副刊内容广泛，形式清新。尤以其所开设的"三言两语"栏目最为亮眼。该栏目由秦丰川担任主笔，每天发表一段二三百字的杂文或讽刺诗，以关注民生、关注社会，且以针砭时弊为其特色，文章论点鲜明，意味隽永，辛辣尖锐。比如关于内战，他就明确提出了反对意见，喊出了"反内战"的口号，吸引了不少进步青年读者和作者。该副刊还经常发表一些文艺评论，对新文学提出自己的观点，带有明显的进步倾向。

笔者在1947年1月21日的报纸上，曾看到一篇由曹智撰写的《论大众文学与通俗化》，这篇文章谈到了文学的使命、作家的修养以及大众文学问题。关于文学的使命,作者认为:"用以争取人类的合理的幸福的生活,记录大众的生活状况,并且表示大众的希求和倾向——它是直接为大众服务的一种工具。"有不少作品表达了民众希望结束内战、过太平日子的向往之情。如司钦先生撰写的一篇名为《生于忧患》的随笔,针对国民党发动全面内战的形势,向国民党当局发出了停止内战的呼吁:"我们要向现实控诉,我们不能使现状长久忧患下去,在个人,宁愿受忧患的煎熬,但最低不要有现状的纷扰使得我们困毙和疲累,那样,双重的忧患将使每个人死亡!"在 1946 年 10 月 2 日的副刊上,笔者还看到一篇由王野哲撰写的《论诗短简》的文章,提出了诗人命运应当与时代命运联系在一起的命题。作者认为,我们这个时代,应当有我们这个时代的诗篇,这种歌颂应当冲荡在夜与黎明之间,我们应该为那些在艰苦生活着的人们而歌唱。因此,如果诗人不能生活在真实当中,不能把他的命运与时代的命运联系在一起,他是不能写出有价值的东西的。

1946 年 12 月 10 日"宁园"副刊在北宁公园举行一次读者、作者和编者的联欢会,会上有不少热情激愤的发言,引起国民党特务机关的注意,因之受到国民党市党部新闻检查官多次警告,最后该报董事长秦丰川被勒令撤换编辑,赵纯椴被迫离去。

1947 年 1 月 21 日,由于资金耗尽,加之国民党市党部威逼、警告,《民生导报》被迫停刊。后由染业同业公会理事长李润芝取代秦丰川接任《民生导报》董事长,报纸于同年 7 月 21 日复刊,但没坚持多久,到 10 月 6 日再次停刊。1948 年春节后,刘子威与《中庸日报》达成协议,拟由两报署名联合出版,正当准备出刊之际,4 月 21 日,大批军警、便衣及打手闯进报社,捣毁了排字房、机房,刘子威出面理论,被暴徒打伤。再次出刊计划落空,短命的《民生导报》至此停刊。

共有一个“玉”字

任广玉

农村长大的我有很深的玉米情结，这不仅是我与它共有一字“玉”字，更主要是源于物资匮乏的年代，玉米用它通身之物既满足了一个孩童的食欲，而在收获了粮食之后也毫无浪费之处。趁玉米鲜嫩的时候劈下来，剥去外面的几层老叶，带着须子煮熟后，玉米是香的，汤水是甜的。煮玉米是那个年代孩童最好的零食，没有冰箱的日子即使吃不完的煮玉米也不用担心坏掉，我们将玉米粒搓下来晒干后保存，在冬天加点糖精翻炒，放在口袋里当零食“咯嘣咯嘣”地吃上几粒说不定能馋哭小伙伴，有的索性就把煮好的玉米用绳子缠成一串挂在窗前晒干，冬天的时候洗掉浮土在炉火上继续煮着吃，别有一番新滋味。

劈掉玉米的鲜秸秆在喂牲口之前，大人们都会尝一尝根部甜不甜，如果甜就给孩子留出水分最充足、含糖量最高的几截儿作为“甜棒”，余下的丢给牲口吃。北方只有到冬季年节前才会有紫皮甘蔗，而玉米甜棒是我们从夏天到秋天都能吃到的解馋磨牙棒,大人们在下地除草或收玉米时从不带水,渴了就砍几根甜棒解渴,当然并非所有的玉米秸秆都是甜的,有经验的农民一眼望去便能做出判断。那时的孩子多是散养,三五成群地在一起,不管是走路上学的途中还是野地里玩耍,手里举着一根甜棒,歪脖子咧嘴啃着吃甜棒是再正常不过的事情,有贪吃的孩子吃得嘴角溃破,就从秸秆的根部刮下一层白色的粉末涂上,没有人质疑过这种白色粉末的疗效,但也没有人能说清楚它到底为何物。

有的玉米在发育打苞过程中感染病菌,就变成黑色的瘤状物,俗称"茬头"。这对于玉米来说是一种传染力很强的病害,但是我们及时将"茬头"摘下来,趁着鲜嫩的时候与青红辣椒炒食,味道颇妙,还有疏通消化的功效,如今也是很难再现的一种美味。

大秋后玉米收上来要及时剥皮晾晒入仓,有的留几片叶子的玉米两根一组系起来,直接码放在墙头上,或者围一根柱子交错着摞起来,像一座黄金塔,当然底部要做好防潮气和鼠害的措施。薄软的玉米皮可用来编器物或者编蒲墩,还可以做蒸食时铺在屜上,清洗干净多次利用,环保经济又健康。玉米秸秆除了做柴火烧火外,还可以做篱笆,小孩子也可以选取顶部细溜的秸秆做手工玩具,我们上小学时家长就是把这种细秸秆穿起来作为数数的"小棒"呢。玉米粒根据不同需要粉碎成渣或细面,熬粥贴饽饽蒸发糕均可,玉米骨(芯)是非常好的柴火,过去点炉子时玉米骨是必备的引柴,近来看视频得知此物在韩国还是颇受欢迎的炖汤原料。可做暖胃润肠粥,可做减肥小窝头,几日不食玉米,还颇有不适呢。

斯大林与鲁迅

王春德

年过古稀，心脑呆滞，新事记不住，旧事难忘怀。

1965 年金秋时节，16 岁的我被分配到天津市政一公司机械队工作，学开铁牛拖拉机，每天在工地运水、拉石料，修桥铺路。

怀着对工人阶级无比敬仰的心情，迈进单位大门后我才知道，“穷市政、富棉纺，不穷不富是钢厂”。市政门槛低，入职容易，不少师傅新中国成立前在社会底层挣扎，拾毛篮、打小空儿（短工），还有为丧家扛雪柳的，他们多数涌入露天作业的市政大门。

我的师傅姓陆，打小空儿、干零活出身，目不识丁，是建设局（原市政局）的一员，但他人品好，技术好，我跟他学徒，受益匪浅。我也教他识几个常用字。

1967 年春，我随陆师傅参加市重点工程大港大闸会战，吃住在工地。劳作一天，晚饭后大家常凑在一起侃大山，天南地北，异闻趣事，无所不及。

有一天，话题聊到苏联领导人斯大林的衣服，大家七嘴八舌："看斯大林穿元帅服，那才叫'盖了帽儿'。""人家的高矮、胖瘦、宽窄、薄厚、长短，多合适，身条儿长在那了，帅！""威武！有当领袖的派儿。"

兴致盎然之时，我的陆师傅突然高八度喊了一声："唉！听我说，听我说！"只见他神情严肃，煞有介事："听我说，承德道天津图书馆前边，还有一个穿大褂的斯大林呢，是坐着的。"顿时一片哈哈声……众人哄堂大笑之后，姓白的书记开了口："那叫雕像。那是中国人，叫鲁迅。"

我师傅耷拉了脑袋，自知漏了"怯"，无语，蜷缩在工棚一隅。

彼时，马恩列斯四个伟人像矗立繁华要道，各单位会议室也有小幅画像，人们耳熟能详。可能是斯大林的胡子与鲁迅极像，陆师傅张冠李戴了。斗大的字认不了半升，他哪里会知道中国现代文学巨匠鲁迅啊。

时至今日，每每想起这笑柄，心中不免生痛，可叹啊，正是市政这些人，用铁锹、轱辘马，一锹一锹，一车一车挖出了水上公园东西两湖，修好了海河大闸、大港大闸，铺就了三环十四射，才使天津通衢大道遍布。

布衣精神

苏连雄

金庸大师已逝世三年。他老人家和我有一点点关联，我钦敬他的布衣精神。2001 年暮春，金庸大师造访《天津日报》，领导派时任总编室副主任的我和保卫处安金榜处长不离先生左右，确保安全。

接到“美差”，报社十几个铁哥们儿已拿着金庸各种版本小说找我，众口一词，“请老爷子签名”。他们中不乏资深编辑记者、后勤干部、印刷厂工人，言之凿凿，“让我不辱使命”。接下来的几天，请托者众，我每天提着大书包，避开金大作家女秘书“蛇蝎”般的目光，偷偷行“后门中的后门之事”。金大侠慈眉善目、轻声细语、风度儒雅，对我和安处长的请求一一办理，不打折扣，但他也惧怕如《列宁在十月》中女特务卡普兰般的女秘书，签字时总是“偷偷地干活”。冤乎哉，我没读过金庸小说一个字，标榜不追星，三天却麻烦大师签名几百个。同时，我领悟：华语作家第一人，绝非浪得虚名。

那一日，我和安处长护送金庸在报社院内行走，不高的院墙上突然跳下一个毛头小子，直扑大师脚下："金爷爷，给我签个字！"追星族神通广大，不知从哪里得到金庸莅津的消息，那几天报社正门外，拿着笔和本的金迷乌泱乌泱的，但经常无功而返，翻墙小子另辟蹊径，几近得手。彪形大汉苏连雄、安金榜唯恐"惊驾"，连连呵斥，准备把那半大小子"押解出境"。金老善门大开，一改轻柔语调："别碰孩子！我签，我签！"他悲天悯人、谦恭处事的人文情怀，我永生难忘。

小灰换“洋火”

南北萍

小灰，是农村烧柴草做饭时代草木灰的别称。现在农村做饭基本用煤气灶，年轻一代很少听说小灰是什么。但在20世纪70年代的津郊农村，小灰却是像钱一样能换来火柴甚至孩子们稀罕少见的糖块的宝贝。

农闲季节的冬日清早，一家人正围坐在炕桌旁吃饭，忽听街上传来“小灰换‘洋火’”的悠长喊声，正喝着粥的孩子如听到命令，急忙穿鞋下地，跑到院里把单肩背的背筐拿进来，用灰耙子把堂屋两边灶里的灶灰掏出来装到背筐里，然后急忙背到院外街上。街边停着辆毛驴车，赶车的是个和善的小老头，车厢前后用内衬芦席的竹笆围挡着。见有人背着灰来了，就接过来倒进车厢里，问要“洋火”还是要糖块？当时“洋火”二分钱一盒，水果糖一分钱一块，一背筐小灰，可以换一盒“洋火”，也可以换两块水果糖。大人们大都要“洋火”，孩子们大都要糖。那时日子不富裕，平时没有闲钱让孩子买糖吃，如果不是家里正好“洋火”要用完，大人一般不会剥夺孩子换两块糖吃的乐趣。有时候，赶车的小老头看孩子背的筐里灰少，也会让再回去装点。因为知道孩子们怕动作慢车走远了，有时急忙忙没装满就跑出来了。也有时灰确实少，家里又没有了，给一块糖，孩子也能接受。有时一筐差一点又急着要“洋火”用，老人也给，最多说句“下回多装点”，好商量。听别人说，这老头是西北面大顿丘村的，农闲时节，生产队的青壮劳力大都挖河整地去了，换小灰是轻省活儿，就让一个上点年纪的来做。后来包产到户后，生产队没有了，换小灰的也不见来了。冬天早晨掏锅灶灰时，不免怀念起那悠长的“小灰换‘洋火’”的吆喝声。

一直以为，小灰换回去，是为和人畜粪便混合在一起，沤成农家肥。不久前和一位家乡前辈聊起来，才知道原来是用来土法制硝。前辈说那时物品紧张，硝也是难得的东西，有的村子就利用农闲时节，大量收集草木灰，拿水一遍遍淋了，再熬制出硝来。不由得感叹：人民群众的智慧真不可小觑啊。再感叹：那时的农村，家家一天三顿烧柴草做饭，秋后分的庄稼秸秆还常另有用途：玉米秸秆可以夹篱笆，高粱秸秆更可以打成盖房时房顶上的把子。于是，夏秋打长得结实禁烧的野生植物当青柴火晒，秋冬镨棉花茬儿、玉米高粱茬儿（镨是用小镐刨，茬儿是庄稼割断茎秆后的根），或到地里搂碎茎秆叶子干枯野草，抢着弄柴火是农家少不了的活儿。

现在，农村普遍用上煤气灶，烧柴取暖的土炕也早被床铺取代，炊烟不再。田埂路边，青柴火到处泛滥，却再也招不来一丝青睐目光了。

刘翠霞与警世戏社三班一段往事

羊毛地

警世戏社三班是唐山永盛茶园的东家王凤亭于 1923 年委托路从祥、刘成章在天津成立的评戏社，主要演员有王庆昌、赵月楼、何翠仙、周凤鸣等。戏社成立后以盖五珠(王庆昌)为主演，在法租界“马鬼子楼”打炮演出。由于当时女旦兴起，所以盖五珠并没有红起来，戏社只好返回唐山，并引进杜洪宽的徒弟黄翠舫(筱翠舫)入社。

戏社在唐山市稍事休整后，便出关演出。他们先到奉天(今沈阳)，但没有红起来。然后又去了哈尔滨，在同乐戏院落脚。在哈尔滨演出时，戏社又吸纳了何翠仙、花小仙、花云舫、王玉珍、紫金花等女艺人。由于有这些女艺人的加入，演出业务逐步向好。后来，由于邻近的庆丰茶园北孙家班的竞争，营业收入一度开始下降。此时，从警世戏社头班流散出来的成兆才及其侄子成国祯、孙子成宗瑞加入了戏社，成兆才为戏社编写了《驼龙出世》《驼虎》《保龙山》等，由于排演这几出新戏，营业状况开始好转。但这时戏社内部矛盾也开始激化,成兆才不愿意被裹挟进去,故离开了戏社,导致营业状况每况愈下。

紫金花是拉板胡琴师苏锡武的女儿,她长得漂亮,但嗓子一般,所以排在王玉珍之后。二人之间因角色问题发生矛盾,紫金花不服气王玉珍,她觉得王玉珍虽然唱两口不错,但长得丑,因而处处与她竞争。王玉珍对紫金花有些发怵,因此在成兆才离开后,她也离开了戏社。

不久,碧玉花加入戏社,并担任主演。由于碧玉花名气不大,并没有给戏社带来好运。戏社管事人路从祥便向哈尔滨广信公司当经理的老乡借钱,开始筑起债台。如何走出困境?大家的意见还是接名角来戏社当主演才能有生机。最后决定去天津请刚刚成名的女旦角刘翠霞。因为刘翠霞是戏社另一位管事人刘成章弟子赵月楼的女徒弟。

警世戏社三班本来是在天津成立的。起初,赵月楼加入了戏社,但戏社出关时,赵月楼并没有一起跟来,而是仍留在天津傍刘翠霞唱戏。于是刘成章便派苏锡武带着他的手书,专门去天津邀请刘翠霞入伙。苏锡武到了天津之后,到"马鬼子楼"偷偷地看了刘翠霞的两出戏。一出是《张彦赶船》,刘翠霞饰刘蕊莲;另一出是《雪玉冰霜》,由刘翠霞饰秦雪梅。这一年是 1926 年,刘翠霞刚好 15 岁。刘翠霞戏唱得确实很好,她嗓音高亢激昂,刚劲有力,唱腔调门高,喷口好,是典型的大口落子唱法。天津人说她是"落子女高音",可以同京剧界的高庆奎相比。苏锡武看完戏后暗暗欢喜,因为这种大口落子的唱法最受东北观众欢迎。于是通过赵月楼与刘翠霞接上头。刘翠霞喜欢安静,不愿意出远门。但碍于赵月楼的面子,还是答应了去哈尔滨的请求,并打算带着为她配戏的女小生马金环同往。刘翠霞在"马鬼子楼"唱戏的包银是每天 10 块大洋,而马金环只有 3 块大洋。苏锡武同意刘翠霞在哈尔滨的戏份儿涨到 30 块大洋,但马金环却依然只是 3 块大洋。等这一切说妥之后,苏锡武便给路从祥拍发了电报。没承想,刘翠霞突然变了卦。原来,马金环认为自己的包银太少,不同意随她去哈尔滨。刘翠霞没有小生,自然戏也没法演。苏锡武得知这一情况后,同意给马金环加戏份儿。但马金环仍坚持不去,理由是觉得苏锡武从心底瞧不起她,加多少钱也不想去了。最终,刘翠霞也没去成。

苏锡武没有办法,只好再邀别的角了。当时筱桂花刚从大连的南孙家班出来,到天津去演出。苏锡武考察之后,觉得她的水平不在刘翠霞之下。一方面嗓子比较冲,唱腔的板头、气口都很好,同样是大口落子唱法,于是便邀她去哈尔滨。筱桂花当时虽然已成了角儿,但并未有自主权,她从小就被父母租给天津的人贩子辛国斌。辛国斌送她去孙凤鸣的南孙家班学戏,学成后便把她当作摇钱树。苏锡武肯出大价钱,辛国斌当然同意。从此,筱桂花扭转了戏班的颓势,并奠定了她在戏班的"头牌"地位。后来,戏班进驻沈阳共益舞台,一直坚持到九一八事变方才解体。

刘翠霞是天津武清石各庄镇敖嘴村人。她 10 岁时,即拜著名艺人何丑子为师学习辽宁大鼓,不久便在大连西市场登台。由于她长相俊美,唱功又不错,刚登台的时候,曾一度引起轰动。12 岁时,她在天津改学评戏,拜张柏龄为师专学评戏。学会《高成借嫂》《败子回头》《花为媒》等几出戏，经张柏龄举荐，不久就在旧法租界的“马鬼子楼”登台，给“东方亮”和黄翠芳等艺人当配角。这个仅有十二三岁的小姑娘一登台，即获满堂彩。自此，刘翠霞正式迈进了评戏艺术的大门。22 岁的时候，她被公选为“评戏女皇”，成为当红的评戏表演艺术家。

那年那月 25 日

李占生

365 天中，年节时人们或隆重迎接，或有轻浅的记忆，此外便只余下无声无息的日子，但是，我在日历前，看到“25”这个阿拉伯数字，这个不年不节的日子，心中便涌起遥远的感慨。因为曾经的每个月份的“25 日”是“借粮”的日子。

20 世纪 60 年代初，全国人民勒紧裤带共度饥馑。那时候，差不多家家都有秤，一日三餐按购粮本定量供应的米和面称着吃，不敢多添一撮儿面几粒米，不敢多吃一口饭。那时候，人们所有的感觉好像都迟钝了，一天到晚被饥饿或更加饥饿所折磨，街上游走的不是菜色面孔，便是浑身浮肿的肢体。为填饱肚子，人们纷纷走出城郭，去四野八荒寻找知名不知名的野菜，仔细搜寻路边和荒地，把马齿苋、扫帚菜、灰灰菜、蒲公英等揽入口袋里。一棵野菜一点喜悦，喜悦令人顾不得头上烈日脚下泥水。当奔波寻找一天回到家，没工夫脱下汗湿的衣裤便立即清洗焯煮野菜。我吃过的最好的“野味”是槐花。五月初槐花怒放，一嘟噜一嘟噜的，香气诱人。我战战兢兢爬上树，摘下一嘟噜，倚在树杈上便大嚼起来。白色的槐花，花蕊嫩绿，甜丝丝的。这样的美食我记得只吃过一回。人说四月下旬，槐花还没绽开，便被饥肠辘辘的人们拧下了枝头，哪里还能见到花骨朵儿。

当然，野菜再好也是欺骗自己的肚子，“25日”才令人望眼欲穿。当年，市政府为百姓纾困解难提出预售的办法，就是在当月25日，大多人家米面即将告罄，生活难以为继的时候向居民预售下月的口粮，幽默的天津百姓称之为“借粮”。

“借粮”的欣喜可以说不次于春节，是令所有人都高兴的日子，即使身披隆冬寒风霜雪心头也热乎乎的。粮店早晨8点营业。我家老少五六点钟便都起了床，点上火，坐上锅，烧开水，早早恭候“借”来玉米面蒸窝头。向窗外望去，同院叔伯家的窗玻璃也亮了灯光，大概也在恭候吧。我当然早就知道要去“借粮”，便把面口袋攥在了手里，一听说“走”，便抢先出了门，真是少年不知愁滋味啊。走在路灯昏黄的胡同里，偶尔可以碰到也去“借粮”的熟悉的身影。出了胡同，走上街道，远远就望见粮店房檐下的灯光，店前人影幢幢，黑压压的，听得见说笑声、呼喊声、聊天声，全都洋溢着兴奋。天一放亮，长长的队伍骚动起来。有热心肠的人出面维持秩序，还撕了纸片写号码发给大家，防止加塞。临近8点，人们已经按捺不住，叫喊声、催促声、拍门声越来越焦急。当钟表时针指在8点整，粮店门嘎吱吱一打开，人们像潮水般可着门框涌进店去。粮店店堂立刻变小了，充斥着购买声、找钱声、拨弄算珠的声、米面装进口袋声，“你劳驾”“我借光”，声音嘈杂一片，挤得空气都没了容身之处。早一分钟借到粮食的人一脸喜悦和骄傲,拎着粮袋挤过人群,挤出粮店,疾步流星奔向家去——家家都有盼窝头的老少。

当我家的窝头出了屉,母亲端上细丝咸菜,还拌了几滴香油。夹一筷咸菜,咬一口我那份热窝头,慢慢咀嚼,慢慢咽下,我还有什么奢求!

而今,我们还吃窝头,不过不是为果腹,而是为尝鲜、为换口、为保健。窝头,还是几十年前的窝头。

自办《生产通讯》

荣　珍

20世纪80年代初，我调到厂部生产计划股任综合统计员，负责按国家定统报表规定的时间，将企业生产经营状况及时准确上报总公司。与此同时，向企业领导及部门提供有关数据及分析资料，但这些，只能用蓝色复写纸誊写来完成。年过半百的杨厂长是企业公私合营时的国家派驻干部。管理经验丰富，对综合统计工作有着很高的要求，“用数据说话，让广大干部职工参与企业的生产经营管理”。为落实厂长指示，我提出了“自己刻钢板、印制生产小报，分发到生产班组，让每个职工都能了解企业经营管理的现状”。

小报定名《生产通讯》，半月一期。每期8开纸一版，报头的“生产通讯”用红色实体字，彰显企业生产经营的新形势和新气象。鉴于当年手工油印的局限，一张版面上红和黑两种颜色套印难度很大，决定把“生产通讯”四个大字刻在一块胶皮上，每次开印前先用红色印油涂印在准备好的8开白纸上，以保证报头位置的准确。

那时的我有热情没经验,版面设计一点儿也不懂。绰号“杂学博士”的统计师周师傅及部门领导全力以赴支持我,首先确定版头《生产通讯》几个红色大字,放在整个版面以中线为准,左上方离纸张顶端3至4厘米距离的位置。周师傅说:“咱们这份《通讯》具有简报性质,基本由报头、报眼、正文、报尾几部分组成。报头的右边位置是报眼,一般用来刊登重要的信息内容。报头下面要用小字标明;编发部门、发行日期、期数以及标明内部刊物等。然后以间隔线段与正文部分隔开;正文部分是生产通讯的核心部分,能否办好,这部分是关键。另外,小报的最下方用一横线与正文部分隔开,横线下左边写明发送范围,在平行的右侧写明印刷份数……”版面格式确定下来了,当开始向正文板块填充内容时,我深深地感到了此建议的冒失和落实起来的难度。“版面一张脸,标题一双眼”,前景莫测。

周师傅和部门领导鼓励我:“开弓没有回头箭。”经过紧张的组稿和排版,第一期初样终于出来了。多年过去了,脑海中那第一期《生产通讯》初样依然清晰:红色的报头、报眼位置“坚持质量第一提高经济效益”镂空美术字标题醒目,正文部分是规整表格,涵盖企业月度经济技术指标各个项目;在错落有致的各个车间生产形势报道中,由工会宣传员提供的简笔配图,既有头戴纺织帽织机前聚精会神的女工,还有在高温染缸旁操作的工人师傅。老厂长审阅后,开始刻板油印。铁笔刻钢板、调制油墨、推辊印刷等我都不生疏,但把两幅简笔画准确地誊在半透明的蜡纸上,整整用了两个半天的时间。

风雨来袭

杨振关

在故乡生产队劳动时，遭遇风雨是经常事，尤其进入汛期，有时一天就遇两三场，雨来了，虽然中止了劳动，但也不忙着往家跑，因为往往人没到家，一阵风来，吹散满天乌云，又阳光明媚了，还得跑回田里继续劳动，空折腾一场不说，还落个浑身浇个透湿。我们的躲雨办法是在劳动场地上，就近利用一切可以利用的条件。女社员们从地上薅把草垫在身子底下，盘腿往上面一坐，掏出事先准备好的塑料布，从头到脚把自己蒙了个严严实实，风雨中远远看去，一个个仿佛突然间从田里冒出来的硕大蘑菇。男社员相对要好办些，他们头顶上的大蘑菇帽，就如同一把张开的伞。蘑菇帽的材质是细苇片编织的。故乡是水乡，盛产芦苇，几乎每户人家都能够从事苇制品的制作，比如炕席、锅盖、鱼篓等，我头上戴的蘑菇帽，都是自己用苇片编织的。雨来了，脱掉身上衣服，地头上摘两片蓖麻叶包裹上，找个土块压实，跳进满是水的田沟里，只露出个脑袋在水面上，由于还顶着个草帽，雨再大也打不到脸颊上，打在草帽上的叮咚声，听着如同戏台上那敲打小鼓的声音，给你一种美妙的感觉。这时水渠里若有只大船飘动着就更好了，水乡的一个特点便是船多，几乎家家都有，我们也不问谁家的，几个人下去抬上岸，船底朝天倒扣，用锄柄在背着风雨的方向支起船舷的一侧，一个劳动小团体的十几个人躲进里面都不成问题。

风雨来袭时，也不全都是躲，有时还会主动出击迎战，那是给缺苗断垄地块补栽秧苗，盼的就是这样的天气。若在响晴白日下，烈日暴晒，即便发动社员挑水补栽，用工多，劳动强度大不说，成活率也不会很高。雨一下，可就两样了，密植在田里的秧苗喝饱了水，都不用锄镐，手一拔便连着根须提将起来，仍如在地上长着一样水灵灵挺立着，再趁着雨水栽入缺苗继垄处，栽后补水这一道劳作都让给老天代办了，而且雨水更适合秧苗的生长，不用适应期就在田里绿成一片了。长年与土地打交道，庄稼的习性乡亲们全都了然于胸，所以队长发声号令，社员们哪里还顾得上风大雨急，呼啦啦全跑到缺苗断垄地块，于是间苗的间苗，刨坑的刨坑，补栽的补栽，紧张而有序，头戴蘑菇帽的，风吹雨袭影响了劳动，索性摘下来背在身后，让雨水和汗水顺畅地从身上滚下，注入泥土里，成为新栽下去的秧苗不可或缺的滋养。这时的人们，一个个就有样儿可瞧了，俊俏的大姑娘也好，爱美的小媳妇也罢，往她们的身上脸上看去，全都像刚从泥水里爬出来的一样，还互笑对方。补栽罢秧苗，即便风停雨止，也不得不跑回家去，洗头脸换衣服，简单打扮一番，再出来，照样是出水荷花样，人见人爱的俊俏大姑娘小媳妇。

故乡的劳动，风也罢，雨也罢，人们全有办法应对，乡亲们还会利用风雨，使其更好地为农业生产服务，为社会主义建设事业做贡献。

西楼一口井

薛　珊

西楼在20世纪二三十年代时，形成了东西向一纵和南北向四横的道路格局。一纵即学堂路，四横即南北街、忠合里、福寿里、义和里。

西楼的老庄台子在忠合里顶头儿与杨家胡同相交的地方，据说有一口井，但那是久远的传说，我并未见过。而在福寿里北，靠近废墙子河处的一口井，确是真实存在过的。这口井的位置，在福寿里北头儿偏东，有十几米，义和里偏西，也有十几米，北距废墙子河也有四五米。井沿是一块大青石，外圆直径三米多，井口圆直径半米的样子。井水距井口能有三米，故而号称丈井，青砖垒的井壁，整个井呈缸状式。

但凡要建一个村落，肯定是要有水源的。开头提的忠合里的那口井一定是建村时的老井，可能是那里庄台子高，井或深或干，或使用不方便，遂废。而福寿里北的这口井，建井应较晚。福寿里、义合里成房都是在20世纪二三十年代，凿井顺理成章，供福寿里、义合里及学堂路的居民用水。那口井因离废墙子河太近,渗透所致,必定影响水质。那个时候的废墙子河与海河相通,因而也有涨潮与落潮一说,水质受海河的水质影响较大。估计那水不会多么好喝,才使当年盛行的木制水车大行其道,每早都会有牲口拉着水车,再由挑水工挑水入户。

到20世纪50年代初,送水牲口车载着垫肩的送水工挑着木水桶的情景还在,而那口井也还使用着。打井里的水,回家用于洗洗涮涮,那是因为经济的拮据,而不得不用井水做补充。

大约1954年或1955年,在福寿里、义合里之间的学堂路上安了自来水管。有人看管,一挑水交一个竹签,抵三分钱。此井渐渐废掉,附近人家盖房占地,更使得井被忘却。到20世纪六七十年代,备战备荒为人民的时期,挖防空洞,严重缺砖,甚至小学生们自己在家摔砖坯子,用煤球炉子烧砖,颇有“大跃进”时自建火炉大炼钢铁的景象。这时福寿里有一老者想起此井井壁的老砖,带人又挖井取砖,果然弄出不少老砖,因岁月的磨损,水的侵蚀,大都无角无棱,也没用上,后不了了之。

搓草绳

高俊才

早在20世纪60至70年代初,家乡村南有一片河汊洼淀,除了盛产芦苇草外,还生长一种特殊的茅草,可以用来搓草绳。这种草俗称“堼(heng)子草”,学名叫异鳞苔草。当年,公社供销社和区土产公司大量收购这种堼子草绳,它主要用于编织苫盖盐坨、砖坯垛等的苇箔、苇帘。割堼子草,搓堼子草绳,已成为当时村里家家户户的家庭手工副业。因为这种家庭副业,利用当地的草资源和社员们的业余时间,加之基本上没啥投入成本,而且销路有保障,男女老少都可以干,很受村民欢迎。

到了冬闲季节,白天如不下地干农活或外出时,就在家里搓草绳,特别是每天晚饭后,各家各户都在屋里边聊天、边搓草绳。尽管那时生活艰苦乏味,但也其乐融融。虽说搓堼子绳的活儿比较简单,但也算是一种有不少技术要领的手艺活。搓出的堼子草绳要粗细一致,松紧适度,结实耐用。搓堼子草绳时,左右手各拿一根或两根堼子草,将草的根部那头并拢缠在一起,用脚踩住，另一头由双手攥住，进行左右揉搓形成草绳状。并对那些比较干硬的荎子草，在搓绳前，还要用水喷洒变湿润，以防搓不转易断又扎手，影响草绳质量。有时双手干搓，手掌很疼，于是，还要不时地往手掌上吐点唾沫，以保持手掌湿滑，搓绳有劲。人们搓绳时右手在上、左手在下搓出的草绳为正手绳，反之为左手绳。当把草绳搓到一定长度时，就将它缠绕成直径一尺的25圈为一把的草绳把，再将这草绳把系成30把为一梱的草绳捆，这样便于交售时计算数量和搬运。那年头，我跟着家人学搓荎子绳，但由于搓绳速度慢、质量差，后来就只能帮着做些捆绑草绳把的辅助活。

由于对荎子草的需求量越来越大，致使村子周边近处的荎子草越来越少了。于是人们便骑着用交售荎子绳添置的俗称“大水管”自行车，到十几里地以外的荒草地里去找荎子草。那年代，用铁质水管子焊接而成的自行车，特别能驮东西，是当时农村人代步、运输的重要交通工具。我的家人到了深冬时节，经常同本村的人结伴，起大早，冒着凛冽的寒风，骑着“大水管”自行车，到离家十多里的潮白河滩地芦苇荡里找荎子草。有一次，家人把两大捆荎子草绑在自行车后座两侧后，想吃点干粮，却发现放在自行车旁边的干粮袋里的圆饼子不但被冻硬了，而且发现饼子四周显露着被田鼠小牙啃过的痕迹。为了充饥赶路，便好歹嚼上几口，又忙用自行车驮着两大捆荎子草，一路奔波返回家。

当年，交售荎子草绳为每把4分钱，虽然售价不高，但由于家家交售的草绳数量可观，各户收入也不少。因而，对那时的农村家庭来讲，也确是一笔可观的家庭副业收入。许多家庭用搓辇子草绳挣来的钱，添置了缝纫机、自行车或给孩子们购买过年穿的新衣裳。

现在，草绳早已被新材料新工艺生产的新物品所取代。搓草绳这种农村手工活儿，也早被人们留存于脑海中的“农村历史博物馆”，见证着乡村的历史变迁。

卖青萝卜的

一　木

“好吃不辣的青萝卜呦，赛梨不辣的青萝卜哟——”这是在西楼一带，穿行于福寿里、义和里、忠合里的吆喝声，它在寒夜的上空飘荡，那时的冬天很黑，很冷，经常是刮着刺骨的西北风。随着一声悠扬的吆喝声，就知道是卖青萝卜的来了。

那是一位身穿着棉裤棉袄，头上戴着一顶风帽的老人，也看不出岁数。他挎着一个小篮子，篮子上盖着一块白白的小棉被，因天太冷，他是怕青萝卜受冻。他的吆喝声还拉着长声，带着委婉，还有些酸楚的味道。只要听到那吆喝声，就更显得冬夜的漫长与寒冷，甚至，从他那颤颤巍巍的长声中，就能感到外边的风大与风小。

卖青萝卜的老人，会时不时地在微弱的路灯下驻足。不知他是等待着买主的光临，还是临时在那儿歇歇脚儿。他挎着的小篮子上挂着一个小马灯，那点儿亮光对于买卖者都没有帮助，只是个标志性的招牌，有要买萝卜的人，都是循着他的吆喝声，再去寻找那一丝微微的亮光。

有买者前来,他卖萝卜的遂诺诺连声,打着招呼。他当即会从棉手套儿里退出手来——那种棉手套是厚实的,两只手套用一根细带子连接着挂在脖子上。他卖的青萝卜有两种:一种是小刘庄的青萝卜,还有一种是杨柳青的红心儿萝卜,又叫“心儿里美”,外皮儿很绿,心儿里鲜紫鲜紫的。

赶紧问好买主要的品种及数量,他好开始下刀。那时卖青萝卜不是按斤称,而是按片儿卖。记得是二分钱一片儿,三分钱两片儿,五分钱则给四片儿,显然是“多多益廉”。那青萝卜好像都是精挑细选的,无论是粗细、长短儿都差不多,萝卜头儿与萝卜尾也差不了多少,像一个小纺锤儿,农村人也会说像个小碌碡儿。那老人用一块白布或毛巾托好生青萝卜,右手拿出小刀儿,麻利准确地在青萝卜上划几下,萝卜就劈成片儿了。

卖青萝卜,这可是小买卖呀,也是针尖儿上取利的,但这也不是有个人就可以干的,就这手劈萝卜成片儿的手艺就堪称绝活儿。若是片儿不能均匀,则或是没人买,或是买想必也会因薄厚大小不一而引起争执。

西楼虽说是平民聚集地,但像忠合里、福寿里、义和里也曾住着阔主儿。这样的人家,往往住着独门独院,或即使是聚集在大杂院儿,那也是青砖瓦房。这些人在那年头儿有聚众玩儿牌的习惯,需要青萝卜、糖堆儿乃至包子、臭豆腐辣豆腐等,作为夜宵小零食。因而,走街串巷的小买卖也很有市场。到20世纪60年代初,各种大小买卖都公私合营了,但在西楼一带,冬天的夜里,仍有卖各种吃食的。

记得过去的澡堂子、茶楼、戏院，也都是有青萝卜卖，不大不小湛青碧绿的青萝卜，切得倍儿匀的片儿，摆在小盘子里，煞是好看。总之，夜里叫卖的青萝卜，和澡堂、茶楼等地卖的青萝卜，价钱都高于市场菜摊的几倍，但人们要的就是这个劲儿，摆谱儿要的就是这个面子。

徐铸成与天津的"新闻缘"

王宗征

我国著名报人徐铸成(1907—1991),20世纪70年代末在香港《文汇报》连续发表回忆自己早年从事新闻采编工作经历的文章,其中多篇文章记述他青年时代在天津《大公报》从事新闻工作的情况。从他的回忆中,我们看到了他与天津的"新闻缘",也对当时天津《大公报》有了较多了解。

徐铸成最初到天津《大公报》做见习记者,是1927年冬天,当时他还在北京师范大学读书,属于半工半读,1929年大学毕业后他才正式任职天津《大公报》,先编辑教育与体育版,不久,又兼编经济新闻版。当时,《大公报》单独在天津出版,但已经在全国发行,成为我国北方第一张全国性的报纸。那时《大公报》编辑、采访人员(驻外埠记者除外),只有二十几人。徐铸成回忆说:"九一八事变前,《大公报》设在日租界旭街,前面是一座曲尺形的二层楼,后面则是印报的厂房。编辑部设在二楼,大约有五十平方米大小,安放七八张写字台,除了总编辑张季鸾,都在这里写稿、编辑。除此以外，只有二三个小房间，一间是会客室，一间是胡政之的经理室。”

尽管当时《大公报》在天津乃至全国名气很大，但报馆的外围环境并不好。徐铸成把当时天津《大公报》的外围环境比作“人间魔窟”。他描述天津《大公报》旧址环境时说：“旧《大公报》的地址，在‘四面钟’对过。四面钟者，见词明义，可见是四面皆可望见的钟。有如上海的‘大自鸣钟’一样，成为一个地段的总称了。四面钟旁边有一家四五层的德义楼，那是日本人开设的旅馆，而实际上是一个毒薮。每当春夏可以开窗的时候，一阵阵扑鼻的烟‘香’，浓浓地吹进我们的编辑部。凭窗就可以看到旗袍、西服或日本服饰的娇娃，三三两两出入这座大楼。我们就有两个同事，最初是偶尔观光，以后成为该楼的常客，其中，有一位颇有才华的编辑，听说开始是吸烟，后来是吸毒，最后一面发稿，一面昏昏欲睡，不到四十就‘玉楼赴召’了”。

1931 年日本帝国主义悍然发动侵略我国东北的九一八事变的消息，是天津《大公报》首次刊发的。徐铸成在《九一八事变》一文回忆说：“九月十八日(1931 年)早晨，我起身打开《大公报》，看见要闻版下角，有一小块加框的‘最后消息’，大意说：据北宁路(今京沈路)局接沈阳电话，今天凌晨，北大营方面日军出动，枪炮声大作，迄未停止，居民极为恐慌云云。遍翻平津其他各报，则只字未有此消息。下午赴报社，才知道这个‘独家新闻’，是一位姓汪的记者从北宁路局局长高纪毅那里听到的。那位记者，那天一直守在北宁路局，不断用电话传来消息：沈阳已被占领，守军几万人，奉命不抵抗，撤出市区。”

徐铸成对天津《大公报》总经理胡政之的印象很深刻。作为实习生，徐铸成为《大公报》做的第一次新闻采访，是 1928 年八九月间到山西太原采访华北地区大学生球类赛，并获得成功，得到张季鸾和天津《大公报》总经理胡政之的赞扬和赏识。在徐铸成对旧中国老一辈新闻界人物的认知中，他认为胡政之是“全材”。当时，邵飘萍、张季鸾等长于采访、写作，而不善于经营管理，史量才工于理财，《新闻报》的王汉溪严于管理，但都不长于写作，而胡政之经常为《大公报》写社评，写作技巧、水平仅次于张季鸾。胡政之还多次亲自出马采访重要政治新闻。对各版新闻，从政治、经济、教育、体育乃至副刊的编辑，指导得头头是道。他能照相，也能翻译电码。在经营管理方面，他每天要审查账目，稽核现金收支，考查发行、印刷情况，还要随时注意报纸行情。对于新闻工作，胡政之可以说“文、武、昆、乱不挡”，是一位“多面手”。

徐铸成在《大公报》实习和任职期间，从胡政之以及张季鸾身上学到了许多东西，也为他后来成为职业报人提供了有益的借鉴和启发。天津《大公报》，成为徐铸成六十多年新闻生涯的“职业基石”。

四十年前一场足球赛

万　翔

1980年6月的那场国际足球友谊赛看似平常，却尽展天津足球的辉煌，不仅让天津足球人自豪，更让无数球迷疯狂。写出这段文字，既是重温这段美好的记忆，也是为更正一些误传。

这场比赛的主队是当年全国甲级联赛冠军天津队，队中守门员王建英，后卫王广泰、齐玉波、高俊亭；前卫吴泽民、王群发、韩志强，前锋王玉俭、张贵来、吕洪祥等都是国内球员中的佼佼者，而国家队主力左树声、陈金刚的归队助阵更是如虎添翼。

参赛的客队是刚刚战胜中国国家队荣获广州国际足球邀请赛冠军的西德国家青年队。该队的主教练是贝肯鲍尔的队友、后来曾担任德国队主教练的福格茨。

6月24日晚19:30分，比赛在北京工人体育场举行，中央电视台一套现场直播。还是中学生的我提前半个小时就揣着那颗“突突”乱跳的心坐在家里那台黑白电视机前焦急地等待着。

比赛开始后，天津队在8万多观众的助威声中气势如虹，以顽强的精神和熟练的整体配合与年轻的西德球员展开对攻。他们多次通过精准、快速的倒脚，甚至以头球的空中传递控制中场，然后发动快速进攻，使得身高体壮的德国小伙子疲于奔跑，却抢不到皮球，比赛陷于被动之中。

第18分钟，主队铁腰吴泽民禁区外突然一脚斜传转移，边锋王玉俭在禁区右路接球连停带过，甩开一名后卫，坚决地快速向小禁区突破，待盘过最后一名后卫时已到底线附近，他在几乎没有角度的情况下果断起脚，球从守门员胯下窜入网底！此球传、代、突、射干净连贯，一气呵成，全场观众欢声如雷，兴奋异常。

德国队失球后开足马力全力反扑，天津队虽全力应战还是百密一疏，让对手攻入一球。随后双方互有攻守却都没能再改写比分，最终以平局结束了这场激烈的比赛。

此役击碎了福格茨在中国全胜的梦想，也赢得他对中国球员的尊重，经他提议西德驻华使馆诚邀天津队全体队员到使馆出席招待会。福格茨真诚地对天津足球队严德俊指导说："没料到你们并不逊于国家队，队内五六名队员技术不错，应该到欧洲踢球。"

动笔前我曾想在网上浏览相关资讯，没想到有一位自称资深天津球迷的人士在介绍这场比赛时竟说天津队是在先失一球的情况下，顽强扳平比分，真是令我意想不到。于是便有了前面所说的第二个想法，把真实的比赛告诉给热爱足球的朋友。

开幕式时

连　佳

体育圈有行话："一个好的开幕式，预示着这届运动会成功了一半。"由是，包括奥运会、冬奥会、足球世界杯在内的各单项世界顶级赛事，乃至我国的全运会、民运会、农运会、青运会，都在开幕式上精雕细刻、下足功夫，展现主办国、主办方的悠久历史、人文情怀，彰显体育功能、魅力，无不精彩至极。

1992年4月底，我去北欧瑞典的哥德堡采访第42届世界乒乓球锦标赛，看到的开幕式，却是另一番景象。约塔河静静流淌，郁金香满城怒放，春之哥德堡风姿绰约。敬业的中国体育记者，尤其是下届大赛主办地天津的记者们，由于开赛前两天忙于采访，无心浏览异国美景。一般来讲，开幕式彩排严格保密，主办方要给各界一个惊喜。42届世乒赛组委会未能免俗，一直严密封锁点滴。终于盼到开幕式了，各国记者跃跃欲试，"长枪短炮"、录音录像齐备。

意想不到的是，开幕式前半小时，斯堪的纳维亚体育馆才涌进了几十个十多岁的小学生。他们显然是刚下课放学，叽叽喳喳，把肩上书包放在体育馆一角，然后各自寻找引导牌，要将邓亚萍、金泽洙、盖亭、瓦尔德内尔等各国、各地区乒乓精英引领入场。没有整齐划一、更无袅袅娜娜，穿着不统一的服装，迈着不规整的步子，孩子们带着各代表团乒乓健儿走来了。其中，一个跛脚男孩引人注目，他踩着音乐节拍，走得自信从容，全场掌声雷动。组委会、国际乒联官员例行简短讲话后，文艺表演也令人瞠目结舌。几十个不知来自哥德堡哪个社区的大爷、大娘，跳起了极具北欧海盗遗风的瑞典"土风舞"，显然没有精心排练，缺少韵律，美感不多，但杂乱无章中有刚健和昂扬。余兴未尽的老年舞者们退场，突然，斯堪的纳维亚体育馆上空飘落下成百上千个黄色乒乓球，不到半小时的开幕式戛然而止。观众还未散尽，工作人员已忙着归拢撒满全场的乒乓球。那些小球不是一次性道具，也不是正式比赛用球，但可以做练习之用。

我亲历过很多赛事开幕式，更从荧屏中领略了很多大型体育赛事开幕式，可以说哥德堡世乒赛开幕式是最简单、简约、简短的。

天津击剑“五朵金花”今何在

苏连雄

1959年，长春电影制片厂王家乙导演，杨丽坤、莫梓江、王苏娅主演的音乐爱情故事片《五朵金花》风靡全国，并出口到46个国家和地区。

由是，很多系统、行业、单位，常把五个杰出女性组合称为“五朵金花”。随着时间推移、人事更迭，“五”成了泛指，正如“十全十美”“千军万马”一样。20世纪80年代中期起，天津击剑队享誉全国剑坛，花剑、佩剑、重剑都有建树，尤其是女子花剑队的朱庆元、张建秋、孙洪云、路桂霞、赵洪霞、王会凤等高手，在全国锦标赛团体赛中五连冠，奥运会、世界锦标赛、亚运会、全运会女子花剑个人赛中也屡有斩获。从钱德拉·菲利普主演的黑白片《勇士奇遇》中，从阿兰·德龙主演的彩色片《黑郁金香》中，我们认知了击剑这一贵族运动：一袭白色剑服，三尺长剑，黑色面罩，进退有序，疾风闪电，骑士风度，神秘感十足。当年的天津女子花剑队运动员，平均身高1.70米以上，个个身材高挑、气质不凡、惹人注目,也有神秘感,堪比国际模特队。电影《五朵金花》问世六十年,老影迷记忆犹新。天津击剑“五朵金花”闪光三十余年,她们现在哪里? 荏苒三秩,当年“金花”都已过“不惑”,奔“花甲”,但体育情结不减。

朱庆元绝对是天津女子花剑队“大姐大”,赛事冲锋在前,名誉功利在后。1988 年退役,先后在天津体工大队、天津体校任教,输送了孙超、张赫男等一批击剑人才,为天津体育争光。谈及育人,朱教练谦虚:“张赫男是南开区输送的好苗子,马淑琴、于泳教练打基础重要。”如今,早已退休的朱庆元含饴弄孙,尽享天伦之乐,生活很是安逸。她表示:“因健康原因,我虽然退了,但时刻关注击剑运动。”

张建秋退役后一直任天津女子花剑队教练,与丈夫齐山泉常年拼搏在一线,育出满园桃李:马娜、孙超、张赫男、孟爽、金莎莎、陈庆惠、张喜敬、张颖、吴晓娜、贾春华、张莉……人才源源不断,天津女子花剑队长盛不衰,近年来“小鬼当家”,在世界杯、世界大学生运动会、全运会、全国锦标赛屡获佳绩。可以说,张建秋教练一直是“累并快乐着”,她率领一大批年轻运动员守护了天津女花的荣誉。

孙洪云现在美国亚拉巴马州一家生物技术公司任生产部经理。初到异国,孙洪云凭着击剑运动员的韧性和灵气,很快过了技术关、语言关。“革命生产两不误”,每有闲暇或周六、周日,她都会去先生王元敬的伯明翰击剑俱乐部帮助训练,无法割舍击剑情怀。目前,全美常青藤八大学校都有夫妇俩培养的优秀击剑运动员。

路桂霞和我国著名运动员栾菊杰同在加拿大，仍从事击剑运动。路指导执教有方，培养了多名国手，顺理成章成为加拿大国家队教练。不过，加国不似我国，不常设国家队，下届大赛莅临前，重新遴选国家队选手，哪位教练培养出了国手，“母以子贵”，一起进国队。没成绩，从头再来。周而复始，路桂霞坚忍执着。

王会凤和曾是天津拳击队教练员的李广辉夫妇，先是到美国拉斯维加斯发展，那里没有击剑土壤。机缘巧合，我国著名击剑教练员文国刚在波士顿有一家大型击剑俱乐部，文指导有要事必须回国，诚邀王会凤“掌门”。重逢击剑，毫不犹豫，举家迁徙，王会凤再作冯妇。弟子来自五湖四海，为了击剑目标走到一起来了，王教练全力以赴执教。

赵洪霞退役后告别击剑，去了天津足球管理中心做管理工作，后为天津足协副秘书长，身兼数职，作风辣，认真负责。1998年起，赵洪霞连续担任足球中超联赛和亚冠赛天津赛区新闻官21年，以清晰的思路、优雅的姿态、得体的语言，赢得诸多主客队教练员、运动员及全国各地新闻记者好评。新闻官不是终身制，每年都要经过亚足联、中国足协考试。赵洪霞敏于学、勤于思，在全国各地几十名参考官员中，成绩总是名列前茅。

前年金秋，首届全国体育口述历史学术研讨会在天津举行，主办方特地请赵洪霞莅会，谈谈由击剑运动员到足球新闻官的“华丽转身”历程。当年天津花剑队“五朵金花”的主教练黄维勉也已退休，谈到爱徒，他深有感触：“团结拼搏是胜利之本。”

忆昔少年买书时

杨世珊

我平生买的第一本书，是 1956 年为妈妈上识字班而买的《看图识字》。书的定价是八分，买书地点是杭州道与大沽路把角的新华书店。也就是从这本小书开始，我有了买书和藏书的兴趣。

买书最初几年，从小人书开始，但不是看内容，而是看定价。手头拮据，每天二三分钱地积攒，怀揣一毛多钱，单枪匹马一人"跑"新华书店，只要钱够，哪本都行。一般都是店里的售货员问我："带多少钱?"我如实回答。她就找一本一毛多的小人书，买下就走。这时买下的都是小薄本，像《李丹采药》《宝船的秘密》，多是神话故事。后来明白了，宁可多攒一两天，买喜欢的，陆续买了义和团系列的《洪大海》《牛丙硒盐店》，买了《聊斋》系列的《辛十四娘》《画皮》《席方平》，还有《岳飞》《水浒》《三国》，等等，价钱都在一毛八(一角八分钱)往上。

买到了十几本书，它们就得有个地方栖身，第一个"书柜"

是鞋盒子。我还曾端着“书柜”到福寿里金城他们家去换着看。因为小人书,我们两个人相好了多年。

我买的第一本字书是神话故事《十兄弟》,很神奇的一本书,有弟兄十个,“顺风耳”“千里眼”“大长腿”“大长臂”“铁头”……讲的是他们与地主老财做斗争的故事。那时兴趣往字书上转移,但也还偏心小人书。此后鞋盒子装不下了,就换成装肥皂的纸箱子,过了多少日子,妈妈到小铺买东西,看到也是盛肥皂的四框木头、镶三层板的木箱子,花两毛钱拿下。盛小人书,这个箱子尺寸合适,不用横七竖八,还得卡空的往里挤了。字书多了,也不能乱丢乱放,好在那时我家后院有一间小屋子,收拾一下,成了我的“书房”。那时候我已有两箱子小人书。在一张炕八仙桌上,用板子横竖一钉,算是第一个书架。我记得书架上有一本《红岩》,是在尖山红光里新华书店所买,那时要预订先交钱,几天后才拿到书,书的定价是八毛六分钱,纸很糙,质量不好。这么个书架让我的书都“站立”起来,伸开腰了。

上高中时,爸爸给做了个书箱,有玻璃门的那种,能放下一百多本书了。买书的地儿也多了,音乐厅跟前的,西南楼的新华书店,常逛的还有天祥二楼的古旧书店。那时迷恋写诗,郭沫若的《女神》《百花齐放》、郭小川的《将军三部曲》《两都颂》、田间的《赶车传》《田间诗选》,还有李瑛和张志民的诗集,都是我的爱物。这时候也还稀罕小人书,只不过有所挑剔了,注意配套、注意画技、注意绘画者,像刘继卣的《鸡毛信》《武松打虎》《东郭先生》,胡若佛的杨家将系列及贺友植和王叔晖的各种,一看见就买。我那时候还不知道,那还只是我买书的一个开始。

少年吴若增的日记

吕金才

我第一次见到吴若增先生是在1986年初，那是在滑富强老师主持召开的北郊文学社文学创作表彰会上。主办者邀请了马丁、吴若增、李治邦、尤德瀚、鲍光满等作家，区主管文教工作的副区长到会讲话，100多名文学社社员参加了会议。会后在北郊区文化馆门前的台阶上全体与会者合影，吴若增和马丁、李治邦等老师坐在椅子上，他们的前面蹲着一排文学社女社员，滑富强老师谦和地蹲在女社员的旁边。那是冬末春初时节，吴若增穿着一件天蓝色的防寒服，很有朝气的样子。

吴若增1968年毕业于南开大学政治经济系，历任静海县（今静海区）中学语文教师，天津人民美术出版社编辑，天津作协专业作家。1980年开始发表作品，1986年以《翡翠烟嘴》和“蔡庄”系列小说为文坛瞩目。

我第二次见到吴若增是2003年到他家中约稿。在他家不大的客厅里，一张圆桌上铺着洁白的台布，上面蓝色的花瓶里插着艳丽的花朵,记不得是鲜花还是绢花抑或塑料花,反正是温馨而色彩斑斓的。当时我想,一个中年男子何以细心地呵护着一束花朵,一定是寄托着深深的情感。后来,我还和《天津文学》主编张映勤等朋友与吴若增在西安道上的江南菜馆小酌。再后来,吴老师有时来报社与我谈谈自己的稿件。在这些接触交谈中,他常常不经意间会谈到自己的日记。

众所周知,1980 年吴若增才开始发表作品,然而在他弟弟看来,哥哥早已是大作家了。原来,1963 年,吴若增考入南开大学,离开沈阳前,他把自己在中学六年里所写的全部日记,都整整齐齐地码在了一个小木箱子里,然后上了锁,只把钥匙带到了天津。“文革”中他写信给弟弟,让他把自己的日记全部烧毁。弟弟接到了他的信后,自然照办。但在烧毁那些日记之前,却把它们从头到尾看了一遍,一边阅读一边流泪,为那些文字深深地感动。用弟弟的话说,哥哥那时就是一个大作家了,因为那些日记对他来说比作家写的书还感人。

冰冻三尺非一日之寒。20 世纪 50 年代,吴若增从一本课外读物中读到:写日记是个好办法,可以提高人的文化素质,因此应该从小就养成这个习惯。从那以后,他就开始写日记了。一开始,写得很认真,年、月、日之外,还有“今天天气有雨。有风”。内容无非就是孩童少年之事。那时,他住在哈尔滨的姐姐家里,有一天,姐姐的几个同事来家,发现了他的日记,就一边大声朗读一边笑。读到“今天早上,到花园里去踢了腿”,就问他“踢腿”是干什么。他很不好意思,就把“踢腿”改成了“锻炼”,并且把日记藏了起来。

不久,他读到美国作家马克·吐温写的《汤姆·索亚历险记》,如醉如痴。之后,他找来马克·吐温的全部作品,不管懂与不懂,囫囵吞枣一口气全读了下来。再后来,他开始广泛阅读文学名著。那时,他还不懂得写读书笔记,就把内容简述、喜欢的句子、读后感等全都写在日记上。他还学着汤姆·索亚的样子,开始编他自己的故事。

初三以后,学校下乡劳动。他对农村生活十分好奇,每回下乡,他就把在农村的见闻,吃什么、穿什么、住什么、用什么工具干什么活,都记录下来。有时干一天活已经很累了,但他还是要坚持写日记。高中以后,开始了情感萌动。就连那些情窦初开的事情,也被他详细地记载了下来。有一段时间,每天都有关于女孩儿的记录。

那时候,他是用一毛钱买来的空白练习本写日记,他的日记虽然不豪华,却很整齐。

关于写日记,吴宓、竺可桢等名人学者都有自己的日记故事。现在想来,少年吴若增的日记,恰如我初次向他约稿时在他家圆桌上见到的那束花朵,被他悉心照看着。在他的心中一定有着很多束这样的花朵!

没有玩具也童年

杨仲达

我的童年往事,屈指已有三四十年,虽然是在乡村度过,但文化滋养比起当地农户还算优渥,玩具和书也是有的,甚至可谓丰盈,达到洋洋大观的程度,常引得同龄者的艳羡围观,兹不细说。20世纪七八十年代的时候,正是一个时代的转折起步期间,物质虽尚匮乏,精神却昂扬向上,孩子们无忧无虑,即使大多没有玩具,也照样欢然。

我的一位乡亲表叔,当时家徒四壁,他手无任何物件去哄他的孩子,孩子也不以为意,父子怡然。这位表叔背上他的孩子,一边走着,一边晃着,有节奏地唱道:“叮叮当当,老虎将将”,然后就问:“到家了吗?”孩子便道:“没——到。”于是又走,又晃,又唱,然后又问:“到家了吗?”还是回答:“没——到。”如此往复,最终等到表叔简直筋疲力尽时,孩子才说:“到啦!”于是这才歇息。

这是大人疼爱孩提之子的方式。幼童稍长,则要自己哄自己玩，或者互相结伴，依然不怎么有玩具，但是，那又有什么影响呢？我就和伙伴们玩过一种砸破鞋的游戏，在这里，鞋子充当了临时玩具的身份，但它毕竟不是玩具。参与者的两只鞋子都要脱下来，其中一只脚跟落地，脚尖与其他鞋子的脚尖聚拢，众鞋形成一个锥形；另外一只握在手里作为投掷的武器。画一条线，脚依此线而立，手中的鞋子向那鞋堆以抛物线射去。这个游戏需要至少三人以上，以投中次数多者为胜，以屡投不中者为败，惩罚败者的方式是让其趴下，胜利者群起而攻之，用手中的鞋尖去碾其背部，如果下手甚狠，也可能伤及败者，如形成淤血等，败者含泪忍痛，但是也服输，绝不反驳。此为砸破鞋，那时孩子们的鞋因脚猛长了尺寸而顶破，露出脚豆，也是常事，所以自美其名聊以自嘲，也颇适当。

砸破鞋游戏中的鞋真的不算玩具，那些鞋子，是我们走在乡村的泥土道路上的脚力，如苏子云“竹杖芒鞋轻胜马”也。

不借助任何外物，以身体本身的徒手游戏，当时也多矣。比如撞拐就是。一个人抱起一条腿，抓住脚脖子，形成单腿跳，然后用膝盖和对方相撞击，如果势均力敌，通常要撞几个回合才能分出胜负。这完全是属于男孩子的游戏，对抗性和竞技性都极强，考验的是力量和技巧。我们驰骋、跳跃、撞击，不亦乐乎！我们自己就是自己的战马。

跳马我们也是玩的。一个人充当马，一群人轮流从他背上双手拍击而跳过去，然后轮流当“马”。当“马”的先是低蹲，然后逐步升高，身体弓成九十度角，再逐步地把角度加大，直到最后人已经直立起来，自然是再跳不过去，以此为止。这考验的是弹跳力。和跳马相近的是骑马砸骆驼。为什么谓之砸骆驼，我费解不知。就是一个人要背墙而立，另一个人把头扎到那人的裤裆里去而成为“马”，然后后面再有人扎到撅着这第一匹“马”的裤裆里去，后面还可排列，多时可达四五个人之多，此后，一人奔跑过来，猛拍最后一人的背，纵身一跃，飞至前面一人背上，和倚墙站着的那人面对面攻擂，两个人开始划拳：锤子、剪刀、布。若是赢了，攻擂者则置换为守擂者，前守擂者则要把头扎进他的裤裆里去；攻擂者若是输了，则要下去，替换第一匹马，由此依次推位。

那时冬天，教室里虽然生了炉子，但是仍然奇冷。饶是天冷，而孩子们没有棉鞋者也多，就在单鞋里塞一块棉花御寒，双脚抵住课桌的横腿以驱受冻的痛痒，因为红肿，回家要用开水辅以辣椒清洗。因为冷，就滋生出这样的游戏，就是一群男孩子，依次沿着墙壁站好，最前的一人双手抵住墙角，全体都在发力，以最后一个的发力尤为重要，所有人全都兴奋地高喊：“挤摞摞垛啊！挤摞摞垛啊！”直至队伍被挤散，然后再来。彼时所有人都兴奋欢笑，不仅是那挤可以御寒，就是这兴奋，也可以制造热量。就是我现在回忆起那情景的时候，还又兴奋得额头冒汗呢。

中国女篮与天津

苏连雄

东京奥运会厚重大幕落下，中国体育健儿取得38金、32银、18铜的傲人成绩。中国女子篮球队闯进八强圈、女子三人队获得第三名，全国球迷看到了两支朝气蓬勃、冉冉上升的希望之旅。1896年，美国春田大学史密斯博士发明的篮球运动由海河之滨登陆，天津是中国篮球发祥地，天津人懂篮球、爱篮球，“南开五虎”精神永续。

20世纪八九十年代，中国女篮鼎盛时期，郑海霞、丛学娣、柳青、詹淑萍、彭萍、李昕、王芳、郑薇等战将如云，曾获巴塞罗那奥运会和澳大利亚世锦赛亚军。好成绩的取得，和我们天津有关系：姑娘们在重大比赛前，四次来天津热身，世界大赛获佳绩后，她们动情地说，天津是我们的福地。

中国女篮历届主教练白金申、吕长新、胡立德、李亚光、陈道宏、宫鲁鸣，都对天津有深厚感情。其中白金申、吕长新是喝海河水长大的；李亚光本人在重庆，父母在天津工作、生活；陈道宏曾是河北男篮主力，在天津训练多年。天津体育记者前去北京或赛地采访，教练们都大开绿灯，知无不言、言无不尽。中国女篮的消息经常是天津市主流媒体体育新闻头条。

巴塞罗那奥运会举办前的1992年仲春，中国女篮在主教练李亚光、领队胡士琳率领下来天津热身，比赛对手是天津体育学院男篮。赛前，津门篮球球迷奔走相告，一票难求。天津人民体育馆人头攒动，鸣哨后仍有大批热心球迷补票。天津体院队领队张志斌赛前叮嘱小伙子们："比赛要认真，但别伤着对方，她们马上要去巴塞罗那参加奥运会。"没想到，女篮姑娘们放得开，打得猛，给身高体壮的男子汉们一个下马威。体院男篮球员不再腼腆，也真杀实砍，比赛高潮迭起，观众不时报以热烈掌声。中国女篮集全国精英，个人技术精湛、集体配合默契，比分过百，胜体院男队十多分。

这场比赛还有两个花絮。一是中场休息时进行了罚篮比赛，双方全体运动员参加，大姐大郑海霞以十投全中成绩夺冠，骑走了一辆天津产自行车。海霞的投篮、罚篮命中率一直名列世界前茅，不愧"第一中锋"美誉。二是赛前几天竟发现，因商品大潮冲击，体育馆没有篮球架，场地改作舞池和羽毛球场。主办方紧急协调，调来了篮球架，热身赛如期举行。

赛毕，女篮队员们只吃了一些点心，连夜乘车返回北京，第二天，她们还要进行艰苦的训练。

21世纪初，执教经验丰富的宫鲁鸣教练组建新一届国家女篮，又来津门热身。苗立杰、陈楠、隋菲菲、陈晓丽、关馨等名将悉数登场，天津球迷大饱眼福。

女篮球员们退役后，很多人仍活跃在球场。郑海霞担任八一女篮领队，隋菲菲是八一女篮主教练，詹淑萍、苗立杰任沈部女篮教练，王芳是辽宁女篮主教练，丛学娣开办了一家致力于培育新苗的篮球学校，郑薇任现中国女篮助理教练。神奇的属李昕，曾是北京奥神男篮主教练，指挥人高马大的男球员，征战全国职业联赛。

天津有肥沃的篮球土壤，历届中国女篮运动员都对这个城市有深厚的感情。

张勋在武清的庄园

振　关

武清区上马台镇王三庄村南三里许，有一片土地明显高出其他地表，玉米长势良好，呈现着丰收景象。据当地老人讲，民国年间这里是片庄园，名松隐庄，曾是名声显赫的大军阀张勋的私家庄院。

1916年，张勋在徐州成立七省同盟，旋任安徽督军，后扩充至十三省同盟，拼凑实力，积极策划清室复辟。经过策划，张勋于1917年6月30日潜入清宫，发动复辟。1917年7月1日，张勋穿上蓝纱袍、黄马褂，戴上红顶花瓴，率领刘廷琛、康有为、陈毅、沈曾植、王士珍、红朝宗及几位辫子军统领共50余人，乘车进宫，恢复清朝旧制。张还通电各省，宣布已“奏请皇上复辟”，要求各省应即“遵用正朔，悬挂龙旗”，史称“丁巳复辟”，但7月12日即被皖系军阀段祺瑞的“讨逆军”所击败，逃入荷兰使馆，后逃到天津德租界地区。1918年3月，北洋政府以“时事多艰，人才难得”为由，对复辟案犯一律实行特赦，张勋获自由后一直蛰居津门德租界6号(今河西区浦口道6号)寓所。

张勋独资或投资经营的当铺、电影公司、银行、钱庄、金店、工厂、商店等企业有70多家,同时还向农村扩张。1918年在武清县(今武清区)王三庄一带强占土地30余顷,并选址建立庄园。因张府堂号“松寿堂”,张勋号“松寿老人”,故此庄园也以其堂号和名号首字取名松隐庄,取永远隐居之意。其实,自庄园建成后,张勋一次也没有来过这里,更不要说隐居了。这里的实际功能,是大军阀张勋用以压榨农民血汗的一个处所。

松隐庄占地60亩,呈长方形,东西阔,南北狭,像一块放大了的青砖,整整齐齐,见棱见角,四周围着两丈宽护庄河,取河土用以垫房基。河里长年水满,水深丈许,庄园东口伸出一条土路,是人们唯一可以出入的地方。庄园内有一条东西向大街,街心有个篮球场大小的打麦场,供农民打轧晾晒粮食之用,麦场北侧建的几座高大房屋,为张勋管家的住所,两侧各有四排低矮建筑,每排八间,租赁给四乡来此种地的农民,麦场南侧相对应也是几排房屋,作为存放杂物的库房和粮仓。所有房屋均为土木结构,四檩,平顶。

庄园建成后,附近的王三庄、韩胜庄、小侯庄、孙庄子、马家口等二十几户无房无地贫民,便先后被招至此,以租种张勋强占的土地为生。为了保护这片庄园和他掠夺的土地不被水淹,张勋还在一旁修筑一条十余公里长的大堤,名张勋堤。松隐庄地处武清大黄蒲洼,地广人稀,1949年前常年闹水患,荆棘丛生,苇草遍地。由于便于隐藏,社会上一些流氓地痞经常在这里出没,祸害百姓。

1940年春，时为日伪武清县“自卫团”大队长的柳世平（外号柳小五），将日益恶化的社会秩序归咎于松隐庄的存在，于是派兵强行赶走庄园上所有居民，抢掠一空后，又一把火将整个庄园焚毁，松隐庄被夷为平地，从庄园建成到被毁掉，仅存世22年。

庄园焚毁后，附近的王三庄和韩胜庄两户地主，派人清除掉上面的瓦砾、废墟，改庄园为田地，在上面种植庄稼。直至1948年武清解放，这片被掠夺的土地才又重新回到人民手中，可是一直也没有人再去那里建造房屋。现在，人们只能从那片凸起的庄基上，去想象当时的情景了。

地质人三宗宝

雍阳侯

1962 年出版的第 4 期《河北美术》上，我曾看到过一幅画，作者是天津画家刘子久，画面上是十几位地质工作者，他们有的扛着测量工具，有的背着挎包，像军人一样，大踏步地行走在高高的山梁上。这幅画的画面非常壮美，在那个时代，地质人肩负着为祖国寻找宝藏的重任，他们跋山涉水，餐风饮露，其付出的辛苦非常人可比。时隔 50 多年，这幅画面仍亲切、感人，这让我很自然地联想起地质人的"三宗宝"来：锤子、罗盘、放大镜。

锤子，主要是用来敲打岩石，一方面用来判断岩性，另一方面用来寻找化石。它是地质人的第一宗宝。记得 1982 年春夏之交，学校组织普通地质学教学实习。实习地点是位于辽宁省金县的复州湾（今属大连市）。当时，我们班的每个同学都有一把锤子，由常老师带队上山找化石。我就利用这把锤子在寒武纪泥页岩中，打出一枚三叶虫化石，把这枚化石交给老师。常老师在白胶布写上化石发现的地点、层位，然后把它贴在化石上面。他告诉我说，这枚化石保存完整，纹理清晰，是用于区分地层的标准化石。打到标准化石，心里还是激动的。印象中，大家在那个实习基地上，都打出过化石，但多数都是残损的，保存完好的确实不多。提到化石，记得我们在复州湾的海边上，曾在一块裸露创面的岩石上，看到一枚很大的鱼化石。鱼骨骼、内部结构和纹理完整、清晰，但当时这块石头却一直躺在海边，任由海水拍打。

罗盘是第二宗宝。它是用来测量岩层产状的。地壳表面分布的地层有三类，第一类是火成岩，包括侵入岩、火山喷出岩。它们露出地表后，呈不规则的形状。第二类是沉积岩，是在海生或陆生条件下，经沉积作用形成的。由于沉积作用主要受沉积物和地理、气候环境控制，会形成一层一层的沉积结构。经地壳运动后，这些成层的结构会发生扭曲、反转或倾斜，为了解地层的这些变化，需要测量岩层的倾角、斜角和经纬度等要素。这时，罗盘就派上用场。第三类是变质岩，在地质时期受到地应力或高温熔岩的改造。比如位于蓟县下营镇常州沟村地质剖面起点处的最底部，有一种25亿年前形成的太古界片麻岩，就是一种变质岩。1981年秋天，我们班在长春南部的静月潭测量实习时，几乎每天都要用罗盘。

放大镜是地质人的眼睛，所以被誉为地质人的第三宗宝。放大镜的直接作用，是用来察看岩矿标本的矿物构成及纹理结构。作为地质人，必须掌握的一个本领，就是只要拿起一块石头（岩石或矿石），就可以判断它的名称、矿物构成和它的纹理结构。记得我们《矿物学》的考试，就是在学校的岩矿标本室进行的。那里堆满了各种各样的岩矿标本,任课老师根据教学情况,拿出几块标本,用来考验同学们的眼力。那时,为判断准确,有时需要用放大镜观察,我现场考试得了 91 分。

1983 年,我被分配到天津第一地质勘探大队。为方便工作,单位依惯例给每人配备了这三件宝贝。

割芦苇

高俊才

20世纪60年代，故乡村南边有一片一望无际的沼泽荒地，称为南荒地。当年，由于它与汇入渤海的蓟运河相通，沼泽密布，沟汊纵横，洼甸横卧，蔓草丛生，适宜许多水生动植物的生长，形成了一个小自然动植园。在这片南荒地里，水生或湿生植物中芦苇（俗称苇子）的面积占80%左右。芦苇是多年生高大禾草植物，地下有着粗壮匍匐的根子。芦苇浑身都是宝，用途很广泛，可作饲草、柴草，可用于造纸、织席、编篓、制作苇箔苇帘等，苇根还可入药。因为，芦苇基本上不受自然条件限制而且有稳定收入，被人们称为“铁杆儿庄稼”。

到了深秋时节，那簇拥曼舞的苇穗，像一支支饱蘸诗情的画笔，把整个南荒地装点得神韵无比，盛开白色芦苇花的苇穗，随风摇曳，倩影婆娑，形成一道独特的原野风景线，美不胜收，令人心旷神怡。

每当大地封冻，水面结冰的隆冬时节，便是割芦苇（俗称打苇子)的最佳时节。这季节,芦苇已长得一般在两米以上高,秆叶已经枯黄,地上一片落叶,从苇梢到根部地面“满身遍地黄金甲”,在冬阳下十分耀眼。收割时,还要将芦苇大体划分为三类,分别堆垛和销售,长得较高较粗的称为大苇,可供编织凉席(炕席)等用;次之为二苇,可供编苇箔苇帘等用;再次之为三苇,一般用于农户烧柴等。当然,这三类芦苇都可用于造纸。那些年,村里与南荒地管理部门有收割芦苇的“打分手”协议,即由村里组织劳动力,自备农具打苇子,销售芦苇的收入,村里拿小头,管理部门得大头。芦苇收割后统一交售给区土产收购部门,或做芦苇编织加工,或直接销售给附近地区的造纸厂做原料。

割芦苇不仅是个辛苦力气活儿,而且人们穿戴装备也不一样。由于芦苇地里,杂草丛生,一般棉布鞋易被草根等扎破。于是,人们都穿着一种被称为“牛皮绑”的鞋子,形同皮质鞋套。用牛皮等做成鞋子的形状,收口四周系上鞋绳(带),套(穿)在脚上,由于皮质较硬,不易被硬草茬把鞋底鞋帮扎透。在“牛皮绑”的鞋子里再铺些如破布、稻草等软物,既保暖又耐穿。在生产队的统一组织下,社员们带着大镰刀或拿着大钐刀(刀片和把儿较长的大镰刀),到指定地点去割芦苇“打分手”。

那年头,我在村里参加集体劳动时,曾抡起大钐刀割过十来天的芦苇,感受很多。割芦苇时,人们用大钐刀把芦苇一绺绺地割倒在地上,接着由人一把儿一把儿地把高粗芦苇抽出,所谓先抽出一部分大苇,再抽出大多半的二苇,剩下的是三苇。从这三苇中分给社员们一些,或当柴火用,或留作盖新房时扎制房把子用。最后,再由人们用铁制草钩子和草腰子绳,将芦苇拢绑成一捆一捆的,用马车运走。

在那些日子里,社员们为了完成一天的劳动定额,天天早起冒着严寒出发,下午 4 点左右收工。尽管割芦苇劳累一天很辛苦,但一想到既能获得分成收入,又能分得一些芦苇,心里总觉得美滋滋的,一天的疲劳倦意便荡然无存。尤其是,每当站在那茫茫的芦苇荡里,见那金黄色苇秆傲立寒冬,就好像是在向人们展示着一种坚韧不拔的意志和无私奉献的精神;有时眺望那一层层曼妙起伏的苇波,总觉得就像是自己的心潮在激荡,令人感慨。说到这里,我想起了 17 世纪法国哲学家帕斯卡尔的一句名言:"人只不过是一根苇草,是自然界最脆弱的东西。"但他(帕斯卡尔)是一根能思想的苇草。他以此来说明"没有思想,人是脆弱的苇草,有了思想,人就成了有尊严的人"。

如今,南荒地已被当地政府开发建成了产业园区。昔日那具有地方风物特色的南荒地割芦苇的情景已成为永恒记忆。

当年的文学青年

吕金才

我曾是个文学青年,我查过《现代汉语词典》,里面没有“文学青年”的条目。

时光倒退四十多年前的20世纪70年代末至80年代中期,社会上存在着这么一个小圈子,他们时常聚集在各区县文化馆或工人文化宫里谈论文学创作,并借助文化馆提供的小报进行创作实践。

那个年代,“文学青年”在中国是个很时髦的词,无论是在影视中、还是在小说中,抑或在现实生活里,人们常常听到某男青年或女青年骄傲地说:“我喜欢文学。”“文学青年”带有一些共同的特征,比如有理想、有热情、好梦想、单纯,对人生的阴暗面缺乏了解,有幼稚的、不定型的一面,还没有最终选定自己的职业等。他们的精神气质与摇滚青年一脉相承,但无疑比后者在表现方式上文雅许多。

在社会从计划经济向市场经济转型初期,多元化职业选择的局面尚未出现，文学青年们窃喜自己挤上了一条胡志明小道，却痛苦地发现人生的道路越走越窄，靠一个短篇一举成名甚至轰动文坛的可能性早已成为捷足先登者的明日黄花。但是，文学青年还是要列入改变人生命运的机遇之一，尽管这批人的成才率极低，但这已经是社会偏爱的结果。从这个意义上说，文学青年短暂的辉煌其实是概率在起作用。在1978年至1983年转瞬即逝的几年里，有的文学青年最终依靠自己手中的那支笔完成了对主流社会的孜孜不倦的狙击并成功地跻身其间。他们中的一部分人走进了政府机关或新闻、文化单位。这部分文学青年的成功，实际上预示着整个“文学青年”群体甚至他们所加盟的群众文学团体的没落。在淳朴的20世纪70年代末至80年代中期，“文学青年”是一个毫无疑义的敬语，它包含了当事人本身的价值追求及外界的宽容和认同。曾有人将文学青年同文艺青年做过比较，认为：文学青年更安静一些，勤奋一些，读书、思考、写作，都要求人要安静和勤奋。真正成为作家的文学青年都是很勤奋的。文艺青年更懒散，觉得自己躺在沙发上的样子都很有魅力，觉得自己很有天赋，不需要太努力，甚至会看不起很努力的人。但无论是文学青年还是文艺青年，在市场经济的风雨即将来临的时候，他们都不是那只发愁暴风雨来得不够猛烈的海燕，他们中的多数人陷入彷徨状态。

20世纪90年代，我进入一家新闻单位的时候，曾有人暗地里告诉我：“看，这个人，还有那个人，是最后一批‘文学青年’。”说话者不知道我曾经也是一个文学青年。我仔细观察了一番，得出自己的结论，这两个人与旁人最大的不同在于，一位有一些作家朋友,间或有些酒肉来往;而另一位一直未婚,喜欢和年轻女孩子套近乎,有点浪漫气质。而那时的文学女青年在婚恋上往往多变,较难成家,成家后离婚率较高。我曾经加入的文学社团中的文学女青年的确如此。

今天的社会虽然还不乏一些喜欢文学、艺术的人们,但这批人除了职业者外,一些是因为喜欢而慢慢深入其中,去感受文学艺术带给自己的充实与快乐,一些因附庸风雅而做些表面皮毛功夫。总体而言,已经没有了20世纪80年代文学青年的社会使命感。所以,真正的“文学青年”只存在于那个年代。

写　信

萧　箫

闲翻故纸，在一个旧文件夹里，发现了早年保存下来的大量信件，这些信件都是1983年我中专毕业后，与同班同学来往的信件，当然，这些信件都是同学们的来信或回信，我寄出的，则已经不属于我了。

当初，同学们在毕业之际，忽而离别而各奔东西，都有些难舍难分。我们离校的时候，正赶上冬季。东北的冬天本来就冷得要命，再加之一下子离开熟悉的环境，大家都有些伤感。那个时候，大家都很重情重义。一般晚走的同学，都会主动到火车站，去送别提前离校的同学。而且，往往是要把人送到座位上，待火车要开了，才依依不舍地离开。在分手的时候，大家差不多都会流下热泪。

刚步入工作岗位的同学，一时没有变换角色，依然还在互相惦念着，于是写信就成了大家排解离愁别绪的最好方式。我当时跟班上的同学差不多都有书信来往。其中联系最多的是丁富存和王晓峰。丁富存是内蒙古自治区达拉特旗的，他本人是汉族，个子很高很帅，脾气好，学习成绩也好，尤其是字写得很规整。王晓峰是齐齐哈尔人，天生就有一种诗人气质，一直到现在，还保持作诗的习惯。我们三人在学校的时候，经常一起玩。尤其是在周末，我们经常一起去南湖以及长春电影制片厂，还曾一起到人民广场和省图书馆。平时在学校，我们一起去食堂打饭，一起到教室外聊天，还喜欢在宿舍里一起谈天说地。1983年夏天，我们三人又一起从大连坐火车去青岛，然后去山东淄博市实习。实习结束后，一同登上了泰山顶。待毕业临近之时，我们三个人又在一起照了一张合影。

丁富存被分配到了内蒙古104地质队，王晓峰被分配到了黑龙江省环境水文地质总站，我则被分配到天津第一地质勘探大队。一下子分别，还很不适应。那个时候，我们几乎隔些日子就要写一封信，除问候一下对方外，顺便通报一下自己的近况。过年过节的时候，我们三人之间同样会写信，多是祝福一类的话。这种情况一直持续到20世纪90年代初。后来，因为单位打电话较以前方便了，再加上20世纪90年代中期以后手机的出现和普及，纸制的书信就很少写了。

与写信并列的另外一种方式是寄明信片，大家在过年过节的时候，都喜欢用这种方式表达彼此的问候。

进入21世纪之后，由于手机功能越来越多，而且用于通讯既快捷又方便，所以我们三人之间已经有20多年没有写信或寄明信片了。

泵房旧忆

了　然

泵房这名称对大多数人来说可能很陌生,南郊区(今津南区)好像叫稻地房子,因该地广植水稻,故称。我们这里在1972年以前稻地、旱田各占一半,将其就叫泵房。泵房之谓,就是安装水泵的专用房子。

初期的泵房很简陋,一间土坯房内,挖一个车窝子,能有四五米深吧,稳两根檩头子,架一个立式水泵,旁边稳一个电滚子,用几根木头橛子固定,与水泵间再用随便在哪儿砍来的树棍子支撑。用时连接的皮带呱嗒呱嗒地响,还得时不时地往皮带上抹蜡,抽上来的水沿大沟进入地里的甜水沟,再逐一改畦口,流入地里,甜水沟是进水的沟,与之相对的还有一条泄水沟,俗称咸水沟。我们这里多盐碱地,通过排泄地里渗出的水,降低水位,压下去盐碱。甜水沟与咸水沟间隔排列,泵房的沟叫大沟,供给甜水沟称上头,泄水的咸水沟的水再流入的沟叫下头,最终排出田地。此乃甜咸分家,浇排分离。

公社化的农田河网化,已经很先进,公社管主干渠,大队管干渠,分工不同,辖区也不一样。那时总渠、干渠、大小甜咸水沟网络纵横,形成涝能排、旱能灌的格局,泵房也是星罗棋布,对农业的大丰收起到保障作用。此前老天爷要是不下雨,地里干得直“冒烟儿”,庄稼用火儿都可以点得着。那年头,庄稼长得像烟袋杆儿,株与株间可以卧得下大黄牛,能有好收成?日子能好过吗?面对自然灾害,农民没办法,就用迷信的愚昧办法,天干地旱,就求龙王化云为雨。五黄六月连雨天,哩哩啦啦雨下个没完没了,就又请“王大娘”扫晴,祈祷老天爷快晴天,以利五谷丰登。

“水利是农业的命脉”,这话说到点子上,与之配套的是兴修水利和修路,虽是乡村土路,由于两边都有沟渠,等于抬高了路面,路也算好走。要是以往,那路上尽是车辙沟,水只能顺着辙沟流,“千年的大道走成河”的俗语大概从此而来。一场大雨下过汪洋一片,浅处脚面深,最深处就齐了腰。说来也怪,原本无水的地里,雨水一来,各种各样的鱼就来了,鲶鱼、嘎鱼、拐尖儿、鲫鱼都有,就更别说小个儿的小巴舀儿、傻巴儿鱼。乡亲用背筐、铁锨就可以逮鱼。我们大队北边有扬水站,从排污河中向村里扬水,南边扬水站从大沽排河扬水,就叫南北扬水站,扬水站供给村里各泵站,都能有水浇灌庄稼。大小咸水沟由于深,形成自流水,后被扬水到独流减河中去。为保证甜水沟、咸水沟的畅通,我们这里人每年春季最重的任务就是挑沟挖河。特别是挑沟的活儿,派生出来叫洗沟,可不是用水洗,而是清淤,把咸水沟淤的泥土挖出,培在埂子上,这活儿可不轻松,淤泥又黏又湿,很难处理。再有清沟,是挖甜水沟加固田埂,是我们这里特有的农活儿。

还说泵房,那只是简陋的一间房子。负责看泵浇水的人,夜半放水一般也不敢睡觉,确定没有问题,也困极了,就在泵房里垫点稻草,上铺破棉袄,迷糊一觉儿。天亮收拾破袄时,地上稻草下面竟盘着几条长蛇,蛇大约是借那里取暖,这是常事。泵房也是有故事的地方。那时青年男女搞对象无处可去借此处幽会,我们这里至今还有人能讲"那是谁谁的故事",当事人也很开明,忆及说罢,一阵哈哈大笑而已。

进入20世纪80年代,水利事业大发展,修了高心渠,改三级扬水为一级扬水,只要扬水站扬水,在田间地头,提起闸板水就能进地。很多地里甜水沟都修成水泥的了,再也不用洗沟、挑沟了。

“幺五七”

仲 达

我要说的157是一条天津城乡公交车路线，其实应是157路，但是人们每每自然地把“路”字去掉。数字的符号和文字的符号一样，一提157，我就会想到那一班车，那一条路。拥有共同的符号的人，就是乡亲，157这个隐秘的符号就是一个地域的文化。

157从西郊区（今西青区）永红乡到达河西区东风里，早先它是57，还有一个62。57、62，这曾经是一对数字。62的线路更长，起点是小卞庄，它远在独流减河岸边，但同属永红乡，和57的始发站虽然不同，但是途中大多站点完全重合，终点站也相同。这两个数字是我们那里通往天津市区的密码，后来这个密码加了一个100，成为157和162。

永红乡之前是付村公社，再往前的历史沿革还有很多，这里不多置喙，但是往后说则简单，之后是南河镇，再之后是现今的精武镇。我们上车的那个站牌不叫小南河，因为小南河村并不在老铁道即津涞公路上；也不叫付村，付村的村口已有一站。那个站牌叫靶档，因为天津市的射击训练基地设在那里，自然有一个靶场，但是那站也没叫靶场，而是叫靶档。靶档，是用来阻挡子弹的土堆。

车往市里去，方向是由西往东，面对着训练基地。我们背后是站牌，站牌背后是一条小河，河岸上有很多榆树，我们站在榆树下等车。多年以后，回忆起等车的种种镜头，才理解站牌的那个“站”字，就是站立的站。小河对岸是一个砖厂，如城堡般的砖窑巍然而立，还有成堆成堆的砖坯绵延开去，再后就是苍茫无边的郊野。就是那条狭窄浑浊的小河，我们在等车的时候，把石子土块投将进去，水纹顿时一波一波地散开，当即觉得新奇不已，那是我人生第一次看到涟漪。世界的奇妙和不可思议，那是一个开始，我其他的人生可能的开始，也和157有关，因为我们是乘坐着它，去往天津市区，去西楼爷爷家，去百货大楼和劝业场，去水上公园，去少年宫。青是山，绿是水，花花世界，无它，则不达，它是我人生的第一辆摆渡车。

那时候的站牌，真的就是一个站牌，一个刷漆的金属杆顶着一个牌子，牌子上写着大字的站名和小字的各个站点，单调、孤立。作家余华有一张著名照片，是他站在风雪中的北京43路团结湖站站牌之下，我所记忆中的站牌就是那样。

我们从家里出发，从南至北穿过村庄，再走过那三里地，才会到靶档，到达那个站牌。后来也曾骑自行车去，把自行车存在砖厂。我们不认识那里的人，都是父母去把车送去，然后步行过河回来，再等车。晚上回来，下车，再过河去砖厂取自行车。多年以来,我似乎习惯了那种早出晚归,那种城市和乡村间的摇摆。

等车就是张望,就是抻着脖子去看,在遥远的方向,那辆公交车在窄小的乡间公路上会突然出现。那时候路上多是马车和自行车,就连机动车也很少,但也是车流如织,在众多车辆之中,父亲总是会在第一时间看到157,大声说:"来了!"我们根本看不出,虽然也是抻着脖子张望,只是效法那个动作而已。矮人看戏何曾见,只是听人道短长,大人说车来了,自然就是来了。后来我们居然也能看出车来了,因为身体长高,还有目力增长,其实也都不是,但那就是成长。

因为这是一趟城乡路线,车次并不多,常坐车的人都有一个车次表,以便了解车来的时间。这张表上班的放在钱包里,上学的放在文具盒里,当然记忆力超强的人则是记在心里。很多人几乎半生都在乘坐它,它已经成为某些人的班车,比如永红中学和傅村中学的教师,他们很多都是从市区分配到郊区的;也比如永红工业区的很多工人,他们有相当一部分都是市区人,每天往返;再比如就是包括我一家的知青及其子女的群体,因为我的父辈在天津近郊下乡,所以,这趟157就相当于一条返城的列车,让我们把类似从南京、从乌鲁木齐等城市的远归缩短了距离。当然乘坐者最多的还是永红工业区的工人,虽然随着工厂的逐渐衰败,随着时代的飞速进步和交通更加便利,这个车作为班车的作用在减弱,但它也还曾延续在下一代,又绵亘了许多年。一个时代痕迹的消失,是要很久才能完成的。

157的终点,是在河西区气象台路上的东风里。四十多年过去了,那个地方几乎还是先前的老样子。就连站台都是原样,只有一间小房,一个窗口。这种停滞是有些令人惊讶,也有些令人感动的,一个普通的车站,能够保持着时光记忆,已经是一个奇迹。这个车站,地域狭小而逼仄,连一个存车场都没有,它不像很多车的终点站,有一个大院子,车辆来来回回盘旋穿梭。这里一般只有一两辆车停着,来一辆则走一辆,节奏基本如此。现在想来,永红工业区也没有存车场,那么,那些车在夜间歇车的时候都存放在何处呢?我不知道。其实我对157知道的也并不多。

在相当长的时间里,157占据着津涞公路,承载着运输功能,我在它的车里摇晃着成人,世界也在渐渐改变。我也只是在偶尔的时候才能想起,它现在依然奔驰在我故乡的土地上。

曾经辉煌的“杨师”

龙　楠

“杨师”，即杨村师范学校的缩写，于1941年7月开工兴建，1942年9月正式招生。初名河北省立杨村简易师范学校，属河北省“津海道”管理、面向道区招生的学校，以后曾数易其名，今属天津师范大学。

关于为什么要在杨村创办这所学校。1942年8月5日《新天津报》曾做了诠释。据这篇《津海道尹莅杨视察师范学校》的文章载：“津海道尹王绪高先生，为普及农村教育，造就人才起见，特择定杨村镇东完全小学旧址建筑师范学校。”为推动建设进度，王绪高还亲自于当年的8月4日，在武清县知事（县长）牛惠清、警备队长柳士平、杨村警察所所长赵佑文、办事处处长杜和庭、乡长赵子仪等各方负责人陪同下，莅临杨村施工现场进行考察。

另据1942年8月23日《新天津报》的《武清县省立师范预定九月中旬开校》一文载，河北省立师范学校总预算为31万元，其中,建筑费16万元,由津海道负担;设备费15万元,由河北省负担。自去岁7月开工以来,即告竣工。预定9月中旬正式招生,招生员额为200名。另在该校附设完全小学,亦在9月面向各县招生。

值得一提的是,县知事牛惠清在《告民众书》一文中,曾提及为省立杨村师范建筑费用而募捐的情况。据该文介绍:"学校仅建筑费用就需15万元,这庞大的数字,究竟怎样筹措呢?本人为了减轻民众的负担,在可能范围内,绝不使民众摊款。两个月以来,他奔走于京津之间,向各位热心教育者谆谆劝募,现已筹集12万元。"由上可见,建设这所学校实属不易。

经过各方努力,1942年8月17日上午10时,第一期工程告竣。津海道假该校工程处举行隆重的落成典礼。津海道道尹王绪高亲临会场指导。县知事牛惠清率县署民政科、财政科、教育科以及警备队负责人一同参加。津海道尹王绪高致训词,他阐述了成立道区师范学校的重要意义,并希望在各方努力下,尽早完成第二期工程建设。

另据《武清县志》记载,1942年9月,杨村简易师范学校成立时,拥有教职工15人,由杨村氏糕干后人、乡绅杜和庭担任校长。当年招生时,设置初中班2个,初师班1个。学生总计114人。1946年增设了普通师范科。1947年始招后师学生(初中毕业后考入师范的称后师。与之对应,小学毕业考入师范的称前师)。新中国成立后,学校改称为河北省立杨村师范学校,隶属于河北省教育厅。1953年,拥有教职工62人。教学班18个,学生783人。其中初师班4个、195人,前师班2个、98人,后师班

7个、258人，另有初中班3个、150人，师资训练班1个、48人，师资短训班1个、34人。1961年，天津师范专科学校与该校合并，改称天津杨村师范专科学校，为大专校。1963年，复改为河北杨村师范学校（中专校）。1986年学校划归天津市，改名天津师范专科学校分校（大专校）。

杨师是一所具有近80年历史的老学校，在华北一带颇有影响。解放初期，杨师有不少学生报名参军，加入南下工作团。在新中国建设时期，大部分杨师毕业生被分配在党政机关及教育战线工作，为祖国的解放和新中国的建设事业做出了重要贡献。

鸭趣儿

了　然

旧时农村都起土垫一个高高的庄台子，围绕着庄台子都要有几个坑塘，挨着坑住的人家，往往就爱养鸭子，鸭子是水禽。

鸭子不具备孵雏儿的能力，可能就是因为它是水禽，趴在窝里不动劲儿二十几天，它们做不到。那么小鸭子是怎么出来的？在农村，养鸭子也需要一定比例的公鸭，只有经公鸭"踩"的鸭蛋才能孵出小鸭子来，这和其他动物例如鸡、鹅是一样，是个交配以及受精的过程。人拿着鸭蛋，冲着太阳，用手遮住光留一缝儿，单眼吊线一照，就能看见里面有受精卵没有，若有，就找只抱窝的母鸡开始孵窝。抱窝的鸡也要出去吃食及屙屎，人就趁此机会把鸭蛋倒倒个儿，经过四七二十八天，蛋被啄破壳，一只毛茸茸的小鸭子就出世了。孵鸡则是三七二十一天。小鸭子出壳后，抖抖身上的毛儿，打一个沉儿，就能吃些温水泡过的小米儿，然后一天一天长大。有句俏皮话儿，"鸡孵鸭子——白忙活"，讲的就是母鸡抱窝，孵出来却不是自己的后代，而是鸭子。

20 世纪 70 年代，在农村时兴赊小鸭，清明前后，有鸭贩子骑辆大铁驴（铁管自行车），后驮长方形竹笼箱，到村里赊小鸭。为什么要赊？要确保母鸭，秋后算账。如是母鸭，按鸭贩小本子上记的数付账，出了公鸭，则分文不收。那时人与人之间的信任如此。然而却从来未见过赊小鸡的，那是公母自选，全凭经验。

过去农村养的鸭子几乎都是麻鸭，个头儿小，褐色间有发黑毛，脖颈处有一圈儿泛着金光的亮绿色毛。此品种产蛋量高，大约月产十五只至二十只。偶尔也有养湖鸭的，个子稍大，通身白色，几无杂毛，产量就稍少几个。养鸭子都是为产蛋，我们这里没有养那种填鸭的，人为要鸭肉的，那鸭子就没了自由，整天“蹲”在特制的笼子里，动弹不得，一天三四遍地填食。左手提起鸭脖子，右手把攥成汆汆状的食品硬填进鸭嘴里，再抻脖子，使其下咽，接着捋脖子，直填得满满的不能再填，大约百十天，一只填鸭就能长到三四斤，够个儿，达标，外卖，填鸭的一生，就是硬填强塞的喂食和蹲膘的过程。

鸭子分公母，小时只凭叫声，长到一个多月，小母鸭就能发出嘎嘎的响亮叫声，而小公鸭不然，沙哑着样子似在叫，但出不来嘛音儿。这种声音就是“公鸭嗓”。

鸭子放出鸭窝就不管不顾的，撒丫子往外跑，奔坑塘去，凫水找食，也是撒欢儿，那是嬉戏的一天。鸭子可以倒立，嘴深入坑底觅食，鸭屁股直立立地朝天，两只鸭掌蹬呀蹬的，在水里呆很长时间。麻鸭吃饱喝足就相互追逐，在水中“踩蛋儿”，扇着翅膀，大声叫着在水上如飞地行走，任水上留下一串涟漪。它们玩美喽，就到少人的坑边抖着翅膀，抖去身上的水珠，用嘴舔着羽毛,仨一群俩一伙儿的懒散地晒太阳。

让养鸭户烦恼的是鸭子贪恋水面,而不恋家。鸭主人差不多每天都要到坑边去赶鸭子,甚至是逮鸭子。那笨鸭子,貌似好抓好逮,然而它依靠水,可以和人周旋。它们待在水里任你“鸭鸭鸭鸭”地叫,它们从来不听招呼,还是悠闲地游它们的,这可急坏了主人,你追到东,它扭着屁股又下了水往西游去。用一根长竹竿,拴块带色的布条去轰,而那竿再长,也不及水面的多少分之一,真是竿长也莫及。后来是在坑两边,两人用绳子拉,这招灵,但又出问题了,不同主儿的鸭子,就近去了一家,恋群喽,同一品种又不好辨认,就有发生纠纷的。于是,各家就在翅膀处拴上布条儿作为记号,也有抹上红绿油漆的。不把鸭子找回家,据说也没不了,但鸭主儿养鸭的目的是吃蛋呀,鸭子不回家,把蛋就下在坑塘边了。坑塘边的勤俭人家,天刚亮时就围着坑转悠,总会有收获的——拾到鸭蛋。

鸭子在坑塘里难觅到饱饭时,也会回家,它们摇摇摆摆,嘎嘎地叫着回家。摸着规律的主人,此时为它准备了“饭”,鸭子会脖子一伸,嘴像小簸箕,滔滔地往嘴里“逮”,然后抻脖儿,一扬脖儿咽下去。这个现象,又有一个名儿,叫“鸭子逮死食”。

早晨撒窝,捡到鸭蛋,这就是鸭主人欣慰的时候。攒到一定数量,主人会先用温水沏盐水,之后放入鸭蛋,搁个十天半月的,洗净,随贴饽饽的大锅蒸上几个,熟后磕开,那鸭蛋黄子是红彤彤的,流的更是红油。吃起来,沙沙的,那叫一个香。

父亲脱坯

南北萍

临近解放，母亲从运河东的一个村子嫁到河西的婆家。父亲英俊能干，庄稼院内外的活儿，样样拿得起放得下，母亲自然满心欢喜。时间一长，姥爷也知道姑爷能干，闲着聊天时，免不了和老头们显摆。父亲到丈人门上去过几次后，那村上有个叫范留根的，和姥爷家住得不远，也是那村上挑号能干的小伙子，和父亲惺惺相惜，很投脾气。

那年春天，姥爷让父亲去给脱坯。都说他家姑爷能干，村里有些年轻人不服，趁这大场上脱坯的机会，跃跃欲试，要把父亲比下去，不让外来的姑爷在这显能。父亲到那一看就明白了。范留根也在，热情过来打招呼。父亲心里觉得姥爷多事，可既来了，也只能笑着应承，下场干活儿。

运河岸边的老家有句老话：挖河，打堤，拔麦子，脱坯。概括了这一带农村四大累活儿。脱坯是辛苦活儿，更是经验技术活儿，先用铡好小段的麦秸和挖好的泥土加适量水，反复和泥，直到均匀有劲儿。有经验的脱坯好手，抄起一块泥来，就基本是一块坯的量，放坯模子里幢满，双手在旁边水盆里一过，坯面上一把抹平后起模，接着往后脱。要是总多了少了泥的找补，就快不了。好手脱出坯来，块块见棱见方，不堆乎不塌角，看着就结实，一拉溜儿直线排列，块块间距，像用尺子量的，基本不差。

姥爷村上几个年轻人既存心比试，个个使出能耐，赶忙快脱。父亲不慌不忙，伸手不多不少，一块好坯就出来了。怕孙女婿露怯栽面儿，让人“坐了洗脸盆”（坐洗脸盆是脱坯的俗话，指人家坯脱得快，把你身后要用的地方占了，你没地方再脱，是丢面子的尴尬事），太姥爷拿着把腻抹子，紧着帮父亲弄坯模子里的泥。腻抹子像带个木头把的大巴掌，平滑如镜的薄铁板前端是桃形尖头。父亲说您快别弄了，碰破我手就麻烦了！太姥爷这才停下，在旁边悬着心。

终于完活，那几个年轻人气喘吁吁，不顾擦汗，满场院看。有人看看父亲那边说：也就这样啊，跟咱们也差不多呀。范留根是行家，听这话“呸”了一声说：别不知道寒碜了！人家给留着面子呢。看你们一个个汗巴流水的，再看看人家？再看看坯，人家一溜儿多少块？那坯什么样？你们多少块？那坯什么样？能用吗？几个年轻人仔细一瞧：一溜儿三十来块坯，他们比父亲这边平均少三五块，还赶落得歪斜不齐，不少堆乎塌角的，和父亲那边整齐划一、块块见棱见方没法比，都不说话了。范留根带几人过去，和父亲亲热寒暄，太姥爷的心也落了地，赶紧张罗去吃午饭。酒桌热热闹闹，年轻人一说一笑间释怀，父亲“二姑父”的官称在姥爷家门上更响了。

用生命为性情“背书”

方于月

喜欢跟性情中人打交道，在我看来，一个人敢于在公开场合体现出烈火般的个性，一定是内心有深深的坚守，这种坚守使他不惧怕丧失世俗的一些东西。

1918年至1920年，著名哲学家熊十力曾在南开中学任教。某天，他致书时任北大老师的梁漱溟，说：“你在《东方杂志》上骂我的话颇有道理，希望有机会晤谈。”原来，民国初年，熊十力曾在梁漱溟主编的《庸言》上发表过批评佛家的札记，梁漱溟在1916年发表文章评议古今中外的各种思想流派，独推崇佛法，并点名批评熊十力“愚昧无知”。1919年暑假，熊十力从天津来到北京，与梁漱溟一见面就讨论佛法，由此开启了两人将近半个世纪的友谊。

按照一般的情形，有人在报刊上公开批评自己，而且使用的是比较尖锐、激烈的措辞，被批评者不会太高兴，更难产生与对方深谈的愿望，熊十力却能反众人之道而行之，他的这种抉择既见出一个学者的谦逊,也体现出了大度。

《申报》经理史量才也是极具性情的人。这位民国时期最杰出的报纸资本家觉得“国有国格,报有报格,人有人格”,不愿意被别人左右自己的办报方向。1915 年,袁世凯称帝,下令改 1916 年为“洪宪元年”,史量才对此极为反感,1916 年元旦,《申报》依然公开沿用“民国五年”纪元。袁世凯气得胡子都竖起来了,敦促内务部电令沪海道尹公署查办,威胁取缔《申报》。史量才看到公文中有“查照办理沿用民国五年者”的字样,巧妙地钻了个空子,在刊头上去掉“民国五年”,却故意不加上“洪宪元年”字样,还要原文转载内务部电令,他的这种类似黑色幽默的做法使一些深知其为人的读者忍俊不禁。

与熊十力式的性情相比,史量才体现出的性情其实更加难得。前者需要的只是放弃一点“面子”,而后者则需要对滥用的权力、对外在的巨大压力进行英勇的抵抗,这种抵抗轻则可能造成报刊被取消,重则可能让当事人丢掉性命。20 世纪 30 年代,史量才因为发表批评国民党当局的文章,面对蒋介石的威胁依然拒绝作出改变,最后被国民党特务枪杀在沪杭道上。

“会来事”的人常常天然地拒绝性情,他们觉得“枪打出头鸟”,性情鲜明的不会有什么好果子吃,只是他们唯独不明白一个道理:当所有的人都泯灭性情,一个社会就会变得是非不分、黑白颠倒、弱者被欺、戾气横行,我们的生活、工作、事业就会无形增加许多物质与精神的成本;一个人、一群人体现出性情,虽然可能让自己遭遇某种危境,却也给其他的人确立了精神的标杆,使大家明白:真正的情怀、不惧的承担、生命的意义在哪里。

自愿显露性情的人多了，那些鬼鬼祟祟的人就会大幅减少，社会就会变得更加适合人的生存。

一个人对这片土地最高的善意，莫过于将自己的灵魂坦诚地交出，说自己想说的话、做自己爱做的事，不计得失、不惧危难。所谓“正直”，所谓“坚守”，说到底，无非就是敢于用自己的生命为性情“背书”。

红旗大弯梁

王守训

看着到处可见的方便、舒适的小单车，让我想起了1973年买的那辆28式红旗大弯梁自行车。

难忘它，伴我23年骑行于河东区、南开区、河北区大街里巷之间，春夏秋冬、风雨无阻上下班，从不缺勤；难忘它，16年被挂上液化气罐，来往于家庭和煤气站之间，以解燃眉之急，煮饭、炒菜，生活无虞；难忘它，6年被装上挎斗，每周接送幼儿园、全托的一儿一女，奔波在周末、周初的路上，带来假日的天伦之乐；难忘它，多次陪我骑行六七十里地，回乡探望老家的亲朋好友，嘘寒问暖，以解思亲思乡之情；难忘它，载着我带领中青年干部培训班十几名学员，骑行到杨柳青天津战役前线指挥部、石家大院、森林公园，学习、考察，上课培训；难忘它……

大弯梁自行车给我带来了方便、快乐，立下了汗马功劳，令我难忘。最终因“劳累过度”，大梁开裂，不能再骑，又于1996年换了一辆26式飞鸽车。如今我已耄耋之年，健康尚可，以20式飞鸽小车代步，短途出行，确保安全。自行车，在那个年代是工作生活离不开的，有辆车骑，那是很幸运的了！如今，哪还有几个人骑自行车上下班了，就是骑，也不再花钱买车，而是拿手机“嘀”的一声，开一辆小单车走人，不再为存车、修车、打气、擦车所累了。更何况，乘公交、地铁还方便、省事。当然，也有部分人开着私家车出行，快是快了，有时又为存车难着急上火。如今，人们出行的方便、快捷，都得益于国家经济建设社会发展、改革开放的成果。

吴家窑"小稻地"

张　建

吴家窑"小稻地",在20世纪70年代以前还是挺有名的,因为它是少有的镶在城市居民区内的一块说大不大、说小不小的农田。

"小稻地"东邻吴家窑二号路,西依吴家窑三号路(后改称气象台路)。北起新中里,南至天津电子仪器厂围墙。东西长约270米,南北长约300米,合计有130多亩的样子。这是1951年建设天津医学院,1952年兴建吴家窑新村,1958年兴建新建村和天津电子仪器厂,1963年建设新中里之后空出来的农业用地。直到1976年至1979年才陆续填埋,在此建成了新兴里、新河里以及新兴电影院、市煤气公司等。所以,提起"小稻地"这一带居民没有不知道的,或多或少都留存着挥之不去的记忆。

我家离"小稻地"直线走也就300来米,但比不上卫津里和吴家窑新村八段的居民,他们一出门就是"小稻地"。记得1964年5月,父亲把我带到卫津里姓苗的同事家,告诉我白天跟哥哥、姐姐们玩，中午把带来的饭菜热一热吃，下了班再接你回家。苗家也是一间平房，出了胡同拐两个弯，就能看见“小稻地”，沿稻地西侧有一条四米多宽的河沟，向南一直延伸到墙子河泵站。苗家有四五个孩子、三个秃小子，他们整天带着我东玩西玩，到了夏天就生拉硬拽到“小稻地”河沟子里瞎扑腾。河沟子里的水是浑浊的，沟底全是黏糊糊的淤泥，水深半米左右。那时我还不会游泳，也没觉着害怕，并且学着他们的样子在水里蹚来蹚去，用脚丫子踩地梨儿，那是一种球状根茎，外表是黑色的，周身长着“胡须”，咬开是白瓤，放在嘴里带点甜头儿，但十有八九是坏的。再有，他们还教我在河沟子里摸鱼，也是用脚试探鱼的动向，一旦感觉鱼儿摩挲你的小腿或脚面，就下沉到水里，睁着眼查看鱼的位置，然后两手合围将其擒获。由于我年龄小，既没力气又没技巧，抓着鱼也挣脱不过。后来我胆怯了，因为水里有蚂披（天津人的叫法，学名蚂蟥）。据说蚂披能钻到人的躯体里吸干血液，我确实看见过他们的腿肚子上爬进半截儿蚂披，见过他们用鞋底子使劲抽打腿肚子，让蚂披自己退出来。他们说不能拿手扽，越扽钻得越快，要是扽断就麻烦了。好像卫津里的孩子从来不怕蚂披，他们甚至把蚂披放在手心里，然后轻轻揉搓成团儿。

“小稻地”当然因种水稻而得名，却也不是年年栽种水稻，隔两三年轮种一次莲藕，说是减少病虫害，使土地更肥沃。水稻长起来的时候，葱绿葱绿的非常壮观，到了收获季节更是金灿灿耀眼，看着就高兴。而改种莲藕后，摇曳的荷叶和亭亭玉立的荷花，把新村装点得生机勃勃、芳香四溢，真可谓“蛙声喧夏夜，鱼影动荷塘”啊!

隔着“小稻地”可以望见东面的新建村楼房,我们管那边统称“大楼”。也许因为年龄小、个头儿矮,总觉得离我们这边老远的,每去一次“大楼”就跟偷渡似的,不仅要跨过那条河沟子,还要沿着湿滑的田埂走到对面的土堤上。土堤南侧矗立着电子仪器厂的铁丝网围墙,由于木桩根基太浅,铁丝网向外倾斜得很厉害,看着岌岌可危,路人都歪着脑袋,生怕被铁蒺藜扎着。我每次“跋山涉水”去趟“大楼”,只为到那里的文具店买几支彩色铅笔或几张书皮纸。

真正与“小稻地”亲密接触,就得等到冬天。那时“小稻地”光秃秃的变成了空旷无边的荒地。一些人在河沟子里滑冰,另一些人在冰凉梆硬的田地里放风筝。说是滑冰,其实就是单脚踩着竹坯子,在冰面上瞎出溜儿。说是放风筝,根本就没有几个像模像样的,全是自己临时糊的,纯粹为了来回跑着玩。

南蔡村有个“飞刀赵”

龙　楠

80多年前，在南蔡村集市上，曾有一位卖熏肉的“飞刀赵”，由于他切肉的技术高超，加之他的肉制品味道独特，所以吸引了来自四面八方的食客。

南蔡村坐落在北运河西岸，是武清远近闻名的古镇，现为南蔡镇政府所在地。据史载，早在汉朝时，该镇即有人口定居。辽金时有蔡姓定居于此，故此得名。元朝时，已是武清境内重要的漕运码头。“绿返平芜欲化烟，一番风雨润沙田。农夫笑指村前路，今岁桃花胜往年。”这是津门著名学者、清朝诗人梅成栋乘舟路过南蔡村时吟诵的诗句。诗中描绘了200多年前的南蔡村，无尽的田野，桃红柳绿的运河风光，把南蔡村装点得如诗如画。

南蔡村不仅风光秀丽，它还是一个重要的商品集散地。清朝时，南蔡村码头囤储了大量砖瓦、木料，以供应京城之需。南蔡村镇北3里，至今仍有“砖厂”村名，即为佐证。

另据康熙十二年(1673)《武清县志》记载，清朝初期，武清县设有集市11处,南蔡村位列其中。每逢阴历的二、四、七、九为南蔡村集期,每月有12个固定集日。集市地点位于北运河西侧的十字街上,与东侧的运河码头相连。每当集期,南来北往的客商均可上岸交易,使南蔡村一度成为武清县仅次于河西务和杨村的最为繁华的运河小镇。南蔡村集市上曾有一位传奇的“飞刀赵”,其刀法娴熟,颇见功力。

1942年10月30日出版的《新武周刊》载,在南蔡村集市上,有一家规模不大的饭铺,饭铺门前站着一位卖肉的师傅。他长方脸,中等身材,身体微胖,穿着一件白布小褂,系着一条白围裙,年龄在50岁上下。他的旁边,放着一张桌子,上面放着香肠、肚、肘花、大肠等熏肉制品。桌子后面,则立有一块直径二尺半、高约三尺的“大切墩”,上面放着一柄长八寸、宽四五寸的雪亮钢刀。钢刀的刀刃很薄,“好像可以割断空气”。在集市上,肉铺的周围全是买主,人人手里拿着钞票。他把票子接过来,同时,他那柄大刀,便迅疾地抄在他的右手上,肘花、熏肠等很快都被拿到左手上。众人的眼睛“忽然变得太笨,看不清他手上刀之起落,只看见香肠等像长了腿似的,从他左手指向刀下爬,好像织布机的梭子。霎时又‘拍’的一声,他右手向肉上一盖。那柄刀,忽地向左手横撇过来。不要紧,那左手丝毫不伤,已经随着刀托着切好的肘花等,装在纸包里了”。他用片刻的工夫,打发了十几个买主。这些买主回到家,打开纸包一看:4毛钱的香肠,6毛钱的肘花,全是有条不紊,整整齐齐地伏着。用手拈起肘花一看,薄厚刚好半分多,既不太厚,也不太薄,正好适合下酒吃。据南蔡村健在的老人讲,文章的作者所描绘的情形属实。

当时,前来赶集的人,经常借买酒菜之机欣赏“飞刀赵”的绝技。至今,提起“飞刀赵”,一些生活在当地的老年人仍津津乐道。

老河滩

杨振关

每次回故乡，再忙，我也要抽空去老河滩转一转，那里给我留下了好多难以忘怀的美好记忆。

老河滩在村的东头，长长的两条河堤，中间夹着一片三四百米宽的沙滩地，结满果实的庄稼在秋风里摆动着绿叶，格外地让人喜爱。这里曾是筐儿港河故道，筐儿港是个小村庄，地处北运河东岸。1949 年前，北运河多次在这里决口，竟然冲出了一条河道，取名筐儿港河。浑浊的河水裹卷着大量泥沙，在下游处沉淀，年年增高着河床，一来二去的，河床竟高出了地表，为了框范住汛期汹涌而来的洪水，只得不断加固河堤。1949 年后，治理了水患，北运河决口的事便少之又少了，筐儿港河断水断流，成为故道，高出地表的河床成了肥沃的滩地，乡亲们称之为老河滩。老河滩是村里最好的土地，由于地势高，解放初期的十年九涝，涝水也没流进过老河滩，还因为滩地，含沙量高，土质松软，最适合庄稼生长，特别让我们喜爱的是这样的沙土，还具有炒玉米花的独特功能。

故乡有“腊月初一崩一崩，一家老小不生病”的习俗，崩的材料主要是玉米粒，再有就是老河滩的沙土，如果光炒玉米而没有沙土相伴，放入大铁锅里“崩”出来的是黄熟的玉米粒，没有花，放进去多少，“崩”出来还是多少，体积并不大显胀。而有了老河滩的沙土掺杂其间就是另一种样子了。铁锅里，先把沙土炒热到烫手，然后放进去玉米粒，用铁铲不停地翻炒，不大一会儿工夫，锅里就热闹开了，你就听吧，爆竹一样，砰砰的声音响成一片，再看锅里，棉朵样雪白的玉米花在里面胡乱蹦跳，一会儿就跳成了大半锅，奇怪的是，从沙土里跳出来的玉米花竟不带一丝沙尘，荷花样出淤泥而不染。

20 世纪 60 年代，大搞农田基本建设，取老河滩的沙性土与其他地块的黏性土相掺和，以使板结的土质变松软。劳动中，社员竟获得了意外收获。有的挖出了一串锈迹斑斑的铜钱，便你两枚他三枚地发放给大家，回家做成鸡毛毽子让孩子们玩耍；有人挖出了几块破木板，据说是古老的沉船，古老到什么年代，又谁也说不清楚，木板糟朽不堪，谁也没把它当个物件看重，堆在那里，风剥雨蚀的，时间不长便烂掉了。只是后来挖出个镀金的小铜佛，这才引起了重视，觉得是个宝物，送交给大队，再由大队转交上级文物部门。常听上点年纪的老人讲，老河滩地下埋藏的宝物，远不止这些，只是故乡的人们，淳朴善良，遵纪守法，多年来，从未有人刻意地从地下寻宝，偶尔发现一件两件有价值的物件，也要由村集体送交上级文物管理部门。

三年困难时期，政策上允许村集体拿出部分土地，作为自留田按人头分给社员耕种，老河滩便成了全村社员的自留地，从此这里便多了个热闹，尤其一早一晚，在生产队集体劳动的出工前和收工后，你就看去，鸡没叫呢，这里便有了劳动的身影，明月都高高升起了，劳作了一天的人们，仍有不少忙碌在各自的田地上。本来就土质肥沃，再加上人们的辛勤管理，使得庄稼的长势格外的鹤立鸡群，以致后来在“割资本主义尾巴”运动中，成了被批判的典型。同时也为再后来的改革开放，实行土地承包责任制，让乡亲们从思想上，看到了丰产丰收的美好前景。

故乡的老河滩，我心中永远的怀念。

茅盾:一生在矛盾中

谷 晞

2021年是中国文学巨匠茅盾先生逝世40周年,也是“茅盾文学奖”设立40周年。粗略捋了一下茅盾的85岁生涯,感觉老人家一生充满矛盾,一直在矛盾之中。

(1)最早党员与辞世确认。茅盾先生1896年出生于浙江省桐乡县(今桐乡市)乌镇,年少时就表现出优秀的文学天赋。1920年他与陈独秀、李汉俊等人结识,参加上海马克思主义小组,转年中国共产党成立时,茅盾已成为全国50多位中共党员中的一分子。而且在他的影响下,与他同班的张闻天也加入了中国共产党。1925年至1927年他参加国共合作,担任宣传工作。那时,他是活跃的职业革命家。1927年大革命失败后,蒋介石对共产党人疯狂屠杀,历练了茅盾现实主义的文学观,强调“为人生而艺术”。他参加了“左联”,在文学创作上出版了轰动文坛的“蚀”三部曲。20世纪30年代初,他的扛鼎之作《子夜》《林家铺子》相继问世,奠定了他在中国新文学实践中的地位。

然而，就在这一段时间，他与党组织失联了。1931年他向瞿秋白提出恢复组织关系，后也见到过周恩来，1940年在延安曾向张闻天提出恢复党员身份。但是，他的政治面貌都没有予以明确。1949年新中国成立，他出任中华人民共和国文化部部长。那时，组织对他的交代是“留在党外，能起到对党更好的作用”。茅盾接受了，而且历次政治运动安然无恙。1981年病危弥留之际，他再次提出公开恢复党员称号，胡耀邦指示：“茅盾的党龄从1921年算起。”

（2）文化创新与恪守礼教。探寻茅盾的文学足迹，不难看出他所走的道路一直与革命和创新结伴而行。1921年他主编《小说月报》时，坚决反对附庸风雅和无病呻吟，强调联系生活“写实”和“叙事”。他这种务实的文艺观，与鲁迅先生的无产阶级劳苦大众的文艺方针不谋而合。所以，他创作出《子夜》，揭露上海各阶层人群的生动形象，将暴露文学的特色挥洒得淋漓尽致，像银行家、实业家、军阀、政客、交际花、医生、包工头子、纺织工人、落魄地主，以及形形色色的人物绘成上海滩的社会底色，各种面目跃然纸上。这些人物不是浮光掠影，也不是概念印象，都把他们的灵魂揭示得准确而给力。他的短篇《林家铺子》中人物不多，文字较少，却再现“大鱼吃小鱼，小鱼吃虾米”的社会生态。其中“被压迫者”一旦反过劲来，又成为新的“压迫者”。《林家铺子》成为观照社会的镜像之窗。他的作品十足地透着新文化运动的风骨，受到鲁迅、瞿秋白等的赞赏。在文学方面他的开创精神、革命性与大众性，在中国文学史上都留下了深深的印痕。

茅盾在文学上闯出广阔而深邃的现实主义道路,但在生活上又是一个旧礼教的恪守者。他在五岁时祖父抱着他玩,便与门当户对的孔家订下娃娃亲。待他成人后已经是北京大学预科生,家里让他与孔家目不识丁的小姐孔德沚成亲。一个是当年的“高知”,一个是文盲村妇,居然入了洞房。那年他 20 岁,对“父母之命媒妁之言”是笃信的。这有点儿与鲁迅、胡适、季羡林类似。茅盾毕竟是文化人,1928 年茅盾经陈望道介绍与川妹子秦德君女士相识,原本为赴日本途中互有照应。不料,两人在异国他乡却擦出爱情火花,过起同居生活。世间没有不透风的墙,茅盾移情别恋的消息传到孔德沚耳朵里,先是不信,后而确凿。茅盾母亲安慰儿媳:“不怕,我儿会转念。”秦德君三年内为茅盾流产两次,回到上海筑起爱巢。此时,孔德沚发起“爱情保卫战”:一哭、二闹、三上吊。在家庭和舆论的压力下,茅盾只好回心转意,破镜重圆,直到与原配终老。

(3)上百笔名与“矛盾”“茅盾”。1927 年,大革命失败,茅盾被迫隐居在上海。他在血雨腥风中用笔来宣泄心中的愤懑,于是创作了小说《幻灭》。小说是写蒋介石大屠杀后,白色恐怖笼罩下,青年人在迷茫和惆怅中一次次美好的梦想被严酷的现实击得粉碎。茅盾投稿到许多报社,却屡次遭拒。这使得他内心十分矛盾,于是他在手稿上署名“矛盾”。茅盾本名沈雁冰,在此之前用过上百个笔名,如玄珠、微明、止敬等。他把稿子最后交给了《小说月报》的编辑叶圣陶,叶圣陶认为小说很好,但是看了这个署名却提出了意见,认为这个名字是个哲学名词,不像一个人的名字,且“矛”不像是姓氏。并且在当时那样的环境下使用如此尖锐的笔名容易惹祸，就自作主张在“矛”字上加了一个草字头，改作“茅盾”。沈雁冰对这一改动很满意，以后就一直以此为笔名。

（4）茅盾的创作特点：选材的注意力一直放在那些具有重大意义的事件上，捕捉和传达那些新近发生的重大事实，将当代重要的政治经济事件作为自己的创作题材。作品是相当接地气的。茅盾在这些事件尚未从当代人的印象中消退时，便将它们纳入和熔铸在自己的作品中，在读者中引起共鸣。他的大多作品都可以说是中国现代革命史的文学大事记，是纪实的文学报告，是中国现代革命史的现实主义的编年史。通过一个历史时期广阔、复杂的社会现象，以反映这个时代的本来面貌。所以，20世纪20年代末至30年代初，是茅盾文艺创作的黄金期。茅盾是1896年出生的，中共在重庆举办茅盾50岁寿辰暨从事创作25周年，他的著作颇丰，且探索出一条革命文艺的道路，成为共产党人文艺战线上的一面旗帜。

1949年新中国诞生，他身居要职，当之无愧地成为文坛的掌门人。他创办《文艺报》《人民文学》等报刊，在肩负着繁重的行政工作的同时，还发表政治性、政策性的评论和批评文章100多万字。最难能可贵的是，他的批评文章里没有戾气，没有打棍子、抓辫子、扣帽子，总是平和平易，与人为善，他在文艺界的人缘较好。他对后来成长起来的一批作家包容扶持，如柳青、姚雪垠、陆文夫等，对他们写“中间人物”没有杯葛，这在一定程度上缓解了“左”的风气。

但是，后来他在创作上似乎“江郎才尽”。他担任高官时53

岁，按说也在盛年，应当是创作的高产期。这对于他个人来说是一个巨大的损失，但他的心一直记挂着中国文艺、中国作家。他把主要精力用在引领中国文艺的发展上，按照周而复的话，他是文艺界“永不陨落的巨星”，带领千万文艺工作者前行。1981 年 3 月 14 日，茅盾在逝世前决定，将自己一生稿费积蓄捐赠给中国作协，以创设“茅盾文学奖”。40 年来，茅盾文学奖已经举办了 10 届，获奖作家 43 名，天津市青年作家孙力、余小惠夫妇名列其中。

泗村店走出名中医夏厚甫

堤　南

“洞症为饮上池泉，服务人民老更专。最喜藏书多善本，溉沾后学好承先。”这是笔者在柳学洙所作之《医林杂咏》(旧体诗集)中，所看到的一首题为《夏厚甫》的旧体诗。

据柳学洙在序文中介绍，夏厚甫，武清泗村店村人。“先生早年在北京学医，藏珍本医书甚多。后回乡定居，从事医疗工作，专心为老百姓服务。1975 年逝世。”柳学洙引用《史记》中有关扁鹊饮上池水后能洞见症结的典故，来评价夏厚甫先生，足见其医术之高。

另据夏厚甫晚辈亲属介绍，夏厚甫原名夏裕荣，生于 1890 年，属虎。年轻时曾在北京太医院学徒，出师后一度在太医院从医，经常给达官贵人看病。据 1941 年 8 月 20 日出版的《新武周刊》载，武清县曾组织首届中医检定考试，在及格录取者 105 人中，即有著名中医师柳学洙及夏厚甫。正因为有此机缘，所以，柳学洙与夏厚甫很早就认识，并成为同道和知交。柳学洙对夏厚甫的评价,当可以作为依据。

另据文史爱好者侯立萍老师(泗村店人)介绍,新中国成立前,夏厚甫曾在泗村店开设中医诊所,周边十里八村的居民都找他来看病。其诊所的地点位于今泗村店蜈蚣街中段的夏家胡同,与原泗村店卫生院正对门。夏厚甫专攻中医妇科等,对治疗疑难杂症独有专长,受益者遍及附近村镇。她的这一说法也得到了夏厚甫晚辈亲属的确认。据介绍,夏厚甫从太医院出师不久,即在北京故宫附近开设了一家私人诊所。约在 1930 年前后,夏厚甫因其父出现眼疾,被迫由北京返回老家。回乡后,他在泗村店村开设了一家名为“庆仁堂”的中医诊所。当时,城关、蔡村、泗村店等周边方圆数十里内的老百姓均慕名前来看病。很多有钱人,还用牛车、马车甚至轿车接送他。

夏厚甫在诊疗时,始终坚持“治病救人”的原则,急病人之所急,想病人之所想。据亲属介绍,由于泗村店一带地势洼下,且经常是十年九涝,故当地百姓生活一直非常困难,所以到他诊所看病的人,以穷苦百姓居多。很多人实际上并没有钱看病,所以,药费只能赊欠。由于闹水以及赊欠原因,以至于诊所进药都存在困难,甚至到了不能维持运转的地步。迫不得已,夏厚甫于 1952 年,将其诊所搬迁至地势相对较高的南蔡村镇(距离泗村店八里)。1953 年,恰好赶上实施公私合营,夏厚甫连人带诊所一齐归并南蔡村乡卫生院。夏厚甫因之也成为该单位的一分子,直至退休。

“医术高明、医德高尚、藏书甚富、善于养生。”这是全国名老中医、天津中医药大学教授、博士生导师陈宝贵先生对夏厚甫所作的评价。据陈先生介绍,柳学洙是名中医张锡纯的关门弟子,他与夏厚甫交谊甚厚。柳学洙之所以特别敬重夏厚甫,一方面是因为他人品极好,为人敦厚;另一方面也是因为夏厚甫医术之高,非别人可以企及。

“促退派”公社主任

石　波

1970年，是我参加工作的第三个年头。一个秋风萧瑟的日子，全公社的中小学老师和各大队的革委会主任都集中到了中学礼堂开会。第一次享受和大队一把手平起平坐参加会议的“待遇”，感到有些奇怪：这是怎么了？正当大家议论纷纷时，公社革委会主任登场了。没有大话、没有套话，开门见山的几句与那个时代不太合拍的天津话迅即把大家的注意力吸引了过去。

“难得呀！今天所以要开个中小学老师和大队革委会主任的联席会，就是要讲一下关于老师们的待遇问题。”啊？大家吃了一惊。“在这个问题上，很多同志都是‘促进派’，而我却是‘促退派’……”“促退派”？我们更加吃惊。“促进派主张对老师实行工分制，我主张实行工资制；促进派主张让老师两个星期歇一天，我主张让他们一个星期歇一天……”这是真的？众多老师久藏于心底的话，盼望已久的愿望，今天竟通过公社主任之口，明白无误地表达了出来！主任分析说：“工资制和工分制，哪一个更进步？我看还是工资制要比工分制进步，既然我们农村的未来要实行大生产作业，要逐步过渡到更高的所有制，那么将来我们的分配方式也要逐步实行工资制。我们还有什么理由，有什么必要把比工分制进步许多的工资制拉下来呢？”主任接着说：“社员们守家在地。实行工分制，年底结算，并不影响你的日常生活。但老师们就不同了，他们也是一大家子人哪！就靠每月的那点工资维持每天的柴米油盐酱醋茶。你让他们也拿工分，也到年底再分红，那他们平日里吃什么？喝西北风去？”主任接着分析了为什么他坚持要让老师们一个星期歇一天的理由……句句动情，条条在理。一口地道的天津口音，夹杂着许多齿音字，却让我第一次感到了天津话的厚重、亲切和实在。

老师们听得情绪起伏，许多大队革委会主任的脸上也由阴转晴，渐渐地和我们一起发出会意的笑声。主任又谈到对犯有错误的老师的使用问题，说：“我不赞成把人一棍子打死。我主张，可定性可不定性的最好不定性；可戴帽可不戴帽的最好别戴帽。但有人会说，不戴帽怕他‘感冒’。我说，感冒了，你再给他戴上不就得了。而且，我看大多数的人也绝不会因为不戴帽子就‘感冒’的。”生动的比喻，诙谐的话语，使平静如水的会场爆发出一阵热烈的掌声。主任最后说：“我今天说的这些，大家有没有意见？如果没有，请各队、各学校把这几条落实好。谁也不准打折扣，不准偷工减料！”嘎巴干脆，掷地有声。主任的讲话结束了。大家仍觉意犹未尽，恋恋不舍地目送主任离开会场。一些家人在市里而自己一人在这里工作的女老师感动得流下了眼泪，大家议论着，交谈着。惶惑苦闷的心灵中有了一些慰藉、一些希望、一些踏实和一些勇气。

主任的这种“促退派”的风格在他后来到近郊一个公社当书记时又得到展露。他勇敢地写出了“学大寨要因地制宜。城市的近郊要多生产蔬菜，以保证城市供应”的文章，在《人民日报》上发表了。我从中更看到了他作为党的基层领导干部的那种责任担当，那种实事求是的态度和接地气的思想品质。

炉火剪影

杨仲达

入冬时节,想起先前的炉子来。北方的炉子有两种,一种叫烟筒炉子,即带烟筒的;还有一种是煤球炉子,即不带烟筒的。其实烟筒炉子也烧煤球,而煤球炉子也可能要烧蜂窝煤。这或许只是我记忆中母亲的叫法,它的主要区别在于烟筒而并非煤球。它们的功能不同,所谓煤球炉子主要是为烧火做饭,而烟筒炉子主要是取暖,当然也可以两种功能兼备。我说得比较拗口,想必过来人"于我心有戚戚焉"。

先前狭长而逼仄的杂院,一个炉子几乎就是一个厨房的全部家当,只是为了防雨,通常会搭建一个棚子,那棚子就成为厨房。而人则站在厨房外面,如果怕雨,那可以打伞嘛。一手打伞,一手掌勺,雨意绵绵,炉火熊熊,柴米油盐,归于一刻,此种滋味,不可言传。过日子的艰辛烦琐,也是乐趣。

炉子里的煤球原是黑的,燃烧之后逐渐变红,我因而时常会想起郭沫若《炉中煤》里的诗句——"我为我心爱的人儿,燃烧成这般模样。”煤球虽经火的炙烤，却烧出一颗红心来，又甘心无悔，而炉腔里都弥漫着燃烧而成的蓝火焰和白气体，缭绕不休，我很爱闻那种气味，是轻微的迷醉和眩晕，那就是生活的气息。尤其在快过年时，或慢蒸或爆炒，肉香、菜香以及米香，它们统统混合在一起，让生活的气息具体为口鼻中的一种独特的味道而形成春天的、快乐的气息。

过去的红白喜事，做事的人家都要找来一个大炉子，那往往是特制的，不是铁匠铺打出来的，而是由一个汽油桶改造而来，大而且壮硕。后来这种炉子逐渐消失，只是在街边偶尔可以看见，为烤山芋或者烙烧饼的器具。这是煤球炉子的限量版特大号。

煤球炉子四季皆有，可在户外，可在屋内，可以移动；而烟筒炉子则必在冬天，也必在屋里，不可移动。那么，这当然需要烟筒排烟，而此时烟筒又是个暖气管子，只不过它走的不是热水，而是热烟。因烟筒节与节之间存有空隙，会流出烟筒油子，于是往往会用铁丝拴上一个罐头瓶子挂在接口，以接住那些烟筒油子。在北方的冬天，常常会看到那些挂在烟筒上的罐头瓶子，被烟筒油子染黄进而熏黑，而也有泄漏的液体，滴在窗台上或者被子上，让生活变得斑驳不堪。

那时都是一间屋子半拉炕，孩子写作业，大人看电视，还有串门的来聊天，人人其乐融融，都没有私人空间；而炉子在冬天就是生活的节奏，添煤续火，持火筷子捅炉子，活动炉条擞炉子，用湿煤灰闷炉子，人将炉火肆意调理，炉火随人或燃或熄，或微弱或旺盛。炉火上烧一壶水，那水蒸气冒出的时候，咕嘟咕嘟，哗啦哗啦，充满热情，也充满了忧郁。炉火，水气，它们都是时间概念，日复一日，年复一年。

“罗衾不耐五更寒。”李后主的这句词说的是气温，而在五更的时候，炉火也往往灭了。冬天的早晨是清冷的。如果没有火，煤也是冷的。

那时候很多街区都会有一个煤场，只不过是或大或小而已。那些煤灰，都会在冬天的风里，四散飘扬，使得整个城市都蒙上一层灰蒙蒙的雾气。水泥地上如年糕一样，铺开黑色的煤块，再用瓦刀划开，晒干。楼道里，楼墙的外面，平房的前后墙壁以及房山，都会贴上煤饼，即使是揭去了，也会留下一串黑色的印记，今年揭掉明年还贴，永远也抹不去。

像忽然就播放完了的一卷黑白胶片，那地上墙上的团团印记，还有曾到处都是的铁匠铺子里黑色生铁的炉子、白色铁皮的烟筒，都不见了踪影。

篾光印记

肖　蓟

篾光，是闽浙赣部分山区的“方言”。但凡名字，皆有由来。篾光，因其看起来像是篾，燃起来能发光而得名。半个多世纪前，小小少年的我，随响应地方政府“支援山区建设”号召的父母，从福建沿海移民来到闽北山区一个人口不足1000人的小山村。这里，除了房屋、田地与小溪，便是竹茂林丰、吐绿滴翠的山峰。

那时，连远离县城80公里的公社所在地，尚无电可用，偏远山村自然更是与电“绝缘”了。因为没有电灯，每当夜幕降临，村民们家家户户都用篾光或松火照明。松火，就是松油柴燃烧时发出的明火。松火照明，优点是火苗旺，缺点是黑烟大。相对而言，篾光照明，更为卫生。取一支篾光点着后，往墙板缝隙或者木柱裂缝上一插，黑暗立马就被驱散了。倘若外出，或到邻居家闲聊天，或到生产队记工分，除非风雨交加，只需点上一支篾光，照明就不成问题了。篾光照明，也有技巧。不论室内室外，点火的那一头，得向下倾斜适当的角度，且角度大小要适中。角度大了，容易烧尽；角度小了，可能熄灭。当年，山区交通十分闭塞。小村与外界的唯一通道，是一条沙土“盲肠路”。偶尔有辆货车，一路风尘仆仆进来，装满木材或毛竹后，再从原路气喘吁吁出去。因为交通不便，大队“服务社”，常常连蜡烛也无法保障供应。

至于“洋油”（煤油）货源紧缺不说，价格也不便宜。很多农家，不是用不起，便是舍不得用。于是，勤劳智慧的山里人便就地取材——向竹木借光。制作篾光，颇有讲究。初中毕业那年夏天，我在请教了几位当地老农后，自己动手学着做过几次篾光。篾光的原材料，是山间的活毛竹。选竹时，口径越大越好。大口径毛竹，竹壁厚一点，产篾多一些。除了口径，竹龄大小也要恰到好处。既不要花纹斑驳的老竹，也不要全身泛青的幼竹。老竹制成的篾光，不易点着；幼竹制成的篾光，不太耐烧。篾光照明，不必花钱，却颇费工。砍倒选好的毛竹，去其枝叶，或拖或扛，弄回家后锯成长度约 1.2 米的竹段，继而用柴刀把它们劈成三四厘米宽的竹条，去其表皮和内皮，根据“竹肉”的厚度，破成若干厚度 2 毫米左右的篾片。待到篾片晒干了，一把一把捆好扎紧，搬到门前的小溪里，用大块鹅卵石，把它们压在水底。浸沤两三个月后再“挖”出来，逐片清洗干净，不得带有淤泥，或立在墙脚，或离地架起，第二次晾干晒透后，这才“大功告成”，收储起来，随用随取。

用篾光照明，乃“无电”之举。电，对于人类生活，有着重要影响。电的发明和应用，使人类自身能量如虎添翼、信息触角不断延伸。三十年来,镇里就地取材,利用充裕的水资源,大力发展水电。1981 年 12 月,福建海拔最高两座水库之一的五福洋水库电站竣工,迄今已先后建成三级电站,装机容量 2200 千瓦;1998 年 10 月,坝高 86.3 米,最大库容 5231 万立方米的雷公口电站投产发电,总装机容量 16.2 兆瓦。从此,这个边远小镇不仅实现了电能自给有余,还输送到邻近的武夷山自然保护区。十多年前,小村那条坑坑洼洼的沙土路,早已变成平平坦坦的水泥路。交通方便,货畅其流。随着社会建设持续发展,毛竹的需求量有增无减,毛竹的"身价"也日渐提升。加之电翻山越岭、进村入户,精打细算的村民,已没人再"烧"毛竹了。前些日子,回到那个久别而亲切的小山村。在弟弟新建不久的"小洋楼"里,当我问起是否还有人使用篾光时,当年的发小,如今的老徐,呵呵一笑,露出两颗金牙:"现在村里和镇上差不多各家有电器,村头有路灯。就是没路灯的地方,也有手机可以照明,哪个还吃饱了撑的用篾光啊!"

忆往昔,我曾经常在篾光下与家人共进晚餐,虽然,不是什么美味佳肴,却也吃得津津有味。几十年过去了,如今回想起来,颇有点烛光晚餐的意境,给我留下抹不去的印记。当晚,明亮的路灯下,离开山村的那一刻,我轻轻地说了一句:谢谢你,篾光!再见了,篾光!

吉祥饭店原是西餐厅

箫　箫

20世纪40年代,旧法租界劝业场周边,是豪华饭店相对集中的地方,如大华、致美斋、杏花村、明湖春等。这些饭店,位置都比较好,且门脸比较大,装修豪华,深为上流社会所欢迎。

1941年春季,继大华饭店重新开业不久,又一家豪华西餐厅——吉祥饭店正式开业。该饭店位于旧法租界二十五号路(今滨江道)的繁华地段,由天津著名八大家之一的卞家投资经营。该饭店所备西餐,系纯粹的俄罗斯风味,厨师多来自哈尔滨。这些俄罗斯籍的厨师,都是精于此道的名家。

饭店开业后不久,文化界、文艺界及新闻界名人曾在此进行过一次雅集。据张聊公1941年7月24日发表在《新天津画报》上《吉祥谈荟》一文载,驰名津沽的吉祥饭店开业已达数月之久,作者总想体验一下但一直未能如愿。7月20日晚,饭店的东家卞君,通过艺人、相声名家侯一尘的介绍,邀请作者等人前来小聚。当晚,应邀参加宴会的还有城南诗社的社友金息侯、吴子通、王伯龙、姚灵犀，以及小说家戴愚庵、李燃犀等名流。著名女伶、四大坤旦之一的金又琴“亦翩然莅止”。

对于众位嘉宾的到来，主人卞经理自是殷勤招待，态度十分诚恳。另一位俄罗斯籍经理吉先生还即席致辞。他在致辞中，简单介绍了所备西餐的特点，并“深盼座上诸公，不吝指导”。大家先是品尝了冷热小菜，继以羹汤、牛肉、水果类食品。菜品既精致又雅洁，且十分丰盛，举座为之惊叹。宴会上，还安排了啤酒及俄国白酒。卞经理、吉经理非常好客，与客人竞相对饮。其中姚灵犀、李燃犀两位“犀”君，“均称大户，屡与干杯，饮量甚豪，大有‘犀’利无前之概”。

宴会行将结束时，每位参加宴会的人，又得到一份美味冰激凌。该冰激凌系饭店自制，且“纯以核桃粉拌牛奶制成，绝不掺水。尤觉甘美可口”。

据载，卞经理除经营吉祥饭店之外，还拥有一家天津人自己开办的人力三轮车厂。据参加宴会的李燃犀介绍，天津市场上所谓的人力三轮车，起初系从日本传入。刚进天津时，人皆称之为“东洋车”。著名的“丁大少爷”，是天津乘坐人力车之第一人。嗣以庚子祸乱，讳言“洋”字，曾一度改称为“太平车”。那个时候人力车的车轮都是铁制，后来才改为胶皮，遂又被称作“胶皮车”。另据卞经理介绍，人力三轮车很适合出租，故在北京颇为畅销，他经营的人力三轮车上市以来已累计售出 3000 辆。天津已售出数十辆，估计年内全市销售量可达 200 辆。

吉祥饭店配有一本意见簿，供顾客留言之用。新闻界之名人，如沙大风、王喆夫、潘侠风、崔笑我、刘炎臣等，均在留言簿上留下墨宝,且均系对饭店的好评,“足见美味固有同嗜。”当天晚上,主人卞经理又特备宣纸一大张,供金息侯暨同座诸公依次题字。其中,王伯龙的题联最为有趣。其联云:“吉祥店吃吉祥饭,快活人谈快活天。”

不能忘记《为了忘却的记念》

马志林

在鲁迅140周年诞辰、逝世85周年纪念之际，无论是传统媒体还是新媒体，都推出形式多样的纪念活动。尤其是鲁迅的孙子周令飞在活动上露面，其容貌酷似鲁迅，他坦言当鲁迅的孙子“压力山大”。

要说我们这一代人就辈分而言，都属“鲁迅的孙子”。纪念鲁迅，花样迭出。但窃以为，纪念鲁迅的风骨最为要紧。其中，上学时作为课文的《为了忘却的记念》，应当是代表。学生时代，对课文理解不深。老师虽反复强调：“忘却和记念，虽然是两个矛盾的词汇，但只有反复地咀嚼，才能领会。”古稀之年，重温名篇，其实是明明白白做了解释的：“夜正长，路也正长，我不如忘却，不说的好罢。但我知道，即使不是我，将来总会有记起他们，再说他们的时候的。”

射向黑暗势力的响箭

《为了忘却的记念》是为“左联”五烈士而写的。通过对烈士遇难的回忆,表达了作者革命的信念,对中国未来的可期。1931年的2月7日夜间,是中国共产党员的五个青年作家,同时被国民党反动派秘密杀害的时候。他们便是柔石(29岁)、冯铿(24岁)、胡也频(28岁,丁玲的丈夫)、殷夫(22岁)、李伟森(28岁)。他们都是“左联”当中冉冉升起的文化新星,崭露头角,得到鲁迅先生的呵护和欣赏。鲁迅作为“左联”的旗帜和灵魂,在得到这一噩耗时,痛心疾首。长歌当哭,是必须在痛定之后的。在烈士牺牲两周年后,他满怀悲愤地写下了这篇缅怀烈士的文章。在当时上海的报章都不敢登载这件事,鲁迅是冒着生命危险把这支响箭射向蒋介石白色恐怖的。20世纪60年代香港出了一本书《侍卫官日记》,其中曾披露了沈醉等特务奉命暗杀鲁迅的往事。当年国民党当局是要把鲁迅置于死地的。执行者常看见晚间灯光下鲁迅瘦弱的身躯伏案,时而还有一个三四岁的小孩子(周海婴)在他身边玩耍。实在是下不了手啊!当然,这并不是他们起了恻隐之心,主要是慑于鲁迅先生名气太大了,一旦冒天下之大不韪,后果不堪设想,被迫取消了暗杀行动。这也可能是新中国成立后,沈醉由战犯改为起义者的一点原因吧。至少,从日记中可以佐证,鲁迅先生当年所处的境地是多么的危险。沈醉被特赦后在一次会上与周海婴相遇,曾十分懊悔地谈及这件事情。

爱护青年成了天性

鲁迅先生是百般爱护青年的，甚至于成了他晚年的一种天性。无论是熟悉还是陌生，无论交情深浅，他都愿意为青年人付出，毫不犹豫地伸出援手。这样的事例真的是不胜枚举。他曾经这样写殷夫(也称白莽)：我们相见很平常。一次他找我投的稿是译作，看上去是一个20多岁的青年，面貌很端正，肤色黑黑的。第二天又接到他一封来信，说很悔和我相见，他的话多，我的话少，又冷，好像受了一种威压似的。我便写一封回信去解释，说初次相会，说话不多，也是人之常情。因为他的外文原书留在我这里了，就将我所藏的两本集子送给他，问他可能再译几首诗，以供读者的，参看。他果然译了几首，自己拿来了，我们就谈得比第一回多一些。我们第三次相见，记得是在一个热天。有人打门了，我去开门，来的就是殷夫，却穿着一件厚棉袍，汗流满面，彼此都不禁失笑。这时他才告诉我他是一个革命者，刚由被捕而释出，衣服和书籍全被没收了，连我送他的那两本；身上的袍子是从朋友那里借来的，没有夹衫，而必须穿长衣，所以只好这么出汗。鲁迅立即予以帮助，让他脱下棉袍，换了衣服。先生就是这样平易近人，一个50多岁的长者，和一个20多岁的毛头小伙惺惺相惜。

鲁迅说，我知道青年们，尤其是文学青年，十之八九是感觉很敏，自尊心也很旺盛的，一不小心，极容易产生误解。鲁迅对待文学青年就像侍弄花朵一样的细心。萧红、萧军走投无路、贫困潦倒，“二萧”从青岛流亡上海，求助鲁迅。鲁迅被“二萧”东北人粗犷豪放的性格所感染，借钱给他们，并且帮助修改萧红的长篇小说手稿《生死场》，力挺萧军《八月的乡村》出版。那时，鲁迅先生身体很弱，“二萧”常来常往，许广平担心先生吃不消，觉得年轻人有点不懂人情世故。鲁迅则不以为然，常常抱病热情接待。一次萧军摆弄周海婴的玩具（日本朋友相送），那东北汉子手重给弄残了，鲁迅不经意间看了他一眼。往后只有萧红独自登门，鲁迅便问萧军怎么没来？萧红说：“他怕你，说你对他弄坏玩具瞪眼了。”鲁迅宽厚地笑了：“叫他来嘛，我没那意思。”鲁迅就像位长辈，对素昧平生的文学青年，悉心照护，短短两年间通信达53封。难怪萧军这条大汉，在鲁迅葬礼上自告奋勇，担任万人送葬队伍的总指挥。

把革命青年视为家人

鲁迅对柔石等中共党员作家，更是喜欢爱惜，视同家人。鲁迅对柔石的旧礼教是这样描述的：他的迂渐渐地改变起来，终于也敢和女性的同乡或朋友一同去走路了，但那距离，却至少总有三四尺的。这方法很不好，有时我在路上遇见他，只要在相距三四尺前后或左右有一个年轻漂亮的女人，我便会疑心就是他的朋友。但他和我一同走路的时候，可就走得近了，简直是护住我，因为怕我被汽车或电车撞死；我这面也为他近视而又要照顾别人担心，大家都仓皇失措的愁一路，所以倘不是万不得已，我是不大和他一同出去的，我实在看得他吃力，因而自己也吃力。瞧瞧！这不是正像一个家长，述说自己家里的孩子吗？在得知柔石被捕后，鲁迅对他的殷殷之情，天地可鉴。他写道：“天气愈冷了，我不知道柔石在那里有被褥不？我们是有的……但忽然得到一个可靠的消息，说柔石和其他23人，已于2月7日夜或8日晨，在龙华警备司令部被枪毙了，他的身上中了10弹。”鲁迅以“忍看朋辈成新鬼，怒向刀丛觅小诗”，纾解自己的愤怒和悲伤。

鲁迅先生是新文化运动的主将，是旗手，是新时代的圣人，同时，也是一个有血有肉的普通人。旧中国的黑暗和痛苦，使他在55岁的盛年便巨星陨落了。我们今天怀念他、学习他，正是因为他具有的硬骨头精神和豪情万丈的志气。

冬小麦礼赞

高俊才

辛丑年立冬第一天,天降大雪,大地顷刻银装素裹。临窗眺望感慨良多,想到了即将越冬的冬小麦。俗话说:今冬麦盖三层被,来年枕着馒头睡。意思是说瑞雪兆丰年,大雪对冬小麦越冬和以后生长非常有利,预示来年夏季麦收又有好收成。说起冬小麦,我始终对其一往情深,存有特别的情感。

在20世纪80年代前,地处蓟运河畔的故乡除了种植水稻、玉米和高粱等粮食作物外,还在秋春季播种小麦,秋季播种的小麦俗称秋小麦,通常都称为冬小麦;春季播种的小麦叫春小麦。由于冬小麦磨的面粉特别筋道,尤其是蒸的馒头又白又好吃,人们都非常喜欢冬小麦。每当到了麦收季节,吃着新麦子做的大白馒头,就着素炒的新收获的土豆,简直就像胜过一切美味佳肴似的,心中荡漾着浓郁的醇香甜美。我对冬小麦一直怀有一种敬畏感,总是看到在冬小麦身上闪现着一种坚韧不拔的刚毅品质,给人以一种无形的潜在动力。那是因为,在所有农作物当中,冬小麦不但耐寒性很强,而且是唯一经历秋冬春夏四季的粮食作物,经受了不同季节自然条件变换的历练,饱尝了秋风霜露、冬雪酷寒、春风暖阳、炎夏炽热的苦辣酸甜,让炎凉寒暖伴其生长的一生,始终默默无闻地亲吻大地、装扮大地、回馈大地,真可谓无私无畏、魅力无穷。

过去,我无论是在农村生活,还是在公社机关工作时,都曾参加过冬小麦由秋播上冻水到越冬保墒,到春季返青田间管理,再到夏季麦收整个生长过程的各阶段农活。冬小麦每年在秋季9月下旬至10月初播种,也就是农谚所说:白露早,寒露迟,秋分种麦正当时。种早了麦苗疯长,越冬时经不住寒冻;种晚了天渐凉不利麦苗分蘖。因此把握好农时播种非常关键,有时为赶节气,就在玉米收割之前,便在玉米垄间播种,等秋收完毕,秋麦已长得郁郁葱葱,让深秋荒芜的田野呈现碧绿如茵的景色,充满勃勃生机。转眼进入严寒越冬时节,无论狂风暴雪如何肆虐,冬小麦仍顽强地坚守着生命,让冰封的大地孕育着无限生机。春季返青后一步步抽节扬花灌浆,又经过几个时节,便进入炎夏收割季节。这就是农民渴盼的一个重要的粮食收获期。那些年,我也参加过小麦夏季抢收的劳动。麦收正赶上雨季,人们便趁晴天昼夜抢收、脱粒、晾晒小麦。白天在烈日下,手握镰刀,挥汗如雨地收割小麦,累得腰酸腿疼,握镰把的手有时被磨出血泡,缠些布条仍坚持到收工。虽然如此疲惫不堪,但是,当社员家家看到新分得的小麦,吃着新麦子做的面食,满脸喜悦。

我至今被冬小麦那些披秋风、战严寒、沐春光、斗酷热的生长经历所感动,总是感觉给人一种无形的鼓舞和力量。所以,我曾在1992年初写过一首小诗来赞美冬小麦:"无论在霜染落叶的深秋日,还是在狂风呼啸的寒冬里,顽强地装点着多情的大地,默默地编织着多彩的四季,使金秋的阔野泛起碧绿的涟漪,使隆冬的原野蕴含瑰丽的希冀,使早春的田野披上滴翠的新装,使炎夏的乡野荡漾金黄的甜蜜,没有高粱那样的雄姿,没有玉米那样的魁梧,经受四季时光的砥砺,凝成独具一格的风骨,质朴、无私、刚毅。"(《汉沽报》刊载)这首拙诗虽不能全面准确地描绘出冬小麦特有的那种顽强拼搏精神,但确是我发自内心的感言。冬小麦秋不惧寂寞,冬不畏严寒,春不负和风,夏不惜回报,令我敬慕不已。

现在,随着农村城镇化进程,故乡的村庄被搬迁,原址建成了产业园区。昔日的麦花香、抢麦收的场景,早已成为脑海中一个深深的记忆。

复原记忆碎片

张　建

近日，我带着欣喜和好奇之心，再次来到曾经往返穿梭百余次的老西于庄一带，因为在子牙河一侧刚刚建成了百姓翘首以盼的滨河公园一期工程，借此感受棚户区改造所呈现的巨大变化，同时也勾起了我那清晰如昨的回忆……

2014年1月至9月，是我采访老西于庄最为密集的时段，当地百姓在大量的口述追忆中，均以居住地为中心划界，然后围绕一个重要的参照物来展开，这也算是口述历史的一个特点吧，即在“视觉范围”内说事。比如，在大新街一带访问，别管从哪个话题切入，最后总要说到“忠善堂”俗称“柳二爷庙”和“大车店”。再如，到屠前大街一带走访，“屠宰场”和“猪栈”是绕不开的话题。如果去郭家菜园跟百姓聊天，必然涉及“渔民”和“码头”了。

没接触西于庄前，对其一点儿也不了解，随着步步深入，我感觉这个区域很特别，它与我采访过的西沽、堤头、铃铛阁都不一样，单从居民组成来说，恐怕再没有与其相比拟的了。据我了解，西于庄由三部分人组成，即：农民、渔民和市民。农民隶属于西于庄农业大队；渔民隶属于西于庄渔业社；市民则隶属于各自所在单位或居委会。这种格局一直延续到20世纪90年代，针对这三部分人的相关政策也是五花八门：渔民第一代身份证的家庭住址，均为自家的“渔船编号”，他们生产作业由水上派出所管理，粮油及其他票证由街道负责配发。再看农民，用他们的话说，手里拿的是“黑户口”（市民叫“红户口”），挣的是工分，完全靠天吃饭。不过，子女却用不着上山下乡，他们不但有宅基地，还可以种菜、养猪，而住在临近的市民却连鸡都不让养。在农民和渔民眼里，市民的待遇和身价远远高于他们，市民不仅有固定工资，而且拥有各种福利，从结婚生子到上学就业，都有相关的政策保障，所以“黑户口”变身“红户口”是渔民和农民梦寐以求的。

这些散落的记忆，都根植于他们各自的生活圈，独特的生存环境造就了西于庄人细微的差异，其中包括生活品位、风俗习惯、文化信仰，等等。遗憾的是，有关西于庄的史料记载，特别是影像资料实在少之又少，而老百姓提供的线索又呈现碎片化和不确定性，进而让我突发奇想，可否通过见证人的多方位指认与细节描述，用画笔将具有典型意义的建筑、场景、物件加以“复原”，以佐证口述历史呢？“复原记忆”的第一幅作品是从“柳二爷庙”开始的，虽然这座庙宇早已消失，但在部分西于庄人的心目中仍记忆犹新，为了准确绘制“柳二爷庙”的建筑格局及外貌特征，我走访了多位见证者，几易其稿后才得到百姓的认可。之后，又根据居民的口述，复原了“西于庄天主教堂”“大同门炮楼”“乐善里”“内河局码头”“小鬼庄”“城防大堤”“大红桥”等。特别在复原西于庄重点产业“猪栈”“屠宰场”“大车店”时，为再现昔日繁盛的景象，除了追求建筑形态的真实，就连人物衣着、使用工具、劳作程序、周边环境等，都尽可能地贴近当时的境况。从事口述史这么多年，还是头一次采用这种方法把散乱的记忆聚合起来，进而将语音转化成可视的图谱。

我漫步在滨河公园舒缓的步道上，眼睛习惯性地搜索着岁月的痕迹，果然见到了掩映在绿植中的侵华日军桥头堡和解放战争时期留下的城防工事遗址。它是历史的地标，更是老西于庄人打开记忆闸门的参照物。

两位老师傅

龙　楠

我刚工作时，地质科总共才有十几个人，他们是天津地热和城市水文地质工作的一线力量。从地质科成长起来的业务骨干，当下差不多都已成为地矿系统的领导。前些年，地质科改名为地质研究所，拥有技术干部90多人，真是今非昔比了。

我在地质科时，科里有两位老师傅，说“老”其实也不对，只是当时觉得他们比我岁数大罢了。我毕业那阵，他们不过五十多岁，和我现在年龄差不多。给我印象深的是王庆才师傅，个子不高，慈眉善目。1984年初，我在队部施工的机台上当实习工人，没事时回地质科转转。有时，看到王师傅，我问一些技术问题，他都会很耐心地解答。他很关心我的生活和工作，怕我不愿意在一线劳动，就安慰我说：“新毕业生到机台当工人，这是队里制度，这个制度可以让大家体验到一线工人的辛苦，有利于互相理解、增进团结。”他还鼓励我从基层做起，尽快熟悉业务。1985年，全市开展了“煤气化”工作，王师傅被常州道街抽调帮忙，专门从事煤气管道建设工作。不久,我也到汉沽进行分层标的施工。这样,我回地质科的机会就少了,遇见王师傅的机会也就更少了,但若在队里偶尔碰到他,他还是挺热情的。王师傅的女儿是队里的职工,后来与我的同事、好友赵苏民喜结连理。赵苏民是山西人,曾担任地研所主任,后来被提拔为院里的总工程师。估计王师傅现在已经八十多岁了。

陈双海是地质科的老专家,也是我第一任师傅。刚毕业那会儿,我还没有分配工作,每天就到地质科转悠。陈师傅借机向我介绍地质专业的一些基础知识。地质科曾编了不少基础资料和技术规范,都是由陈师傅牵头起草并油印的,其中有介绍天津地层情况的资料以及地质编录要求等,他都主动拿给我学习使用。我到机台工作后,很快适应了野外编录工作,这跟他的指导有着直接关系。陈师傅非常和善,说话喜欢笑。在他身上,我能够体会到老一代地质人的精神品质:老实憨厚、吃苦耐劳、踏实肯干、任劳任怨。有他们的言传身教,我们这一代年轻的地质技术人员很快就成长起来,并陆续成为一线的技术骨干。

七八年前,我在地热处工作时,需要到施工现场调研。一次,我在工地上碰到陈师傅,这之前我们爷儿俩已经有二十多年没见面了,自然都非常激动。陈师傅当时已经七十多岁了,应聘担任一家地热监理公司的技术顾问,负责地热井钻探施工的监理工作。见面时,他一方面肯定我在工作上的努力,另一方面仍不忘鼓励我继续前行。

在国际地热界有一个说法:“世界地热看中国,中国地热看天津。”天津地热地质工作之所以受到世界各国的认可和肯定,除因为李四光等老一代地质学家的鼎力支持外，同样也离不开像王庆才、陈双海等老一辈地质人默默无闻的努力。

胰　子

大　国

胰子，肥皂的旧称。关于肥皂、胭脂、香粉等，我国古法虽很早就有，但高档货制作工艺复杂，价格昂贵，不是普通人能随便享用的，可便宜的又因制法简陋导致品质粗劣，且无法机械化批量生产，所以直到清末民初仍依赖进口。

天津造胰公司是北洋新政时期的著名企业。清光绪二十六年（1900）八国联军入侵中国后，天津实业家宋则久面对民族存亡危机与洋货充斥的局面，深感振兴实业、提倡国货的紧迫性，他郑重声明："若打算救国，必先救穷；若打算救穷，非提倡实业不可；若打算提倡实业，非维持国货不可。"光绪二十九年（1903）初，鉴于外洋肥皂充斥市场，宋则久开始筹备创办造胰工厂，以开辟利源，一展宏图。筹备地点最初设在红桥鱼市黄姑庵东，后来迁至闸口元会庵。

宋则久出生在天津一个钱庄商人家庭，很早便显露出经商才干。光绪三十年（1904），袁世凯的重臣、在天津主持北洋实业的周学熙聘请宋则久担任天津考工厂（近代中国第一家商业博物馆）议绅、考工审查员，此后不久宋则久又任天津工商研究总会会长。这一时期，他还创办了北洋火柴公司、天津北洋保险公司等。

在造胰公司起步阶段，宋则久得到著名教育家严修的大力支持，严修要求家人无分长幼人人入股。宋则久与严修次子严智怡等友人募集到5000元大洋总股本（每股50元），开始手工制造肥皂、蜡烛等。光绪二十九年秋，造胰公司正式向天津府署、县署两级机关申请注册，首任董事为宋则久、张星五（日本东京大学工科毕业）。第二年，公司采用机制技术生产的新产品试验成功。光绪三十一年（1905）在工商部正式注册，天津造胰公司成立。

严智怡对公司发展起到了至关重要的作用。严智怡曾留学日本学习应用化学，归国后即来此任厂长、工程师，亲自操作主持制造，精益求精。作为独当一面的董事，他在后来又负责招股，继续添置机器设备，扩大生产与营业，直至宣统元年（1909）该公司新旧股本已达5万元，羽翼丰满。至辛亥革命前夕，从资本额来看，天津造胰公司已位居全市第三，宋则久其人也赢得了实业界的广泛好评。笔者收藏有一份造胰公司昔日的宣传材料，其上标注，造胰公司总部（营业部）在老城东南角，电话号码为“九百九十四号”，综合天津电话号码史料推测，此故纸大致印行于1913年前后。故纸上采用红绿双色印刷，画面周边布满枝叶花卉图案，顶端中间是造胰公司的圆形“天”字商标。下方是造胰公司厂景照，标注的工厂地点为“天津大红桥西邵园子”。值得一提的是，造胰公司早早就在京城开设了分厂分销处，其一在前门外观音寺路北，其二在东安市场北头路西。

除了普通动物油肥皂，造胰公司当时已能出产药皂、香皂，如主打产品植物油桂花皂。它是一种纯粹植物油的透明皂，香味平和，其中含有药料，能祛除斑癣，且不伤鼻子、眼睛、毛发。“此胰皂系用蜜油调制，绝无糖质在内（普通胰皂皆系用糖）。糖，能妨害皮肤的卫生，蜜油是滋养皮肤的上品。”造胰公司承诺：“倘试出有动物的油和糖在内，自甘受罚。”造胰公司以先进技术制造，产品行销各地，驰誉四海，屡获殊荣，如“庚戌南洋劝业会得超等奖凭”和“意大利万国大博览会得头等金牌”，第一个奖项是1910年获得的，第二个奖项是1911年获得的。另外，其产品还获得过（美国）巴拿马太平洋万国博览会金奖、中华国货展览会优等奖等，累计二十多项。值得一提的是，孙中山曾为公司题写过“工精货美”的匾额。

天津造胰公司是中国肥皂制造业的先驱，造胰公司与上海裕茂皂厂（1907年开办）也是中国最早两家机器生产肥皂的厂商。1937年天津沦陷，日寇统治下日货充斥，天津造胰公司的产品销路大减，经营惨淡。日军投降后，市场物价波动大，公司损失也较为惨重。新中国成立后，公司经营逐渐正常，并从上海引进了部分新设备，产量大增。直至20世纪50年代公私合营，天津造胰公司走上了社会主义道路。

月牙河

雍楠柳

30多年前，我在天津第一地质勘探大队工作时，经常去院外的月牙河赏景。

月牙河是南北走向的一条小河，始于河北区新开河红星泵站，穿越河北、河东及东丽三个区，在天津钢厂附近的泵站汇入海河，全长不过十几公里。据说这条河道原来不过是一条小河沟，当年北洋大臣崇厚在东局子创建天津机器局时，为便于军火运输，将这条老河道疏浚拓宽，每天有汽轮通过，两岸一度亦呈繁荣景象，当时河岸两侧有赛马场、高尔夫球场及药雨山庄等娱乐休闲设施。新中国成立后，有关部门曾对河道进行裁弯取直和绿化修整，因其改造后的形状酷似一个月牙，故得名月牙河。

20世纪80年代初，单位院门前是卫国道延伸过来的一条土路，当时卫国道还是一条很窄的马路，从现在的顺驰桥延续到部队大门前就到头了。再往东走，只有土路。这条土路从部队大院门前往东，一直延伸到我们单位东侧的月牙河。那时，单位大门外与月牙河连接的地方以及周边一带,仍是一片荒芜景象。门口外的西南角不远处,有一排平房,是职工宿舍和幼儿园。平房南端是野地,不远处是一个高耸的长条形土包,约有十几米高,后来知道那是驻东局子部队的射击靶场。这座靶场对于在大院内上班的人来说,还是有一些负面影响的。记得刚毕业那会儿,我在钻机上当工人时,就曾在钻台上拾到过一枚嵌在木头里的子弹头,它牢牢地插在木制的台面里。据说,这就是靶场的流弹。在单位办公楼五楼的宿舍里,我们可以一眼望见前面的靶场,以及它东端泛着波光的月牙河。河两岸是一望无际的垂柳和杂草,西岸上还有曲曲折折的土路,附近村民偶尔会到河边去散步。河东岸是荒地和大片水塘。

月牙河里的水很少,而水质较浑浊,且水里面长了不少红色的小虫子。记得那个时候,每天早晨会有不少市民骑着自行车过来捞鱼虫,有的人把刚捞上来的鱼虫就地贩卖,成了他们致富的一条捷径。夏天的时候,我会迈过水埝,走到对岸的水塘里去游泳。那时河里都是不连续的水洼,河水又浅又脏,并不能下去洗澡。而东侧的水塘,都是原生状态的水面,一片接着一片,水很干净,一点涟漪也没有。因为那些水塘附近少有人来往,所以一个人游泳显得比较安静。我在游泳的时候,偶尔能够看到一两只在水中游戏的青蛙,它们胆子比较大,看着我游过去一动不动,待我故意靠近它们时,才意识到我不是它们的同类,便一头扎进水里落荒而逃。

月牙河有我的诗和远方。那时,我懵懂的心一直在跳动着、飞跃着。在五楼宿舍,我每天都站在窗户前,眺望蜿蜒的河床和两岸的垂柳。眼前的月牙河,带给我的除美好的感觉,还盛满了我对未来的憧憬。有时我会望着水面和远方的云朵出神,沉浸在梦幻里。但当我回过神来时,又会产生出莫名的怅惘。1987年1月,我被调到局团委工作,从此离开了相伴4年多的月牙河。如今月牙河早已今非昔比:河床里干净整洁,两岸建筑鳞次栉比,一条与河道平行的快速路横亘在旧时的荒野上。过去的水洼和野景,早已消失得无影无踪。

挖防空洞

张德录

记得我刚上班不久，就被厂里派到“人防工程”去帮忙，说通俗点儿就是去挖防空洞。“宜白工程”是指从宜兴埠到白庙的地下防空洞，是为了战时疏散白庙工业区的产业工人和附近居民而建，施工人员大部分都是从附近工厂抽调的。

我报到的地方是一个临时搭建的工棚，四面墙是用红砖干码的，在里面能看见从砖缝射进来的一束束光亮，因为正值隆冬，随阳光进来的还有丝丝寒风。门对面是离地一尺多高的大通铺，供施工人员休息用，因为我来得最晚被安排到了墙角。说实话我不喜欢这个地方，即便是工间休息我也很少在里面待着。歪打正着，正是懒得进这个工棚，因此成就了我挖土方的过硬本领。

大家都知道，人工挖土方是比较累的活，工友们都盼着早点休息，好回到工棚躺一会儿，由于我不想在工棚里待着，就趁他们休息的当口儿在工地上练挖泥、甩泥、推独轮车。当时我又瘦又小，师傅们为了照顾我，只让我在地面上用平锹往独轮车上装泥块。看着师傅们站在沟底用掘锨挖起一条泥块，然后一抖手腕，泥块就顺从地飞上了地面，眼瞅着他们潇洒的动作我特别眼馋，总想下去试试。有一次，趁师傅们休息我下到了挖掘层，抄起一把掘锨学着师傅们的样子，脚蹬着锨肩踩了下去，掘锨往下走了不到半尺就从泥里钻了出来。由于我用力过猛突然又没了阻力，我和掘锨一块儿向前倒了下去，当我爬起来时全身已沾满了黄泥，我这才想起那句话，“看事容易做事难”。

从小就不服输的我，下决心一定要学好这个活儿，我开始留意师傅们是怎么挖的，从下锨的位置到下锨的角度再到抖腕儿的时机，我一一看在眼里。等到他们休息时我就一次次地苦练，真是功夫不负有心人，很快我就掌握了这项技能，而且挖得越来越熟练、甩得也越来越高。终于能和师傅们一起并肩挖泥了，而且在一次挖泥比赛中我还获得了甩高第一名。推独轮车不仅需要有足够的力气，而且还要有熟练的技巧。按说，像我当年那样又瘦又小的主儿，与独轮车基本是无缘的。可是，尝到了挖泥获得逆袭的甜头，我深信“世上无难事，只怕有心人”。我先从推空车开始练，我双手握住两个车把让两个支架慢慢离地，由于三个支点只剩下车轮一个支点了，我还没迈步车子就朝一边倒去，幸亏我撒手及时才没被车子带倒。独轮车在我手里像个醉汉不知摔了多少跟头，幸亏都是在师傅们休息时间练习，没有人看到，不然就丢大脸了。有一天，我终于找到了小车不倒的诀窍：原来我的两只脚站得太近，与车轮几乎在一条直线上当然容易翻倒，这时我想起了学过的知识：三角形的稳定性。于是我把两脚叉开与车轮形成三角形，还故意把两脚撇成“外八字”，“捣乱”的独轮车终于被我制服了。

刘尹如与他的风土诗

筱 筱

诗人刘尹如,生于1912年,武清人。20世纪40年代,曾在武清崔黄口镇乡公所任职,与武清籍诗人贺仲儒、高季夫等结为好友,并经常在一起诗酒唱和。因其长期在基层工作,故其诗作颇有乡土风味。

1941年6月11日,《新武周刊》发表了他的《晨兴》一诗。诗云:“朝来闲步纳新凉,五月乡村意味长。轻薄柳丝勾鸟语,风流麦浪伴花香。云霞掩映炊烟处,衫笠街头笑语狂。放眼桃园随处有,徘徊几度感行藏。”这首诗描绘的是夏初的田园景色,在诗人笔下,柳丝、麦浪、云霞、炊烟、桃园,还有农人的笑语,构成了一幅和谐的画面,给纳凉的诗人带来了无限的欢乐。

旧时,在大黄堡一带,由于接纳了青龙湾的上游来水,加之连年沥涝,致使这一区域形成了大面积的积水,当地人将这一区域称之为藻汪淀。藻汪淀给当地50余村庄老百姓的生产、生活造成困难。为解决泄洪及交通问题,官方曾组织人力修建了一条长长的土堤，并开挖了两条与土堤平行的泄水渠。工程竣工后，刘尹如曾作了一首题为《武清县第四区藻汪淀排水渠工竣颂扬》的四字韵文诗以记此事。在诗中，作者描述了积水所造成的流离失所的惨况："东南水窟，曰维藻汪。""野惟水草，户多流亡。"为拯救灾民于水火，官府于"辛巳二月，诹吉择黄。疏凿经始，于翰林庄。小农出力，大户输将。勠力从事，畚插纷忙。"该工程自春天开始施工，起点在翰林庄，往东南方面，进入宝坻。老百姓很支持这项工程，当时有钱的出钱，有力的出力，终于在数月内完成了施工。刘尹如对土堤及泄水渠的作用作了描绘："轮车能过，苇舟可航。沥潦虽生，宣泄已畅。"由于解决了洼淀区的沥涝问题，所以，"由来烟渚，从此麻桑。万家获济，千里馨香"。

小黄庄村（今属河北屯镇）有一中医，名李星桥，其医术颇高，且"老而好谐谑"。有一次，李星桥因事滞留崔黄口乡公所夜宿，与刘尹如等二三知交彻夜长谈。其间，"各致俚辞一章，以笑谑之。皆曲极其妙，几使人绝倒"。其中，刘尹如当夜作了四首绝句，其三云："拥炉谈笑全忘寒，世事居然自在观。更喜星翁多妙语，任情谐谑满堂欢。"诗中，对于李星桥幽默、风趣的特点作了描绘。

著名医学家柳学洙在《医林杂咏》（陈宝贵编）中，曾有一首题为《李星桥》的旧体诗。肯定了李星桥高超医术。内有"曾过邯郸今再来，望深红杏满村隈。此科首重高经脉，三逐瘀汤任剪裁。"作者在注释中云："君（指李星桥）运用'三逐瘀汤'治妇女月经不调病，多获良效。"

刘尹如虽有公职，但他却淡泊名利。他在《人生》这首诗中，表达了他的这一人生观。他认为，“人生如弈棋，世事云聚散。富贵并功名，从来且稀空。”但是，有些人就是看不透这一点，“奈何此中人，居心多不满，争名东西奔，争利日夜算”。作者云：“我年已三十，此意早看懒。性至酒千杯，情生笔一管。酒能浇吾愁，笔足荡吾满。万事随转蓬，百卷寓里款。”

正因为刘尹如不追逐名利，故他的风土诗才富有真情、别具风味。

不摇货郎鼓的货郎

刘岳枫

那年回农村老家,一日中午宁静而安详。正吃饭间,忽听街口传来阵阵货郎鼓的响声。久违了——嘭嘭作响的货郎鼓。我的思绪又不由得回到了从前,想起了一位不摇货郎鼓的货郎……

那是20世纪70年代初期。货郎是一位三十大几的红脸汉子,高而胖,姓诸。他经常拉着排子车穿梭于各村庄之间,车上放着农人们常用的针头线脑,还有小孩玩具、食品,等等。不知是买不起还是不愿买,他没有货郎鼓,走到哪里他都是亮开嗓门喊。他喊得很特别,全是清一色的顺口溜,一吼,半个庄都能听见:"哎——猪毛、羊毛、羊角、羊骨头,来换针,来换线,换卡子、别针……"

中午,农人们收了工,没事时总爱聚集到他的车子旁,有的还端着饭碗,啃着干粮,小孩子更是一群群地跟在他的后面,不时地学上几句。老诸与人们说话,拉家常,时间长了,人们便说:

“老诸,该喊了。”于是,他就又喊:“哎——破布条,烂套子,小孩不能戴的破帽子,换刀子,换扣子,换米团蜗牛糖角子,糖角子甜来糖角子香,糖角子出在诸家庄,娃娃吃了不尿炕,闺女吃了变漂亮,老太太吃了咱那糖角子呀——‘哧溜’一声能上墙……”众人就笑,小孩子跟着喊:“不尿炕不尿炕。”

人越聚越多。老诸见人围起来,脸更红,嗓门更亮,接过人们递过来的破烂儿,也不称,手一抓一掂量,往破筐里一放,嘴一咧:大米团五个,或是茴香面一包,或是蜗牛一把。如果有抱小孩的,他又会唱道:“哟,小儿子有福相,再送给你两个,好好吃好好干,娶个媳妇最耐看;高高个,亮亮眼,红红的嘴唇白白的脸儿……”

有时高兴了,老诸还能吼上几句样板戏,“狱警传似狼嚎,我迈步出监……”他学李玉和最地道,不过,最拿手的则是模仿古装戏中帝王将相、才子佳人的声调,念唱道白惟妙惟肖,逗众人哈哈一笑。五尺高的汉子扮成青衣、花旦让人笑得前仰后合,一声叫板,一个动作之后,尖细的女人腔便从喉咙里飞了出来:“世代祖居四川省,我的名儿白素贞。爹爹杭州为总镇,老母吃斋把善行。不幸爹娘双亡故,素贞二九苦伶仃。”他的唱,竟让大姑娘小媳妇们听得着迷,更不用说对古装戏略知一二的老人们了。老诸走到哪里,哪里便形成个包围圈。此时村里的寡妇三婶最为热情,上下张罗,不时送上一碗加了糖的热水。

如果几天听不到他的喊声,人们便说:“老诸,有日子没来了。”妇人们望着成堆的破塑料布、烂鞋底之类,说:“没盐了,也没醋了,咋了老诸这是!”于是村里便显得沉默。直到老诸下次来，村庄里才又充满了欢乐。

然而，老诸真的好久好久没有出现了。三天、五天、一月、二月、一年……老诸终没有来，村人们相互打听着、议论着，听说寡妇三婶唯一的儿子怕货郎与母亲闹出什么不体面的事，偷偷地把老诸告了。老诸的货郎车被当作资本主义尾巴割掉了，老诸被游街示众后又被拉去修水库。后来又听常去县城的车把式老歪说，他在县医院看到老诸在卖血，人已瘦得不成样子，旁边的地排子车上，躺着他面黄肌瘦、病恹恹的老母亲。再以后便没有了一点音讯……

流年似水。我想，老诸如果还活着，得有八十岁了吧。我在心中默默地为他祝福：现在政策允许了，你可以放开手脚大胆地喊，老诸！如果你不幸作古了，所有听过你的声音、和你打过交道的人都会默默地为你送行，你走好，老诸！

卫生院马大夫

了　然

大沽南路西,东楼与老鱼市大街北有一较大的门面,宽敞豁亮,两边各有隔断,分成若干小间,弥漫着一股来苏水味儿。此乃20世纪60年代的东楼卫生院,作为卫生院,稍显简陋与局促,但那年代也算科室齐全,内、外、中医、透视、化验一应俱全。

记忆深刻的是一位中医大夫马琴山。印象中别的科室总是冷清,唯中医马大夫这儿总有几位患者等他看病。马大夫当年有五十多岁,标准的老中医大夫脸,白白净净,文文绉绉。西青区小南河村人,与我父年纪相仿,我父唤他老叔。1963年我的大嫂子新婚不久,不知是何故,面痹嘴歪,多次求医,无果。我父找到马大夫,号脉后并不言语,我父急问,马大夫抬头唤我父名,说:"无妨,脾湿。湿为阴邪,易伤阳气,它的特点是阻滞黏腻,让整个气机不顺畅。此症不用开药,我有一验方,用一黄鳝,剁头得血,用毛头纸蘸血,后贴在歪斜处,哪边歪贴哪边,两三小时可愈。"我父亲就说:"老叔我是来找你扎个针就开个药的,弄点鳝鱼血……”马大夫说:“你来回试试吧,应该没事儿的。”几经周折,在北大港弄到鳝鱼一试,果然奏效。

当年马琴山大夫在东楼、西楼、下瓦房一带甚至谦德庄、西南楼一带很有名望。不少患者到东楼卫生院,指名点将要找马大夫看病。马大夫开药并不讲究以量取胜,而是辨证施治,攻其主要矛盾,几味药,且量不大,患者只需去个三趟两趟就能治愈。

后来,东楼卫生院挪到东楼邮局附近,慕名就医者仍络绎不绝。1982 年筹建河西中医医院,马琴山大夫全程参与了筹建工作。

胡蘋秋与刘云若演双簧

龙　楠

20世纪30年代，小说家刘云若曾在他撰写的小说中“轻薄”了一下名票友胡蘋秋，引起了对方的不快。胡蘋秋也不含糊，他在报纸上发表了一篇文章，把刘云若比作“三等窑姐”。二人之间的笔墨官司，一度引起读者的关注。

胡蘋秋，原名胡邵，是一位诗词家、名票友，曾在张学良部队任军职，1949年加入了中国人民解放军，在西北军区评剧院（原延安评剧院）任研究员，不久，随军进入重庆，在西南军区京剧院任编导，1954年转业至成都新声剧社任京剧导演。

20世纪30年代，他在天津期间，曾与报界文人多有交往，并以撰写戏评文章见长。胡蘋秋与刘云若本不相识，更不曾见过面。刘云若主编《天风报》副刊时，胡蘋秋经常给刘云若投稿。当时，刘云若的成名作《春风回梦记》，亦在该副刊版上连载。这样，二人的名字就经常出现在同一版面上，由此成为“笔友”

据胡蘋秋自己说，他也不知道怎么回事，竟然“惹着”了刘云若，被刘云若“用大鬼头跳动的笔尖儿，着实地‘轻薄’了个不亦乐乎”。“本来小说家是万万惹不得的，你如不信的话，他就会把你整个编排到书里面去。到那时，一纸风行，万人争读，恐你有天大的本事，也奈何不了。”基于此，胡蘋秋“只得自认吃亏”。

刘云若是正在崛起的小说大家，因为他的小说有很强的现实性和批判性，“专门替下等恶浊社会写照，赤裸地把地狱生活里的黑幕一层一层地揭开”，所以，与众多读者一样，胡蘋秋很喜欢阅读他的小说，欣赏他的才学。他认为：“刘云若的文笔，是那么的刁钻深刻、嬉皮笑脸，活画出一个淘气孩子的皮相。”“他的小说，难为他怎样写得那样透彻细致，这是使我十二分地佩服。”

但被刘云若“轻薄”了之后，胡蘋秋就不干了，他专门写了一篇文章，题目是《读了刘云若的最近名著〈春风回梦记〉与〈小扬州志〉两部小说之后》，借题发挥并极尽讽刺之能事。他认为，刘云若的这两部小说，精彩的地方固然不少，但是却有一个大毛病，就是把人物的思想写得过于复杂了，如陆惊寰之于冯如莲，秦虎士之于青青、韵秋及雪蓉，那种情人之间的缠绵悱恻，虽是情理之中，但那些“翻来覆去，钩心斗角的思潮语气，委实不近情理”。不论是如莲、青青、韵秋，还是雪蓉，这些女子都是普通倡优，不可能具有高深的思想，即使是富于学问的女性，也未见得有那样细密曲折的心思。此外，刘云若在描写郭铁梅家办丧事的时候，把“名士”描写得不堪入目。这些“名士”的形象，恐怕都是作者想象出来的吧！接着，文章话锋一转，对刘云若作了近于挖苦的讽刺：“刘君天赋太聪明了，可惜他半生只是在恶浊社会里讨生活，不曾涵养些清高湛深的文学根底，否则不要他自说早生三十年可以弄个秀才，依我看，真假他十年寒窗的工夫，连状元、翰林也不是什么难事。他现在造就出来的文笔才调，活像个三等窑子里面一个玲珑剔透的小女子一般，虽是自身微贱，却十分动人，惹人怜爱。”

这篇文章经刘云若本人编辑刊发后，引起了读者的很大兴趣。署名“坏疙瘩”的一位作者，随后在《天风报》副刊版上，发表了题为《读了刘云若……之后》的文章，为刘云若打抱不平，并对胡蘋秋作了反讽：“我和胡君本来一面未识，只是闻名，对于刘君也是如此，感情方面可以说是没深浅的。”“在这里我要质问胡君，您在那篇《读了刘云若……之后》的后面，为什么要把刘君比成三等窑姐呢？再说了，从来窑姐最爱轻薄的是窑皮和土鳖（谓老憨），那么胡君在这两种人之中，选择哪一种自居呢？”

民国时期，天津每日发行的报纸有四五十种。为在竞争中维持生存，报纸需要不断增加读者的关注度。为此，一些报纸副刊经常想出一些点子，如演“双簧”等。胡蘋秋讥讽刘云若的文字，是经由刘云若本人编辑后见报的，而后再由一位所谓的“坏疙瘩”的作者用文字给予反驳。从文字风格上看，这位“坏疙瘩”很可能就是刘云若。因此，胡蘋秋与刘云若的笔墨官司，很可能是双方默契演出的一出双簧戏。

醋熘白菜

苏连雄

世上颂扬母爱的文学作品汗牛充栋、比比皆是，高尔基的《母亲》、朱德的《我的母亲》等，人们耳熟能详。关于父爱的作品，少之又少，凤毛麟角，朱自清先生的《背影》独领风骚。“父爱如山”也算名言吧。

我是通过半盘醋熘白菜体会到浓浓父爱的。以后多年，我经历过许多规格的饭局，从马路边的“狗食馆”到豪华星级宾馆，轮到我点菜，千篇一律，总是醋熘白菜。

那是五十四年前的事，我出身不好，成了“逍遥派”，躲避纷争是第一要务。其次，十七八岁的小伙子整天无所事事也不是事，我迷恋上了洗相片，也算苦中作乐。我到和平路科技书店买了一本《摄影入门》，特意翻到“洗相”章节，细细研读。请电工同学做了个小配电盘，请木工同学打了个简易曝光箱，去天祥商场买七毛二分钱半斤的相纸、D-72 配方显影液、定影液等，就在我家两平方米的狭窄楼梯间实践起来。技术日精，我的洗相名声日隆,后来又添置了简易放大机,一张张黑白照片就是杰作。“学雷锋,学赖宁,做好事,不留名”,经常一干一个通宵,为亲朋好友、同学同事尽义务,乐此不疲。凌晨甚或清晨才结束“工作”。年轻人贪睡,简单洗洗,倒头便睡,哪管残留的显影液、定影液,一地的废相纸边、烟蒂。晚上再开始洗相片时,总是杯盘器皿整齐,地面干净。我心里有数,是时年 44 岁的爸爸默默所为。但是,正在青春期的我,自视甚高,几乎与老爹“不过话”。心理学家分析,从牙牙学语到成家立业,在儿子眼中,父亲走了一个 U 形,孩提时看爸爸是高大威猛;叛逆期或青春期观察父亲,在 U 形底部,保守、固执,一无是处;“养儿才知父母恩”,成年后才深切体会到父爱无私的点点滴滴,父亲又回到 U 形顶部。楼梯间狭小,为避光又遮得严严实实,潮湿闷热,但挡不住青年人的好奇心,每逢洗相片的晚上,同学、朋友,或帮忙,或学技术,或凑热闹,提前预约,趋之若鹜,小小的暗室总是“高朋满座”。

那一天,已过午夜,吞云吐雾之际,一个中学同学提议:“伯父不是好喝酒吗,咱们也尝尝。”月色朦胧,我蹑手蹑脚到父母房间,偷偷拿了半瓶一毛钱一两散装劣质白酒,折回楼梯间,小哥儿几个轮番对瓶吹。刚学抽烟,囊中羞涩,抽的都是“大港”“战斗”甚至“绿叶”这类中低档货,呛得难受,再加“处女喝”,辛辣的白酒入喉,咳嗽声此起彼伏,惊动了熟睡中的父亲。不好!这顿呲是跑不掉了。原本抽烟就是背着家人的“地下工作”,又偷酒喝,罪加一等。果然,轻轻的脚步声响起,接着是更轻的叩门声,没有锁的门开了半尺宽,一个盛着我家晚饭吃剩的醋熘白菜大盘子,还有四双筷子,被一只青筋裸露的大手递进来。爸爸没露面,又不声不响地回屋了。他不支持儿子与同学们嗜烟好酒,但怕小伙子们喝坏了身体,难以言说,为避免尴尬,选择了“隐身术”。

如今,我和当年的玩伴儿都已年过古稀,我们的双亲都已去世多年,但几十年前洗相片的几个同学步履蹒跚、把酒小聚时,都不胜唏嘘,难忘这辈子最好的下酒菜——醋熘白菜。

忆恩师张虎刚

赵传蕙

1961年9月，我满怀喜悦地到八里台天津师院（今天津师范大学）新闻专业班报到。

开学不久就见到了知识渊博、为人谦和的“老”先生——我们新闻专业的张虎刚老师。说到“老”是因为高山仰止，其实先生那时年仅36岁。“高山仰止，景行行止。”虽不能至，然心向往之。随着了解的不断深入，我们对先生的敬重就更深，先生成了我们心中的偶像。

张虎刚先生早年毕业于北京大学中文系，曾先后在北京、河北等地做记者，后辗转到天津，在《国民日报》《新生晚报》做记者、编辑工作。1948年他成为天津地下党在津组建的“天津记者协会”（简称“地下记协”）的重要成员。他为解放军入城接管《国民日报》，顺利出版天津党的机关报《天津日报》创造了条件。1949年1月15日天津解放当天，在“地下记协”的安排下，他和另一位同事立即编写了《天津记者协会号外》的新闻稿，并与《新生晚报》同时出版庆祝天津解放的号外，及时传递共产党的声音和胜利的消息。两天后《天津日报》顺利创刊，他成为《天津日报》的第一代新闻记者。当年10月1日，虎刚先生作为《天津日报》进京采访中华人民共和国开国大典的记者，聆听了毛泽东主席庄严宣告中华人民共和国成立，见证了五星红旗冉冉升起、迎风飘扬在天安门广场，并迅速采写了亲历开国盛况的新闻特写，连夜传递回报社并在《天津日报》上发表。

20世纪60年代初期，张虎刚先生和《天津日报》记者、编辑文又生、薛应祺、许可诚，天津电台江海，受天津市委宣传部的委托，调入天津师范学院（天津师大前身）组建了新闻专业班，成为天津新闻教育的开创者。由于当年我国正处于经济困难时期，各高校均缺少教材，好一点儿的学校也只有钢板刻印的讲义，而虎刚先生却带领新闻教研室的薛应祺、许可诚老师在极短时间内，将新闻理论结合他们丰富的实践经验，为我们编写了《新闻学的基本知识》《新闻采访》《新闻写作讲话》《通讯特写》《评论写作讲话》《编辑业务》六册一套新闻教材。几十年来我一直精心地珍藏着这套教材。后来，我将这套珍藏已久的、弥足珍贵的教材，捐赠给天津师大档案馆。

在新闻班，虎刚先生除了讲课、编写教材，还经常给学生讲解回答各种问题、修改稿件，就连平日练习的稿子，他都认真仔细地修改。一次，学校组织我们参观天津东站六号门，老工人现场表演、为我们再现旧社会搬运工人的艰辛劳动和苦难生活。我采写了一篇文章交给先生看，他认真看了以后，细心指导说，写新闻特写，要有场景、要作具体描述，给人以现场感。在老师的指导下,我修改了稿件,很快在报刊上发表了。

先生不仅兢兢业业教书,还以高尚的品德和人格魅力教我们做人。作为新闻时评专家的先生,20 世纪 60 年代曾发表过不少有关青年修养的文章,成为青年人的人生指南,但是和我们谈话时,却从不长篇大论,往往是真情解惑、点到为止、指点迷津。1962 年,由于国家经济困难,进行"调整、巩固、充实、提高",新闻界也进行了调整,报纸压缩,新闻从业人员的需求量降低,所以新闻班停办。市委决定,我们新闻班的学生可以在师院的所有文科专业中自行挑选转专业。在转专业的纠结中,先生给我提出中肯建议,"还是选择中文系吧,扎实的中文基础,将来可以助你实现你的'记者梦'"。大学本科毕业时,本想去媒体工作的我,又是先生的几句话留下了我,"还是留在学校教学生吧,将来你会教出更多的好记者"。我留校工作之后,已是中文系副主任的先生,在办公室和我的第一次谈话,还是先问我,最近都读了些什么书? 嘱我一定要博览群书,才能厚积薄发。而先生日常生活中最重要的也是读书。每每到先生家中拜访时,总是看到先生书不离手、笔耕不辍,他常常告诫我们"一个新闻工作者,就要有求实严谨的治学态度"。

1980 年,当我竭尽全力在天津师院主持创建新闻专业本科时,已经是天津师大学报主编的先生,应我的邀请在百忙中精心备课、为 80 级学生讲授《中国新闻史》,倾心尽力支持新闻专业本科的建设;当我带领刚调来准备担任中国新闻史课程的青年教师去拜访先生并请他为我们带徒弟时,先生更是慨然应允。为其制订了学习计划、帮其修改授课讲稿,精心指导其撰写学术论文,并陪伴其出席全国学术会议。在先生的精心指导带领下,那位青年教师成长为新闻史知名教授。当年先生倾注心血主持创办的《天津师范大学学报》,现在早已成为国内重要的核心学术期刊之一。几十年过去了,作为我们人生导师与楷模的虎刚先生,虽然已逝去十六载,但是每每忆起,恩师的形象依然清晰地在脑际闪回,仿佛如昨。

放长假

箫　箫

我刚毕业的时候，是在天津第一地质勘探队工作。在地质队可以享受很多的福利，放长假便是其中之一。记忆中的较长的假期有两个。一个是在麦秋期间放长假，再一个是在冬天放长假。

由于历史的原因，地质队大多分布在偏远的地方，而且地质队里男多女少，所以很多地质职工在本地或本单位是不好找对象的，但因为他们是事业单位职工，所以有着比一般农民更优越的条件，所以，很多职工在自己老家农村找老婆，并把小家设在原籍。因为这种情况，很多的地质职工过着半工半农的生活，每到麦秋的时候，他们大都会回老家帮家人收割庄稼。单位领导考虑到这个特点，所以，每到麦秋季节，也就干脆放起了长假。长假一般短的有十天八天，长的可达半个多月。我在机台工作的时候，就赶上过放长假。钻机停放在施工工地，除安排人员看守外，其他人员全都放假。当时在机台工作的钻工，其老家差不多都是河北、山东一带农村的，还有一部分是北京郊区的，他们带着挣来的钱和粮票，还有成袋的白面、大米，坐着汽车或火车，直奔自己的故乡。

我放长假后，并不愿意回老家，因为老家天气热，还要干农活，怕累。于是就回队本部的单身宿舍。除早晚与同事张久潮、刘俊启等人打一会儿乒乓球外，其余时间主要是去位于解放北路的青年宫去看书。假期结束后，就又回到机台去上班。

另外一个长假是在冬天。地质队平常有两类人员、两种工作状态。一类是在队本部，即机关的人员。他们多是科室的人员，以老职工和女职工为主。主要从事管理及后勤保障工作。比如我们单位，在队本部设有很多科室，除办公室外，还有总工办、财务科、地质科、技术科（负责钻探管理）、安全科、物探室，以及党办、组织科、宣传科、工会、团委等机构，还有后勤科，主要负责机台保障工作。另外，还有机修厂，主要负责制造钻机配件及钻机维修等工作。记忆中，地质一队机关有一百余人，队伍非常庞大。因为有事业费做保障，所以他们并没有压力，每天过着稳定而舒心的日子。另外一类人是机台职工，他们常年吃住在野外。当时队里有三四个机台，每个机台配有四五十名钻工不等。因为钻探地热井不能停钻，所以，钻工的工作实行三班倒，上班下班都在机台。他们的家属若在外地的话，在队本部是没有宿舍的，那个时期实行的是福利分房，因僧多粥少，基本上也不会分到住房。所以，他们就以机台为家，吃住在机台。机台一般半年左右搬一次家，他们也就跟着搬家，过着不太稳定的生活。到了冬天，野外工作条件不具备，在机台待着又没事干，队本部又没有地方待,所以,大部分职工就理所当然地放长假回老家了。

我参加工作后,虽然名义上属于地质科管理,但人还是在机台上。我在野外的时间持续了将近 4 年,所以也享受了好几次放长假的待遇。冬天跑回老家待上几个月,到了春暖花开的时候,再回到机台。

如今,我离开地质队已有三十多年,每每想起地质队放长假的日子,仍非常怀念。

暖炕情怀

杨仲凯

我还记得乡村的火炕生活。现在想起来,觉得那简直是复杂的系统工程。这是谁发明的,是谁推广的?在农耕时代,怎么能有比这更伟大的生活方式?火炕可是中国北方民间的伟大发明。

火炕也叫暖炕,在天津这边,就叫炕,到东北那边也叫大炕。从结构上看,炕是由三个部分组成的,主体是炕床本身,相当于城市用来睡觉的床。炕是个长方形的台子,在屋子里向阳靠窗的一侧,占满整个屋子的一半儿面积,所谓“一间屋子半间炕”。炕的表面平整,是类似床的平面儿,夏天上面铺上凉席,冬天铺上炕被,炕上铺的装饰用的布不叫床单,叫炕单。

炕的平面下面,结构其实复杂,总的来说是一个洞,炕有多大,炕洞就有多大。洞内用砖或者土坯建有炕间的矮墙,墙中有烟道,把整个炕洞上面用石板或者用砖铺好,再用土、麦秸、石灰和成黄色稀泥,在上均匀抹平弄干之后,再铺炕席、毛毡之类。

建设炕的完整过程叫作盘炕，有好几种不同的方法。技艺好的师傅盘的炕，烟道畅通，炕也温暖，弄不好的，则满屋子是烟，而且炕也不热。说起来还有一件伤心事，我那时养过一条小狗，后来怎么也找不到了，很久以后重新盘炕时，才发现小狗死在了炕洞的烟道里。小狗一定是误入烟道出不来了。

炕具有多种功能，除了能睡觉之外，还有吃饭的功能，摆上炕桌一家人围坐炕上吃饭。它还有会客的功能，有尊贵的客人来，会被请到炕头儿上。家里开个家庭会议，或者农村生产队的会议，也都有可能在炕上举行，这样说炕还有办公的功能。炕靠着锅灶这边的是炕头儿，老人会睡在炕头儿，炕头热。而小伙子因为本身就“火力壮”，一般就睡在反方向的炕梢。炕梢一般有炕上的家具，简单点儿的叫被阁子，阁子有抽屉，会码放一家人晚上盖的被子，讲究点儿的其实就是带门儿的放在炕上的衣柜，就叫被套。此被套，不是彼“被套儿”。

炕当然还有采暖功能，晚上在火炕上睡觉很暖和，而白天也可以坐在火炕上取暖，就算不直接坐在火炕上，屋子里也是温暖的，温暖来自烧了一个晚上的火炕。除非特别冷和没事可干，白天人们一般不“脱鞋上炕”，而是坐在炕沿上，炕就又有了椅子的功能。炕沿就是炕的外边儿，有用竹子做表面的，也有用石头、木头的。

和炕连着露在外面的部分是灶台，有炕的屋子叫“里屋”，实际上就是卧室，而灶台在兼具厨房、粮库、祭祀等多种功能的“外屋”。炕和灶台内里通连，实际上隔着一道墙，并不在一个屋子里。天津这边的北方村庄，一般是连着三间正房，“外屋”

也叫堂屋，两边都有卧室，就是说，两边的卧室各有一个炕，而“外屋”东西两侧各有一个灶台，而每个灶台在房顶之上也会各有一个烟囱。两间卧室，可能是两代人，婆婆和儿媳在一起住，过去叫作“住连房”。

正方形的灶台上放着一口圆形的大锅，所以灶台也叫锅台。锅台南边靠墙摆满油盐酱醋，还有供奉灶王爷的龛。灶是点火的地方，这是火炕系统的第二个部分。锅在表面，锅底下是放柴火的灶膛，锅热了，用来炒菜做饭。大锅很大，乡村蒸馒头，做米饭，甚至烧热水，都用这个大锅；炒菜、做汤也用这个大锅，大锅实在是不适合炒菜，很笨重，主妇们当年用大锅炒菜，是要有些体力的，锅台也相对比较低，猫着腰，很吃力的样子。大锅比较适合熬鱼，锅沿上贴上饽饽，一锅就出来了。现在的大锅是用来留下怀旧的，还有很多饭馆有大锅熬鱼的卖点。乡村不缺柴火，放进灶膛里，有人会用扇子扇风，也有讲究人家烧大锅用一个风箱助力。

烟和火通过灶膛传到炕洞内的烟道，上面的炕就热了，炕洞内的烟再通过屋子墙体内的烟道传导出去，烟不能憋着自己，自下向上一直到达火炕系统的最高端，就到了房顶上叫作烟囱的地方，这是火炕系统的第三个部分了。

烟囱里冒出来的烟，就叫作炊烟，那时乡村的傍晚，家家户户点起烟火做饭烧炕，所有的炊烟都“迎风招展”，是那个时代的寻常和奇观。炊烟还有一个别名，那就是乡愁。

拉偏套的驴

一 木

马、驴、骡,马真是一马当先,排在首位理所当然。驴与马似不可同日而语,不是一个档次,与驴有关的名人,似只有一位张果老。骡子是马、驴合作的产物,虽能拉车、驾辕,终因非驴非马而难登大雅之堂。

驴的个头小,就难当大任,大马车就派不上用场。一辆三大套,马和骡子互有驾辕的机会。三大套如都能是骡子,那阵容就堪称豪华奢侈。驾辕的是骡子,拉正套的是匹马,拉偏套的有头驴,就能凑合称三大套,这可能是因为车主的经济实力尚嫌不足,为了多拉快跑,就拉来驴凑数。可见驴只能是拉偏套。

旧社会时,也常见人驾辕拉辆地排子车,前边就用驴拉套的。人驴同拉,那驴就是主力了。

驴的主力位置是在磨坊。驴因个头儿小,它的转弯半径就小,磨坊和磨的结构,让驴拉磨再合适不过。

驴拉磨也不是顺顺当当地低头干活,推磨之时,别管是小麦、棒子，凡五谷杂粮都是驴的美味佳肴，那种香味对它极具诱惑。驴当然想站住大吃一顿，不行，主人会棍棒伺候，大声吆喝；没办法，只能边走边“吃”，那也不行。为防驴偷嘴，人发明了用铁丝编制的“捂嘴”，给驴戴上，完啦，驴嘛也吃不着。磨盘道只能转来转去，驴走着烦，人就又给它用黑布罩上眼，这“捂眼”一戴上，驴只能一条道儿跑到黑了。还是人有办法！

驴的繁殖能力极强，不分季节，叫驴都可发情。那时生产队的牲口棚里，同时有草驴的，饲养员不留神，草驴就怀崽了。若同槽无草驴，叫驴常会用嘴咬开绳扣，溜达到有草驴的棚里去“搞对象”。摸准驴“脾气”的饲养员，不假思索地“囊中取物”，逮回叫驴。农民都知道“猫三、狗四、猪五、羊六、驴七、马八”的谚语。驴怀驹七个月就可产驹。生产队饲养员都不用刻意盯着，说不定哪一天牲口棚里就多了一头小驴驹子。这又印证驴这东西皮实、好饲养的习性。

马、驴一般都是生产独驹。的确有产“双胞胎”的事发生，极为罕见罢了。

驴也有骟的，但骟过之后虽不惹祸了，但精明的农民同时发现，骟驴就不那么有“神”，没了“窜”劲。草驴就不考虑骟，虽然与马交配受精率不是很高，然而精心饲养总有怀骡子的机会，能怀上骡驹子，绝对是个体农民或生产队的财路。生产队的年代，就有一个老头儿牵着大肚子草驴在田间地头溜，那草驴就不住生产队的牲口棚了，而是住“单间”，之所以享受尊贵待遇，就是因为怀了骡子。一般的驴就不喂什么饲料，而怀上骡驹的草驴，就得喂点麸子、黑豆，铡点细草，精心喂养。

旧时的农民有大骡子、大马的不多，娘家爹正月十六接闺女住家，女婿接媳妇，就是骑驴，那是那年头儿的交通工具。

最讲究的是黑驴白嘴唇、白肚皮儿，那是驴中的“美男子”。灰驴到老掉牙的年纪，往往就变成白色，干不了活儿拉不了磨，就只有进汤锅的份儿了……驴肉极富营养，素有天上龙肉、地上驴肉之誉。其实那应是口嫩儿的驴，专门用来吃肉的。但那年头儿，商人、驴贩子们把大牲口赶到汤锅，宰杀烹炖，统称驴肉，以赚大利，实为不法、不规矩也。

“孙八”

陈启智

我在河北省青县大杜庄中学工作了两年，于1974年初夏调到县城一中即“青中”，教高中语文课。是时，极“左”思潮席卷全国，青中自然也不例外。令人欣慰的是，青中工人宣传队的代表对老师很尊重、很友善。家庭出身有所谓“问题”的老师——包括我——都没有什么压力。

但是青中也曾跳出不和谐的音符，比如主管后勤兼管伙房的人，其言行就与教师们融洽的气氛不协调。他的脸上小下大，双下巴，笑起来鼻子两边的纹路变得更深，几乎将大嘴围成一个圆，有点像《西游记》中的猪八戒。因而大家给他起了一个绰号“孙八”。我从来没有听见有人叫过他的本名。

老师们对“孙八”没有什么好感，原因有二：一是“孙八”仗着出身贫农，对当时被称为“臭老九”的知识分子很是看不起，又有一张天生爱损人的嘴，经常拿老师们找乐子，有意无意地伤了不少人；二是在学校食堂吃饭的都是外地老师，主管伙房的

"孙八"益感自身的优越,仿佛有了他,外地老师才能吃上热腾腾的饭菜,故其说话更加放纵无忌。

平心而论,"孙八"对我的不敬之词,算不上恶言,只是那个特殊时代的反映,但是他的表情和语气充满了轻蔑,让人难以承受。他曾说:"陈老师,除了教书,你还会干什么?你还能干什么?"这话引起了我极大的反感。的确,对挖沟、打草、种地、垒砖、挑水等活计,我都干不好。但是我想,国家培养我20年,难道就是让我成为壮劳力吗?

矛盾终于在夏日一次午饭时爆发了。我刚在厨房窗口买了一份烧茄子,走向饭桌时与"孙八"相遇。他又说了一句不中听的话。我顿时怒火上升,久积的怨愤喷薄而出。我先是回敬了一句"你说话嘴巴放干净点!"随即将碗中的烧茄子向他身上泼去。霎时,"孙八"的白衬衣前襟一团黑褐物滚落流淌。只听得"孙八"一声惊呼,便忙不迭地俯身用手扒拉,又急忙跟伙房师傅要了一块抹布,边数落边擦拭。这时,我已经坐到饭桌旁了,只见"孙八"满脸通红地冲过来,顺手抄起一个凳子高高举起,就向我砸去。此时的我,不知为什么出奇地冷静,就像武侠小说里描写的武林高手那样,居然稳坐不动,并且伸出右臂,对他说:"你敢碰我一个手指头试试?"老师们都是向着我的,马上就有两三人跑上前,将"孙八"抱住,并且夺下凳子。另有一个马老师站在他的对面,指着他说:"你别看陈老师干瘦文静,真动起手来,你那胖身子,还不一定打得过他呢?""孙八"奋争未果,在老师们的劝说下,骂骂咧咧地出了食堂大门……

我不知道事后是否有人和"孙八"说了什么,只知道事态的发展完全出人意料。“孙八”虽然当胸吃了我一碗热茄子，却没见有任何报复行为。见了我，就像没有发生任何事一样，说话反倒客气多了。对老师们的态度也明显友好了。后来，“孙八”被调到县招待所当了所长，我又和他接触几次，都是和颜悦色的，由此，便改变了我的认知：“孙八”其实是个不计前嫌、知过能改的人。

不知“孙八”是否还健在，他应该是九十大几的年岁了。倘若有机缘见面，忆及陈年旧事，必然会一笑了之的。

野兔多保重

刘福琪

20世纪50年代初，我是在离家五里地的河北定县西关读完小学四至六年级的。来回路上，时不时有野兔擦身掠过。明知兔子不咬人，也吓得浑身一热。放学途中，一遇上逮兔子的，必然兴致勃勃地相跟相随十几里。

捕兔的最佳季节是晚秋至暮春，天地之间，苍茫无际，视野最为开阔。

猎枪打野兔，打跳不打跑，打跑不打卧。野兔卧在浅浅的窝里，目标只是一个小小的点，命中率极低。野兔迅跑如飞，虽一目了然，也不易击中。跳，指野兔受惊而起，跳出洞穴的一刹那。

猎枪柄长托短，食指一搂，数十粒铁砂攒聚而出。常见野兔刚从窝里跳将起来，挣扎两下，猝然倒地。每见到血肉模糊的野兔，我心底便涌起一股强烈的悲悯。抬头看猎户时，自感目光里带有明显的敌意。

张网捕兔时，几个人边走边聊，故意抬高嗓门。野兔从窝里跳起，撒腿逃遁。待野兔以为险情已过，趴下不动了，猎手们快速地绕到野兔的前方，支开罗网。网长数十米，高可二尺许，每隔二三米，以小指粗细的木棍将网撑起。然后绕回原处，突然大呼小叫。腿长头小、善跑不善思的野兔跳起又跑，一头撞到网上。支棍噼啪散地，整个罗网眨眼间合成一团，任野兔在里面乱滚乱撞，绝无逃生之理。一次，罪恶的大网罩住了无辜的野兔。我冲上前去，抓起网绳，使劲一抖，野兔箭一般逃去，我心里默念着："野兔，你多保重！"

最惊心动魄的情节是雏鹰抓老兔。你看，一只老兔驮着背上的猎鹰，不紧不慢地向前跑。它不轻易回头，它知道一只锐利的鹰爪正随时准备抓瞎它的眼睛。但一有良机，它会突然回头，发起进攻。对方易致命的部位——嗉子，便会被迅雷不及掩耳地咬伤，战斗以野兔的胜利而告终。如无战机，它将继续匀速前跑。待到临近灌木丛生、葛榛茂密之处，它会突然加速。猎鹰来不及起飞，眼被扎瞎，毛被扯碎，虽不致丧命，却再也不能承担鹰的使命了。所以经验丰富的猎鹰，总是稳稳地蹲在野兔后背，一爪紧紧地护住嗉子，等待野兔回首，以便闪电般攻其眼睛。

猎鹰败阵的场面，我曾目睹数次，每次都窃笑不已——虽然我也知道，这种幸灾乐祸对鹰是不公平的：罪不在鹰，其咎归人。

退休前，我曾回故乡小住数日。地净场光，视野开阔，田间小径上徜徉良久，梦牵魂绕的野兔一只也不见。乡邻告诉我，兔子、獾，连狐狸都不大容易看见了。于是，我眼含热泪，心里反反复复地念叨着："野兔，你多保重！"

土墼子房

高俊才

前些日子,我到家乡老友家里做客,席间谈及过去压土墼子盖住房的陈年旧事。这些往事既让我难以忘怀,又令我不堪回首。

以前,家乡农村的房屋,大多是用土墼子垒砌墙体。土墼子在我们北方家乡就是指带有一些当地茅草根须的长方形黏土块。一块土墼子大体有三十多厘米的厚度和宽度,长有四十厘米左右。一般是在每年秋收后的枯水时节,在长有小茅草的比较湿润平整的地块压墼子。在压墼子时将碾地用的小碌碡(也称小石滚碾子),双手攥住两端把手举过头顶再砸到地面,起到夯实作用,使土块更黏紧。这举小碌碡夯砸地皮也是力气活,要一个夯落点连着一个夯落点地砸,也就是说,要压挖多少土墼子,就要夯砸多少次甚至更多次的小碌碡。现场有人在前面夯砸,后边有人使用专门挖土墼子的平板铁锨,按一定的大小尺寸,挤挖出一块块土墼子,再由人将新挖出的土墼子轻轻搬到旁边摆好晾晒。这整个过程被老家的人们称为压墼子。到了压墼子的季节，人们很早就要出去干活，并在现场就地吃家人送的午饭，要连干两三天才能完成建房所需数量，往往劳累不堪，那真是农村一项技术加力量的重体力活。一般等到入冬农闲时，便开始垒砌土墼子建房。人们用马车或人力排子车，将野地里晾晒已干的土墼子运到建房处备用。垒墙时，码一层土墼子便在上边涂抹一层稀泥作黏合剂，有的还放上一些芦苇起到拉筋作用。垒完土墼子墙后，将用芦苇草和高粱秸秆捆绑而成的长龙般草把子苫好房盖，再厚抹一层稻草泥，土墼子裸墙待到来年春季用稻草泥细抹一遍，装上门窗，便可择日入住。

后来，人们的生活条件有了改善，建造住房的标准提高了，由过去的从上到下都用土墼子，变成了农村俗称的“穿鞋戴帽”的土墼子房。所谓“穿鞋戴帽”就是房盖由泥土盖变成了苫瓦（红瓦或水泥瓦）盖；房子的墙基变成用条石和红砖垒砌，在上面用土墼子垒墙体。这样一来就使农村建房的标准档次大大提升了，既美观耐看，又省去了年年泥房盖之累，也使房基更耐盐碱，更结实牢固了。

那时，由于家里人口多，老房不够住，父亲就为我们又操持建造了六间相连的“穿鞋戴帽”的土墼子新房。可以说，这是全家多年的积攒与心血的全部投入。当时，在村里也是让乡亲们挑大拇指赞道的。在建造过程中，我基本上参与了从压墼子开始到苫瓦泥墙全过程，干了不少力所能及的辅助活。那时在农村一口气建造六间“穿鞋戴帽”的房子，很不简单，是要用大量建筑材料，备用的砖瓦石块木檩一堆一堆的。尤其是土墼子的用量较大，当时，除了家里男人全去压墼子，还雇用了村里压墼子的能手，力气很大，动作麻利，手法熟练，看他使用压墼子的铁锨动作真是轻巧洒脱，人家压出十几块了，我顶多就是压出四五块土墼子，有的还不成型，甚至还累得满头冒汗。经过紧张的日夜辛劳，一排六间“穿鞋戴帽”的宽大敞亮的新房，矗立在眼前，全家人十分高兴，都有一种难以言表的喜悦和成就感。但是，万万没想到，没住上几年就被那场惨烈的大地震，全部震损倒塌，所幸没有家人伤亡。

自从经历那场大地震后，村里统一组织搞震后重建，在原来的土墼子房的废墟上，全部新建成砖瓦平房。再后来，又随着农村城镇化的进程，农民都搬迁入住了新楼房。昔日的土墼子房和砖瓦平房都变成了宽敞明亮的大楼房。虽然，现在土墼子房早已从人们的视野中消失了，但嵌入这土墼子房里的经历和情感，汇成浓浓的乡愁一直萦绕在脑海里。

稍子营的古树

筱 筱

稍子营村，今属白古屯镇，位于镇政府西北约两公里。据《天津市地名志·武清县》一书载，该村最先由张姓人家定居于此，故得名大张村（该村以张、王为大姓）。因村西曾驻有元朝兵营，后来该村改称为“骚鞑子营”，以后被简化称为“骚子营”。

翻开清康熙年间的《武清县志》，稍子营仍被标注为“骚子营”。乾隆年间，被改成了“稍子营”，光绪年间《武清县志》，仍沿用了“稍子营”的称谓。辛亥革命后，可能受到“驱除鞑虏”政策的影响，“稍子营”复被改回“骚子营”，并一直延续下来。1984年，经武清县人民政府批准，恢复使用“稍子营”的名称。

在稍子营村，考古工作者曾发现秦汉时期的遗址，表明稍子营一带在秦汉时期就已有了人类的活动。据王毅主编的《武清文物图集》载，两处遗址一处是南庄户遗址，该遗址面积约3万平方米，文化层厚0.8米，地表分布着大量的绳纹砖、瓦、陶片，并出土了汉代的红陶釜和罐口沿、陶豆把等；另一处是寺岗子遗址，其面积约3万平方米，文化层厚1米，地表分布着大量的绳纹砖、陶片等，并出土了汉代的釜、罐、盆等器物残片。在上述遗址，还发现了辽金时期的钧窑碗碟瓷片及磁窑瓷碗，及龙泉窑碗、碟残片等。

在稍子营村幼儿园（前身是村办小学校）院内有一棵老槐树，传说是在元朝时栽种的，距今已有七八百年的历史了。它就像一位慈祥的老人，见证了稍子营村曾经过往的历史。据70岁的村民宋先生介绍，过去幼儿园的位置是一座菩萨庙，是村民祈福、求子、求雨进香的地方。新中国成立后不久，菩萨庙的北大殿改建成了小学校，耳房改成了村办的食堂，在“大跃进”年代，每天全村人都要到树下吃“大锅饭”。20世纪60年代，大殿被拆毁，仅剩下殿基，东西耳房还有，但已面目全非。

庙内一共有3棵老树，其中有2棵槐树和1棵杨树。两棵槐树分别位于东西耳房的南侧，并相对而立，离庙南墙有一丈多远。目前仅剩的这棵老槐树原属于庙产，现由村里负责管理，林业部门也已实施挂牌保护。

近年，我曾于秋、冬两季，赴稍子村采访，并走到院内近前察看。只见树干已经严重空心，这棵老槐树树干出露地表1米厚，向西面近九十度的弯曲。为保护这棵老槐树，当时小学校王老师于1995年曾在树下修建了两个石柱以支撑树干。目前，树干虽已倒下，但每当春天来临时，它仍焕发出勃勃生机。在这棵古树下，学子们一代又一代地从这里“飞”出，成为国家的栋梁之材。而这个拥有上千人口的古村落，也正以新的姿态腾飞。

照相手蟹

高俊才

去年深秋，老家的一位亲戚带来几斤多年未见的小毛毛叶子螃蟹，说是在潮白河入海口一带逮的。见到这种蟹，脑海里闪现出20世纪60年代、70年代初，在家乡用灯光照着河边，去捉逮毛毛叶子的情景。

那时，由于河道和洼淀荒滩与海水相连，生长着许多海淡两合水的杂鱼杂蟹。在当地的河沟里有一种俗称毛毛叶子的小螃蟹，学名叫相手蟹，属中华绒螯蟹类，个头很小约有三四厘米大。它味道很鲜美，是当地人们都喜欢吃的一种水产品。这种小螃蟹的生活习性是昼伏夜出，一般晚上从蟹洞出来活动或觅食，并在夜间有趋弱光特性，易被灯光吸引出洞上岸。因此，人们在晚上用灯照亮就可以逮住它，这就是当地人所说的照蟹，或叫照毛毛叶子。

家乡村前有一条小河，连着通海的大河道，生长有很多相手蟹。过去，我时常跟着村里的小伙伴去照蟹。晚上，提着马灯

（也称提灯）顺着河边照，一会儿就见相手蟹朝着光亮从洞穴爬上岸来，被人逮个正着。也有时用手电筒照蟹，沿着河边有水流的地方，蹑手蹑脚地边照边听，如听见岸边有吱吱吐水泡的声音，光线马上照住肥蟹，便立刻得手。这种用灯光诱蟹的办法屡试不爽，收获多多。

记得，有一次夜间九点钟左右，我们在村前小河的桥洞子两侧照蟹，那天正赶上桥洞有流水，天刮着小东风，两盏提灯分别在两桥洞口照，只见相手蟹纷纷爬上路面，此时，人们不是像平常一只一只去捕捉，而是用双手将相手蟹拢在一块儿成团，捧到水桶里。当时，都不顾手指被蟹大爪夹破的疼痛，尽管有时甩掉了夹手的螃蟹，但它的大爪仍夹在手上。一晚上，装满了好几个水桶，收获很大，别提多高兴了。

有一次，听别人说临近蓟运河入海口的后港一带毛毛叶子特别多，因道路较远，去照蟹的人很少。我们几个小伙伴，在一个周日的下午，骑着大后架子的自行车，顺着泥泞坑洼不平的大河堤，直奔离村四五公里外的后港一带河滩边。晚上八点多钟到达后，立即提着马灯去照，结果不照不知道，一照吓一跳，满地的相手蟹成群结队地涌向灯亮。大伙儿急忙用双手捧着往小麻袋里装，很快就把带去的袋子全部用光，趁着星光连夜返回家。除了自家吃，还分给左邻右舍一些。

后来，去后港一带照蟹的人渐多，加上气候变化，特别是水质变化，相手蟹没有原先那么多了。若干年后，就连村前小河的相手蟹也不多见了，只偶尔发现几个在芦苇丛中爬过。现在，小河早被填埋了，再也没有昔日的流水声和毛毛叶子的身影了。

过去,相手蟹一般有这么几种吃法:醉蟹——就是将生蟹洗净,放在装有适量盐水、高度酒的坛罐里,腌制几天便可生食,下饭非常鲜美可口;螃蟹炒辣椒——将蟹爪和壳盖去掉,只用蟹和壳盖里的黄膏炒辣椒,又是一道难得的鲜美下酒菜。但那时,更多的还是煮着吃,弄一小盆放在桌子上,一家人边嚼着螃蟹,嗑着蟹爪肉,边吃饽饽饼子,别提多惬意了。

印背心

杨世珊

谦德庄有两家刻字店,一个在义园前委托店的旁边,另一个在永安道与天合前街交口处,我说的就是这家店。

谦德庄有那么多的店铺都没记住他们的字号,一是因为少有挂牌匾的;二是那时候我充其量算是个少年,不爱注意这些东西。之所以要说这家刻字店,是与它有故事。

1962 年,节粮度荒刚过去,西楼的小孩儿们重新活跃起来了。我们那里地方虽不大,但有两支小足球队。以义和里为基础的叫“智刚队”,以福寿里为基础的叫“飞狮队”,弄得挺像那么回事,守门员、后卫、前锋,分得很清。小足球是大家凑钱买的,价格是三块五角。那时的足球还是外层牛皮,里边是球胆的,皮子上有个口儿,用皮线来回缠绕封口。一切就绪,又要印背心,这样才显得像正规军。那时各家生活并不富裕,小孩儿拿来的背心五花八门,有长袖有短袖,颜色也不统一。背心印字就找的谦德庄这家刻字店。

智刚队队服图案是胸部队名两个大字，下边是一个五角星，其内是个“足”字。飞狮队受到启发，图案设计一个全红的五角星，其内也是个“足”字。

智刚和飞狮两个队里都有我参加，印背心时我是参与者。刻字师傅挺热情，说了句：“都是这种杂样儿的背心……”交代清楚印红字，每件两毛五，七天来取活。我们本就该走了，我却被刻字师傅手里的手艺深深吸引，一个黄铜的戳子，固定在印模子里，师傅手持极薄极细的小钢錾子，用木槌儿敲打着“刻字”。我自小正事干不好，闲白儿事很上心，站在旁边目不转睛看师傅錾字。

智刚也好，飞狮也罢，都没存在多长时间，两个小球队的组织者，后来一个上技校，一个已经上班，哪有工夫陪我们玩？就由我出面又组建一个名为“暴风雨”的足球队，也得印背心啊。这回我独出心裁，说：“咱自个儿印！”都质疑我说：“你会印吗？”我拍胸脯说：“我会，准能行！”我看过刻字店印字的全过程。也是大伙儿凑钱，买了硫酸纸，我写的美术字——“暴风雨”，又请我的姚老师写的拉丁子母，手写体的那种，又添置了油印机的那种丝网。这时问题来了，人家刻字店印背心用的是什么？肯定不是油漆，那是嘛呢？

刻字店的师傅听懂了我们的问题，从眼镜子上边看我们：“你们要印字？行啊，要抢行事？”我们诚恳地说：“你就告诉我们用什么可以印字不掉色就行。”那师傅乐啦，是我们不能理解的那种笑：“告诉你们，就是颜料店里的染衣服的那种袋装燃料，往里面加鸡蛋清子搅和匀了就行。”

我自认为字写得好看,刻的号码也与刻字店的字无差别。就在大可家里印开了,一帮子球队的小孩儿差不多都来看,都兴奋与好奇。大可、宝林打下手,兢兢业业的,印出来的字很漂亮,大家都很高兴。

晾干后分发下去,连家长都啧啧称奇,但没过几天都来找我说:“这叫嘛玩意儿?掉色把整个衣服都弄成花狸豹子了。字是完整地保留着,其他地方全染成粉不溜丢了!”

仗着初生牛犊的劲儿,我们几个人还找到刻字店的师傅问原因。他说:“你们搁团粉了吗?我可是学徒三年才找到这么个饭碗子的。你们想干这个?你们还是好好地上学去吧……”不再搭理我们。

后来我爸爸知道这事儿,对我说:“一个不认不识的人,又是谦德庄的手艺人,他们说的话不可不信,不可全信。不信就没法交流啊,但不可全信,手艺好坏是真格的,他们也得靠嘴说的让人信,但他能把手艺道儿真告诉你们吗?往后要长记性。”

宝林的爸爸说的则是:“谦德庄手艺人十个得有九个耍儿,剩下一个还话话吧吧,他们说话你上劝业场去听……”

这是谦德庄刻字店与我们的故事,是一段让我长记性的经历。

两次救火

全　生

第一次救火是在1976年的11月，那年的7月28日唐山发生大地震并波及天津，整个城市满目疮痍，我所在的机车车辆厂一面组织抢险救灾，一面加紧恢复生产。我吃住在车间，每天把自己吊在几十米高的空中，清理天车轨道、排查“牛腿”立柱的震损情况，还抽空代表团支部到职工家里查看灾情。八月中旬我被借调到河北区新开河街参与治安执勤，每天扛着一杆半自动步枪、戴着红袖标，在志成道、南口路、小王庄、张兴庄一带巡逻。当时一共组建了三个小分队，分三个班次轮流上岗，并按照常规线路巡逻一至两遍，时间可长可短，为了避免回去早了说我们偷懒，有时我就带领队员躲到新开河堤岸上讲故事，我们队里有个“神聊”，一开始讲《三国》《水浒》片段，后来大家熟了就开讲“手抄本”，什么《一双绣花鞋》啦，《绿色尸体》啦，说实话，我一边听一边嘀咕，生怕有人走漏风声。一天傍晚，我们听完故事骑着自行车慢悠悠地从志成道往回返，快到十三号大院时，我忽见京沪线铁道路基下的临建棚一带卷起浓烈的烟雾，随即高喊一声："快，可能着火了！"接着，我们七八个人就像听到了发令枪，自行车竟骑出了摩托车的速度，然后顺着坡道直接冲向火场。我跳下自行车摘下身后的半自动步枪，边跑边抻出刺刀，那一刻真有点赴汤蹈火、冲锋陷阵的感觉。确实是临建棚着火了，且火势迅猛，居民们慌乱地用水桶和洗脸盆往上泼水，我则直接闯进棚内用刺刀挑开房盖，接着队员们嘁哩喀嚓就把临建棚给拆散了，火势一下子被控制住了。想想真有点儿后怕，要是再耽搁一会儿很可能造成火烧连营。从天而降的小分队，让居民们万分惊喜，有人问我们是哪部分的，一个队员神气十足地说："我们是八路军、武工队！"

第二次，是在 1978 年的春季。那一年国家的政治、经济形势发生很大变化，先是全国科学大会在北京召开，而后颁布了《工业三十条》，随即开展了声势浩大的按劳分配问题大讨论。所以，工人们除了正常生产外，下了班总要大会小会地参加学习和讨论。这一天，我们车间召开全体大会，支部书记做主旨发言，会议室里挤挤插插、烟雾缭绕，工人们闷头不语，眯着眼也不知是思考还是睡觉。突然，一个工人灰头土脸地跑进来冲着主席台急切地高喊："白灰窑着火了！"书记站起身一挥手"散会！"部分人转身向外跑，似乎要奔向火场，大部分人站在原地好像还没醒过味儿来。我则逆着人流迅速穿过主席台，一个跨越从迎面的窗户翻了出去，我知道距此不远有一个泡沫灭火器，便一步没停地顺势提起灭火器，朝着西北方向一路小跑。"白灰窑"是我们车间的一个班组，他们烧制石灰是用来辅助炼钢的，同时还为翻砂使用的芯铁挂蘸沥青，我估计可能是沥青温度过高引发了明火。从我所在车间到“白灰窑”起码有三四百米，穿过铁路隧道才看见整个工棚被黑烟笼罩，我上气不接下气地扑将过去，工棚里灌满了呛人的浓烟，就好像突然钻进深不见底的黑洞，我左手捂着鼻子快速喘了口气继续往里走，隐约看见半米多高的砖台上，一口直径约一米五的大铁锅蹿起火苗，我憋住气，敏捷地将灭火器倒置过来，瞬间高压泡沫喷向起火点，好像这口气一直憋到泡沫消失才趺趺撞撞地往外撤离……

等我苏醒过来已经躺在了厂医院的病床上。当时我浑身上下被熏得跟煤炭一样黑，师傅们既认不出我是谁，也判断不出我的死活。据说，我跌倒在工棚门口后就昏迷过去，是师傅们轮流背着我到医院的，大夫们一通忙活后竟断定我没什么大事。于是在病床上歇了个把小时，在师兄的陪同下洗了澡，独自回家了。我为自己的勇敢而骄傲，“即便”壮烈了也不后悔，从小凝聚的英雄情结使我心无旁骛地战胜了恐惧。事后，我天真地等待着通报表扬，等待着先进事迹上墙。然而，没有人再提及此事，就跟什么都没发生一样。